United States Naval Observatory

## Almanac Catalogue of Zodiacal Stars

Printed for the use of the American ephemeris and nautical almanac

United States Naval Observatory

**Almanac Catalogue of Zodiacal Stars**
*Printed for the use of the American ephemeris and nautical almanac*

ISBN/EAN: 9783337399382

Printed in Europe, USA, Canada, Australia, Japan

Cover: Foto ©Andreas Hilbeck / pixelio.de

More available books at **www.hansebooks.com**

# ALMANAC CATALOGUE

OF

# ZODIACAL STARS.

PRINTED FOR THE USE OF

THE AMERICAN EPHEMERIS AND NAUTICAL ALMANAC.

BUREAU OF NAVIGATION,

WASHINGTON.

1864.

# PREFACE.

The Almanac Catalogue of Zodiacal Stars has been prepared and published under the direction of the Bureau of Navigation, Navy Department.

The selection and arrangement of the stars was made by Mr. John Downes, Assistant Nautical Almanac.

The Catalogue contains all the stars, to the 6½ magnitude inclusive, which, from their positions, are liable to be occulted by the moon: stars of the smaller magnitudes belonging to important clusters are also included. It embraces a zone extending to eight degrees of latitude on each side of the ecliptic; and consequently contains many stars which do not come within the limits of occultation, but which, from their proximity to the moon's path, may be required for moon-culminations.

A large proportion of the stars belonging to clusters have been selected from authorities which do not give the constants of reduction to apparent places. The constants, in these cases, have been computed by the formula given in the Introduction.

These computations, as well as the reductions to a common epoch, have been made in the Nautical Almanac Office, by Mr. G. W. Hill, under the direction of the Superintendent, who has conducted the work through the press.

*Nautical Almanac Office,*
Cambridge, Mass., Feb. 11, 1864.

# ZODIACAL STARS.

## INTRODUCTION.

THE present catalogue has been prepared with a view to facilitating the computer's labor in some of the departments of the American Ephemeris and Nautical Almanac Office; especially in the preparation of the lists of occultations, and in the selection of stars proper to be observed in connection with the moon's transit. Another object has been to furnish a catalogue which, from its size and cheapness, will be more accessible to computers than the larger and more expensive catalogues, which are rarely to be met with excepting in the libraries connected with scientific associations. Of these, the catalogue in most general use in this country is that of the British Association, — a heavy quarto, which comes to us at a price which many computers cannot well afford to pay. The present catalogue, which will answer every purpose equally well with the more costly works in the reduction of occultations and moon-culminations, forms a handy little pamphlet which can be freely circulated among computers at a very trifling expense. Another advantage of the small cost and size of the work is, that new editions can be issued at short intervals, with such corrections of the stars' places as may be derived from new observations.

The places of the stars have been derived from the following authorities. Wherever they are found in the Greenwich *Twelve-Year Catalogue*, their mean right ascensions and declinations have been reduced to the epoch 1850 from that work. As this catalogue consists of two distinct catalogues, giving for the same star, in most cases, different places, as deduced from an unequal number of observations, weights proportionate to the number of observations in each were allowed in combining the results. Whenever, as was frequently the case, one of the coördinates was wanting, its place was supplied from the *British Association Catalogue*, which was the one used next in order of preference. With the exception of the places derived from the *Twelve-Year Catalogue*, and those of the smaller stars grouped in clusters, most of the places were taken from this (*The British Association Catalogue*), as were also the precessions, secular variations, and proper motions used in reducing the places from the *Twelve-Year Catalogue*. In some cases, however, where the stars' places were given only approximately, or where they rest only on the authority of LACAILLE, the places have been determined from *Oeltzen's Argelander's Southern Zones.*

The stars of the Pleiades group, not found in the *Twelve-Year Catalogue*, have been reduced from BESSEL'S places, given in the *Astronomische Untersuchungen*, Band I. All the stars quoted by the numbers of RÜMKER and LALANDE, and the hour and number of WEISSE, are reduced from these respective authorities. Wherever the precessions and secular variations have not been given, they have been computed for this work. All stars, to the 6½ magnitude, and situated within eight degrees of the ecliptic, are supposed to be given in this catalogue. In general, stars smaller than those of the 6½ magnitude are not given. It is only where they are grouped in clusters, as in the Pleiades, Hyades, and a few smaller groups, that the smaller stars are included. In these cases they are given to the 9th or 10th magnitude. In some instances, the more interesting multiple stars are also given to the smaller magnitudes.

### *Mean Places of the Stars.*

The mean right ascensions and declinations of the stars are given in this catalogue for the epoch 1850. For any other time, these coördinates may be computed by means of the annual variations which are given for each star. These variations are composed of the annual precessions and proper motions. In most catalogues the precession and proper motion are treated separately in the reductions. As the precessions are themselves variable quantities, they will sometimes require correction for the secular variation, which is the variation of precession in one hundred years. The combined precession and proper motion being affected by the same variation, and nearly in the same degree (the only difference being the very slight change which takes place in the proper motion), the annual variations will require the same corrections.

Denoting by $t_0$, the epoch of the catalogue,
$t$, the time for which the mean place is required,
$v$, the annual variation in right ascension,
$\Delta p$, its secular variation,
$v'$, the annual variation in declination,
$\Delta p'$, its secular variation,

then $t - t_0$ will be the interval for which the whole variation must be computed, and that value of the annual variation must be employed which corresponds to the middle of this interval. Or, denoting by $v_0$ the annual variation for the epoch $t_0$, we must take

$$v = v_0 + \frac{\Delta p}{200}(t - t_0)$$

$$v' = v'_0 + \frac{\Delta p'}{200}(t - t_0).$$

Then, denoting by

$\alpha_0$ the mean right ascension at the epoch $t_0$,
$\alpha$ " " " time $t$,
$\delta_0$ " declination at the epoch $t_0$,
$\delta$ " " " time $t$,

we shall have

$$\alpha = \alpha_0 + v\ (t - t_0)$$
$$\delta = \delta_0 + v'\ (t - t_0).$$

EXAMPLE. Let the mean right ascension and declination of 32 Tauri, star No. 174, be required for the beginning of the year 1864.

Taking $\alpha_0$, $\delta_0$, $v_0$, $v_0'$, $\Delta p$, $\Delta p'$ from the catalogue, we have

| | | | | | |
|---|---|---|---|---|---|
| | $\alpha_0$ | $3^h\ 48^m\ 0^s.77$ | | $\delta_0$ | $+ 22^\circ\ 2'\ 32''.0$ |
| | $v_0$ | $+ 3.531$ | | $v'$ | $+ 10.78$ |
| | $\Delta p$ | $+ 0.0145$ | | $\Delta p$ | $- 0.431$ |
| 1864–1850, | $t - t_0$ | $+ 14.$ | | $t - t_0$ | $+ 14.$ |
| $\Delta p\ (t - t_0) \div 200$, | (1) | $+ 0.001$ | $\Delta p'\ (t - t_0) \div 200$, | (1)′ | $- 0.03$ |
| $v_0 + (1)$ | $v$ | $+ 3.532$ | $v'_0 + (1)'$, | $v'$ | $+ 10.75$ |
| | $v\ (t - t_0)$ | $+ 49.45$ | | $v'\ (t - t_0)$ | $+ 2\ 30.5$ |
| $\alpha_0 + v\ (t - t_0)$ | $\alpha$ | $3\ 48\ 50.22$ | $\delta_0 + v\ (t - t_0)$, | $\delta$ | $+ 22\ 5\ 2.5$ |

*Apparent Places of the Stars.*

When a star's mean place has been computed for the beginning of the year, the apparent place for any time, $\tau$, within the year can be computed by the method which BESSEL has given in his *Tabulæ Regiomontanæ*, from the logarithms of the constants $a, b, c, d, a', b', c', d'$, given for each star in the catalogue, and the logarithms of $A, B, C, D$, given in the *Nautical Almanac* for every day in the year.

Let $\alpha'$ be the apparent right ascension, $\delta'$ the apparent declination, $\mu$ the proper motion in right ascension, $\mu'$ the proper motion in declination, and $\tau$ the fraction of the year corresponding to a given date, and we shall have

$$\left.\begin{aligned} x &= A a + B b + C c + D d + \tfrac{1}{15} E + \tau \mu \\ x' &= A a' + B b' + C c' + D d' + \tau \mu' \end{aligned}\right\} \text{(A)}$$

for which the logarithms of $A$, $B$, $C$, $D$, and the residual $E$, must be taken for the given date. The value of $\frac{1}{15} E$ can never exceed $0^s.0034$, and can seldom be required. Then

$$\begin{aligned} \alpha' &= \alpha + x \\ \delta' &= \delta + x' \end{aligned}$$

In consequence of an interchange of letters which has been made in the notation of BESSEL's formulæ by the late English astronomer BAILY, it will be necessary, in order that the computer may not be misled, to give the formulæ for computing $A, B, C, D, a, b, c, d, a', b', c', d'$. The arrangement of the letters is according to BESSEL's notation.

$A = \tau - 0.34236 \sin ☊ + 0.00410 \sin 2 ☊ - 0.02519 \sin 2 ☉ + 0.00294 \sin (☉ + 82° 34')$.

$B = - 9''.2235 \cos ☊ + 0''.0896 \cos 2 ☊ - 0''.5508 \cos 2 ☉ - 0''.0093 \cos (☉ + 280° 21')$.

$C = - 20''.4451 \cos \omega \cos ☉$.

$D = - 20''.4451 \sin ☉$.

$E = - 0''.0483 \sin ☊ + 0''.0015 \sin 2 ☊ - 0''.0035 \sin 2 ☉$.

$a = 3^s.07201 + 1^s.33701 \sin \alpha \tan \delta$.

$b = \frac{1}{15} \cos \alpha \tan \delta$.

$c = \frac{1}{15} \cos \alpha \sec \delta$.

$d = \frac{1}{15} \sin \alpha \sec \delta$.

$a' = 20''.0551 \cos \alpha$.

$b' = - \sin \alpha$.

$c' = \tan \omega \cos \delta - \sin \alpha \sin \delta$.

$d' = \cos \alpha \sin \delta$.

$\mu$ = the annual proper motion in right ascension.

$\mu'$ = the annual proper motion in declination.

$\tau$ = the time reckoned from the moment when the sun's mean longitude was 280°, as expressed in fractional parts of a tropical year.

☉ = the sun's true longitude.

☊ = the longitude of the moon's ascending node.

$\omega$ = the obliquity of the ecliptic.

$\alpha$ = the star's mean right ascension for the beginning of the year.

$\delta$ = the star's mean declination for the beginning of the year.

$\alpha'$ = the star's apparent right ascension at the time $\tau$.

$\delta'$ = the star's apparent declination at the time $\tau$.

In Baily's notation Bessel's $A$ is replaced by $C$, $B$ by $D$, $C$ by $A$, and $D$ by $B$; the letters $a$, $b$, $c$, $d$, $a'$, $b'$, $c'$, $d'$, being interchanged in the same manner, to the no small inconvenience of the computer, who, whenever he employs an unfamiliar catalogue, or an unfamiliar ephemeris, must first consult the special formulæ to ascertain how the $a$, $b$, $c$, $d$, $a'$, $b'$, $c'$, $d'$, of the former are to be combined with the $A$, $B$, $C$, $D$ of the latter.* This notation is employed in the *British Nautical Almanac* and the *British Association Catalogue*, and more recently in the *Connaissance des Temps*. It is also employed in the *American Ephemeris* from its commencement to the year 1864, inclusive. In making some changes in the *American Ephemeris* for future years, commencing with 1865, it has been very properly decided to give the notation as Bessel gave it.

The computer will therefore bear in mind, that, for years previous to 1865, in the use of the *American Ephemeris* with the present catalogue, Baily's notation must be employed. The same notation must also be adopted for the British and French Ephemerides. Instead of equations (A), therefore, we must use

$$\left. \begin{array}{l} x = Ca + Db + Ac + Bd + \tau \mu \\ x' = Ca' + Db' + Ac' + Bd' + \tau \mu' \end{array} \right\} \text{ (B)}$$

With the American Ephemeris after 1864, the *Astronomisches Jahrbuch*, Berlin, the *Almanaque Nautico*, Cadiz, and probably other European Ephemerides, equations (A) must be employed.

The logarithms of $A$, $B$, $C$, $D$ are given in the *American Ephemeris* for the Washington mean midnight of every day of the year. Where great precision is necessary, and the time for which the star's place is required, differs by several hours from Washington mean midnight, it may be necessary to interpolate between the values of logs $A$, $B$, $C$, $D$ for the given date and those of the preceding or following date.

### Arrangement of the Articles of the Catalogue.

The *first* column of the left-hand page contains the number of the star as referred to this catalogue.

The *second* column contains the stars' names arranged in the order of their right ascensions. Whenever no name is given, the name of the constellation, or of the catalogue from which the star's elements were taken, is given.

The *third* column contains the star's magnitude, generally as given in the authorities which have furnished the other elements.

The *fourth* column contains the star's mean right ascension referred to the epoch 1850.

The *fifth* column contains the annual variation of the star's right ascension. This variation is composed of the star's geometrical annual precession in right ascension and its annual proper motion in right ascension.

The *sixth* column contains the secular variation of the precession in right ascension, and consequently of the annual variation; and represents the change which takes place in this element in one hundred years.

The *seventh* column contains the star's annual proper motion in right ascension, or the annual change which takes place in the star's right ascension independently of the geometrical precession.

---

* We regret this derangement of Bessel's notation the more, when we consider the slight grounds on which it was made. Baily's reasons for the change are given in the following note from the *British Association Catalogue*: "It may be proper here to state, that, in the choice of characters to represent different quantities, I have thought it desirable that we should as much as possible make them serve the purpose of an artificial memory. It is on this account that I have made A, B represent the quantity by which the ABerration is determined; C, the quantity by which preCession is determined; and D the quantity by which the Deviation, or (as it is now more generally called) the nutation, is determined." — *B. A. C.*, page 34.

The four next columns, *eighth* to *eleventh* inclusive, contain corresponding elements of the star's declination.

In the *first* column of the right-hand page the ordinal numbers are repeated to prevent mistaking the line corresponding to that of the star on the left-hand page.

The following eight columns, from the *second* to the *ninth* inclusive, contain the logarithms of $a, b, c, d, a', b', c', d'$, for computing the star's apparent place for any day, as explained on page v.

The *tenth* and *eleventh* columns contain reference numbers to the *British Association* and *Twelve-Year Catalogues*.

### Examples of Reduction.

EXAMPLE 1. To compute the apparent right ascension and declination of $\phi$ Aquarii, star No. 1043 for October 30, 1865.

$$t - t_0 = 15 \qquad\qquad \tau = \tfrac{5}{6} \text{ year.}$$

See formula, p. iv.,

|  |  h  m  s |  |  |  °  ′  ″ |
|---|---|---|---|---|
| $a_0$ | 23  6  33.14 | | $\delta_0 -$ | 6  51  24.3 |
| $v_0$ | $+$     3.114 | | $v'_0 +$ |       19.35 |
| $\Delta p$ | $-$  0.0065 | | $\Delta p' +$ | 0.105 |
| $\mu$ | $+$    0.006 | | $\mu' -$ | 0.16 |
| $v$ | $+$    3.114 | | $v' +$ | 19.36 |
| $(t-t_0)v$ | $+$  46.710 | | $(t-t_0)v' +$ | 4  50.40 |
| $a$ | 23  7  19.850 | | $\delta -$ | 6  46  33.90 |

#### For 1865, equations (A).

| logs $a, b, c, d +$ 0.4925 | $-$ 7.8921 | $+$ 8.8151 | $-$ 8.1908 |
|---|---|---|---|
| logs $A, B, C, D +$ 9.9661 | $+$ 0.9348 | $+$ 1.1707 | $+$ 1.0982 |
| logs $a', b', c', d' +$ 1.2903 | $+$ 9.3638 | $+$ 9.6056 | $-$ 9.0650 |
| logs $Aa, Bb, Cc, Dd +$ 0.4586 | $-$ 8.8269 | $+$ 9.9858 | $-$ 9.2890 |
| logs $Aa', Bb', Cc', Dd' +$ 1.2564 | $+$ 0.2986 | $+$ 0.7763 | $-$ 0.1632 |

|  |  |
|---|---|
| $Aa +$ 2.874 | $Aa' +$ 18.05 |
| $Bb -$ 0.067 | $Bb' +$ 1.99 |
| $Cc +$ 0.968 | $Cc' +$ 5.97 |
| $Dd -$ 0.194 | $Dd' -$ 1.46 |
| $\tau\mu +$ 0.005 | $\tau\mu' -$ 0.13 |
| $Aa+Bb+Cc+Dd+\tau\mu,\ x +$ 3.586 | $Aa'+Bb'+Cc'+Dd'+\tau\mu',\ x' +$ 24.42 |
| $a+x,$    $a'$ 23  7  23.44 | $\delta+x',$    $\delta'-$ 6  46  9.5 |

EXAMPLE 2. To compute the apparent right ascension and declination of A' Ophiuchi, star No. 790, for July 1, 1864.

$$t - t_0 = 14. \qquad\qquad \tau = \tfrac{1}{2} \text{ year.}$$

|  |  h  m  s |  |  |  °  ′  ″ |
|---|---|---|---|---|
| $a_0$ | 17  6  7.65 | | $\delta_0 -$ | 26  22  37.3 |
| $v_0$ | $+$   3.683 | | $v'_0 -$ | 5.81 |
| $\Delta p$ | $+$ 0.0079 | | $\Delta p' +$ | 0.527 |
| $\mu$ | $-$   0.032 | | $\mu' -$ | 1.14 |
| $v$ | $+$   3.684 | | $v' -$ | 5.77 |
| $(t-t_0)v$ | $+$  51.576 | | $(t-t_0)v' -$ | 1  20.78 |
| $a$ | 17  6  59.226 | | $\delta -$ | 26  23  58.08 |

For 1864, equations (B).

| | | | |
|---|---|---|---|
| logs $a, b, c, d$ + 0.5700 | + 7.8864 | — 8.2388 | — 8.8595 |
| logs $C, D, A, B$ + 9.8797 | + 0.8412 | + 0.5339 | — 1.3032 |
| logs $a', b', c', d'$ — 0.6694 | + 9.9879 | — 8.6365 | + 9.0148 |
| logs $Ca, Db, Ac, Bd$ + 0.4497 | + 8.7276 | — 8.7727 | + 0.1627 |
| logs $Ca', Db', Ac', Bd'$ — 0.5491 | + 0.8291 | — 9.1704 | — 0.3180 |

$$Ca + \overset{s}{2}.816 \qquad\qquad Ca' - \overset{''}{3}.54$$
$$Db + 0.053 \qquad\qquad Db' + 6.75$$
$$Ac - 0.059 \qquad\qquad Ac' - 0.15$$
$$Bd + 1.454 \qquad\qquad Bd' - 2.08$$
$$\tau\mu - 0.016 \qquad\qquad \tau\mu' - 0.57$$
$$x + 4.248 \qquad\qquad x' + 0.41$$
$$a' \ \overset{h}{17} \ \overset{m}{7} \ \overset{s}{3}.474 \qquad\qquad \delta' - 26\overset{o}{} \ 23' \ 57''.67$$

During the present year a survey of the cluster Præsepe in the constellation Cancer will be made at the National Observatory. This fine cluster is supposed to contain upwards of sixty stars from the 7th to the 10th magnitude. When the survey is completed, these stars will be included in this catalogue.

# ALMANAC CATALOGUE

OF

# ZODIACAL STARS.

| No | Name. | Mag. | Mean Right Ascension 1850.0. | Annual Varia- tion. | Secular Variation. | Proper Motion. | Mean Declination 1850.0. | Annual Varia- tion. | Secular Varia- tion. | Proper Motion. |
|---|---|---|---|---|---|---|---|---|---|---|
| | | | h  m  s | s | s | s | ° ′ ″ | ″ | ″ | ″ |
| 1 | 34 Piscium | 6 | 0  2 19.76 | +3.077 | +0.0055 | +0.004 | +10 18 37.9 | +20.00 | −0.005 | −6.05 |
| 2 | B.A.C. 17 | 6½ | 0  2 38.16 | +3.076 | −0.0030 | +0.007 | − 6  4 55.6 | +20.03 | −0.005 | −0.02 |
| 3 | 35 Pisc., pr. | 6 | 0  7 15.40 | +3.084 | +0.0046 | +0.007 | + 7 59 15.6 | +20.01 | −0.014 | −0.04 |
| 4 | 36 Piscium | 6½ | 0  8 51.84 | +3.077 | +0.0044 | 0.000 | + 7 24 27.3 | +20.06 | −0.017 | +0.02 |
| 5 | B.A.C. 57 | 6½ | 0 10  5.37 | +3.067 | +0.0010 | −0.005 | + 0 51 15.9 | +20.03 | −0.020 | −0.01 |
| 6 | d Piscium | 5½ | 0 12 52.90 | +3.085 | +0.0046 | +0.005 | + 7 21 24.6 | +20.07 | −0.025 | +0.05 |
| 7 | B.A.C. 81 | 6½ | 0 16 49.73 | +3.052 | −0.0006 | −0.013 | − 3  2 53.9 | +19.90 | −0.033 | −0.10 |
| 8 | 44 Piscium | 6 | 0 17 42.90 | +3.075 | +0.0016 | +0.002 | + 1  6 31.7 | +20.00 | −0.035 | 0.00 |
| 9 | 45 Piscium | 6 | 0 17 58.02 | +3.086 | +0.0046 | +0.003 | + 6 51 41.4 | +19.94 | −0.035 | −0.05 |
| 10 | 10 Ceti | 6 | 0 18 55.83 | +3.077 | +0.0006 | +0.008 | − 0 52 51.7 | +19.99 | −0.037 | 0.00 |
| 11 | 12 Ceti | 6 | 0 22 22.96 | +3.063 | −0.0012 | +0.003 | − 4 47 12.4 | +19.95 | −0.044 | −0.01 |
| 12 | 51 Pisc., pr. | 6½ | 0 24 39.64 | +3.089 | +0.0046 | +0.003 | + 6  7 39.2 | +20.01 | −0.048 | +0.07 |
| 13 | B.A.C. 142 | 6½ | 0 27  9.07 | +3.109 | +0.0083 | +0.003 | +12 32 48.7 | +19.95 | −0.054 | +0.03 |
| 14 | 13 Ceti | 5½ | 0 27 31.68 | +3.085 | −0.0007 | +0.027 | − 4 25  9.8 | +19.88 | −0.053 | −0.03 |
| 15 | 14 Ceti | 6½ | 0 27 50.82 | +3.076 | +0.0009 | +0.009 | − 1 19 49.8 | +19.77 | −0.054 | −0.14 |
| 16 | B.A.C. 149 | 6 | 0 28  9.57 | +3.107 | +0.0083 | | +12 23 25.4 | +19.90 | −0.056 | |
| 17 | 53 Piscium | 6 | 0 28 58.68 | +3.117 | +0.0004 | +0.003 | +14 24 20.6 | +19.92 | −0.057 | +0.02 |
| 18 | 15 Ceti | 6½ | 0 30 24.46 | +3.063 | +0.0010 | −0.004 | − 1 19 44.5 | +19.86 | −0.059 | −0.02 |
| 19 | B.A.C. 174 | 6 | 0 33  4.02 | +3.040 | −0.0008 | −0.013 | − 5 10 31.6 | +19.98 | −0.064 | +0.13 |
| 20 | B.A.C. 205 | 6 | 0 37 46.13 | +3.056 | −0.0007 | +0.006 | − 5 27 11.4 | +19.71 | −0.073 | −0.07 |
| 21 | 58 Piscium | 6 | 0 39 12.19 | +3.120 | +0.0082 | +0.004 | +11  9 18.1 | +19.82 | −0.077 | +0.06 |
| 22 | 60 Piscium | 6 | 0 39 38.34 | +3.097 | +0.0053 | +0.002 | + 5 55 17.3 | +19.76 | −0.078 | 0.00 |
| 23 | 62 Piscium | 6 | 0 40 30.71 | +3.104 | +0.0057 | +0.007 | + 6 28 51.4 | +19.78 | −0.079 | +0.04 |
| 24 | B.A.C. 221 | 6 | 0 40 30.96 | +3.128 | +0.0046 | +0.030 | + 4 30 29.4 | +18.56 | −0.079 | −1.18 |
| 25 | δ Piscium | 4½ | 0 40 54.19 | +3.107 | +0.0058 | +0.008 | + 6 46  3.7 | +19.73 | −0.080 | −0.01 |
| 26 | 20 Ceti | 5½ | 0 45 20.59 | +3.064 | +0.0015 | +0.002 | − 1 57 35.3 | +19.67 | −0.088 | +0.01 |
| 27 | B.A.C. 269 | 6½ | 0 50  2.43 | +3.132 | +0.0007 | −0.005 | +12 53  2.2 | +19.53 | −0.090 | −0.05 |
| 28 | B.A.C. 274 | 6½ | 0 52  3.41 | +3.104 | +0.0058 | +0.003 | + 5 40 20.7 | +19.50 | −0.102 | −0.04 |
| 29 | ε Piscium | 4 | 0 55  9.75 | +3.114 | +0.0067 | +0.004 | + 7  4 52.6 | +19.50 | −0.108 | +0.02 |
| 30 | 26 Ceti | 6½ | 0 56  5.94 | +3.084 | +0.0034 | +0.010 | + 0 33 40.9 | +19.39 | −0.109 | −0.07 |
| 31 | 73 Piscium | 6½ | 0 57  6.55 | +3.105 | +0.0056 | +0.006 | + 4 51  0.9 | +19.42 | −0.111 | −0.02 |
| 32 | 72 Piscium | 6 | 0 57 10.68 | +3.158 | +0.0108 | +0.004 | +14  8 17.6 | +19.48 | −0.114 | +0.05 |
| 33 | 77 Pisc., pr. | 7 | 0 58  3.97 | +3.090 | +0.0053 | +0.004 | + 4  6 29.5 | +19.31 | −0.113 | −0.11 |
| 34 | 75 Piscium | 6½ | 0 58 40.51 | +3.148 | +0.0007 | +0.004 | +12  9  6.4 | +19.48 | −0.116 | +0.08 |
| 35 | 29 Ceti | 6½ | 1  0 15.78 | +3.088 | +0.0039 | +0.010 | − 1 12 27.5 | +18.01 | −0.117 | −0.46 |
| 36 | ε Piscium | 5½ | 1  0 38.77 | +3.093 | +0.0058 | −0.017 | + 4 51 17.8 | +19.17 | −0.118 | −0.19 |
| 37 | B.A.C 341 | 6 | 1  2 14.87 | +3.184 | +0.0115 | +0.018 | +14 52 21.2 | +19.15 | −0.124 | −0.17 |
| 38 | 33 Ceti | 6 | 1  2 50.68 | +3.083 | +0.0042 | +0.002 | + 1 38 46.6 | +19.32 | −0.122 | +0.01 |
| 39 | 35 Ceti | 6½ | 1  4 49.35 | +3.072 | −0.0043 | −0.010 | − 1 40 41.2 | +19.12 | −0.125 | −0.14 |
| 40 | ζ Piscium, pr. | 4½ | 1  5 53.84 | +3.120 | +0.0071 | +0.013 | + 6 46 51.1 | +19.17 | −0.129 | −0.06 |
| 41 | 87 Piscium | 6½ | 1  6  9.95 | +3.174 | +0.0140 | −0.001 | +15 20 15.4 | +19.20 | −0.132 | −0.03 |
| 42 | 88 Piscium | 6½ | 1  6 54.49 | +3.111 | +0.0067 | −0.001 | + 6 12  3.6 | +19.21 | −0.131 | 0.00 |
| 43 | f Piscium | 6 | 1 10  3.97 | +3.090 | +0.0051 | −0.001 | + 2 49 24.0 | +19.12 | −0.136 | −0.01 |
| 44 | B.A.C. 408 | 6½ | 1 14 57.63 | +3.091 | +0.0060 | −0.009 | + 3 57  8.0 | +18.95 | −0.145 | −0.04 |
| 45 | 94 Piscium | 5 | 1 18 36.06 | +3.225 | +0.0144 | +0.004 | +18 27 43.3 | +18.88 | −0.158 | −0.01 |
| 46 | B.A.C. 433 | 6½ | 1 18 46.91 | +3.065 | +0.0035 | +0.004 | − 1 10 45.3 | +18.88 | −0.151 | |
| 47 | 96 Piscium | 6½ | 1 21 13.60 | +3.125 | +0.0076 | +0.001 | + 6 31  7.2 | +18.77 | −0.158 | −0.04 |
| 48 | μ Piscium | 4½ | 1 22 19.73 | +3.137 | −0.0070 | +0.022 | + 5 22  6.6 | +18.60 | −0.160 | −0.18 |
| 49 | η Piscium | 3½ | 1 23 27.80 | +3.200 | +0.0121 | +0.006 | +14 34 14.9 | +18.76 | −0.166 | +0.02 |
| 50 | B.A.C. 469 | 6 | 1 26 42.82 | +3.245 | +0.0142 | +0.017 | +17 41 36.0 | +18.52 | −0.174 | −0.12 |
| 51 | 101 Piscium | 6 | 1 27 45.61 | +3.196 | +0.0119 | +0.002 | +13 53 35.1 | +18.62 | −0.174 | +0.02 |
| 52 | B.A.C. 477 | 6 | 1 27 48.31 | +3.231 | +0.0136 | +0.011 | +16 39 54.1 | +18.67 | −0.176 | +0.07 |
| 53 | B.A.C. 481 | 6½ | 1 28 12.20 | +3.132 | +0.0080 | +0.001 | + 6 52 34.9 | +18.62 | −0.171 | +0.03 |
| 54 | π Piscium | 6 | 1 29  9.15 | +3.171 | +0.0104 | −0.002 | +11 22 21.8 | +18.64 | −0.176 | +0.08 |
| 55 | 104 Piscium | 6½ | 1 31 13.58 | +3.203 | +0.0118 | +0.008 | +13 31 24.6 | +18.50 | −0.181 | +0.01 |
| 56 | 105 Piscium | 6 | 1 31 35.60 | +3.222 | +0.0131 | +0.006 | +15 38 34.8 | +18.47 | −0.183 | 0.00 |
| 57 | ν Piscium | 4½ | 1 33 37.60 | +3.117 | +0.0071 | +0.002 | + 4 43 34.7 | +18.38 | −0.180 | −0.02 |
| 58 | ο Piscium | 4 | 1 37 28.66 | +3.162 | +0.0091 | +0.010 | + 8 24  2.8 | +18.31 | −0.190 | +0.04 |
| 59 | 3 Arietis | 6½ | 1 38 27.13 | +3.239 | +0.0140 | +0.002 | +16 30 33.3 | +18.24 | −0.197 | +0.01 |
| 60 | 4 Arietis | 6½ | 1 40  3.20 | +3.241 | +0.0137 | +0.006 | +16 12 27.8 | +18.21 | −0.200 | +0.04 |

| No. | Logarithms of a | b | c | d | a′ | b′ | c′ | d′ | No. B.A.C. | No. T.Y.C. |
|---|---|---|---|---|---|---|---|---|---|---|
| 1 | +0.4876 | +8.0837 | +8.8310 | +6.8386 | +1.3022 | —8.0076 | +9.6286 | +9.2528 | 14 | 7 |
| 2 | +0.4870 | —7.8515 | +8.8263 | +6.8870 | +1.3022 | —8.0607 | +9.6362 | —9.0251 | 17 | |
| 3 | +0.4881 | +7.9708 | +8.8279 | +7.3286 | +1.3020 | —8.5005 | +9.6288 | +9.1427 | 36 | 10 |
| 4 | +0.4882 | +7.9376 | +8.8272 | +7.4149 | +1.3019 | —8.5874 | +9.6287 | +9.1100 | 44 | |
| 5 | +0.4874 | +6.9971 | +8.8235 | +7.4675 | +1.3018 | —8.6436 | +9.6367 | +8.1731 | 57 | |
| 6 | +0.4886 | +7.9342 | +8.8268 | +7.5772 | +1.3015 | —8.7497 | +9.6266 | +9.1067 | 66 | 16 |
| 7 | +0.4865 | —7.5491 | +8.8234 | +7.6900 | +1.3011 | —8.8655 | +9.6408 | —8.7246 | 81 | |
| 8 | +0.4875 | +7.1094 | +8.8227 | +7.7117 | +1.3009 | —8.8877 | +9.6359 | +8.2854 | 87 | 21 |
| 9 | +0.4890 | +7.9030 | +8.8257 | +7.7209 | +1.3009 | —8.8939 | +9.6248 | +9.0759 | 89 | 22 |
| 10 | +0.4870 | —7.0092 | +8.8225 | +7.7405 | +1.3007 | —8.9165 | +9.6387 | —8.1853 | 95 | 25 |
| 11 | +0.4857 | —7.7448 | +8.8234 | +7.8145 | +1.3002 | —8.9891 | +9.6440 | —8.9194 | 112 | 28 |
| 12 | +0.4894 | +7.8522 | +8.8239 | +7.8574 | +1.2997 | —9.0310 | +9.6233 | +9.0258 | 129 | |
| 13 | +0.4922 | +8.1683 | +8.8314 | +7.9070 | +1.2992 | —9.0726 | +9.5998 | +9.3339 | 142 | |
| 14 | +0.4855 | —7.7089 | +8.8221 | +7.9037 | +1.2991 | —9.0785 | +9.6453 | —8.8837 | 145 | 32 |
| 15 | +0.4867 | —7.1867 | +8.8208 | +7.9076 | +1.2990 | —9.0835 | +9.6401 | —8.3627 | 147 | |
| 16 | +0.4923 | +8.1624 | +8.8309 | +7.9225 | +1.2989 | —9.0884 | +9.5995 | +9.3283 | 149 | |
| 17 | +0.4933 | +8.2301 | +8.8343 | +7.9385 | +1.2987 | —9.1008 | +9.5898 | +9.3924 | 156 | 36 |
| 18 | +0.4866 | —7.1856 | +8.8202 | +7.9456 | +1.2984 | —9.1215 | +9.6404 | —8.3616 | 163 | |
| 19 | +0.4848 | —7.7764 | +8.8211 | +7.9834 | +1.2977 | —9.1577 | +9.6486 | —8.9507 | 174 | |
| 20 | +0.4843 | —7.7978 | +8.8200 | +8.0409 | +1.2963 | —9.2150 | +9.6509 | —8.9719 | 205 | |
| 21 | +0.4935 | +8.1125 | +8.8258 | +8.0632 | +1.2958 | —9.2310 | +9.5943 | +9.2803 | 213 | 44 |
| 22 | +0.4906 | +7.8332 | +8.8197 | +8.0620 | +1.2957 | —9.2358 | +9.6169 | +9.0070 | 216 | |
| 23 | +0.4910 | +7.8725 | +8.8190 | +8.0718 | +1.2954 | —9.2451 | +9.6142 | +9.0458 | 220 | |
| 24 | +0.4898 | +7.7139 | +8.8184 | +8.0704 | +1.2954 | —9.2452 | +9.6220 | +8.8886 | 221 | 47 |
| 25 | +0.4912 | +7.8914 | +8.8200 | +8.0762 | +1.2953 | —9.2493 | +9.6128 | +9.0644 | 222 | 50 |
| 26 | +0.4860 | —7.3496 | +8.8156 | +8.1177 | +1.2937 | —9.2935 | +9.6439 | —8.5254 | 242 | 56 |
| 27 | +0.4965 | +8.1728 | +8.8245 | +8.1707 | +1.2918 | —9.3357 | +9.5737 | +9.3378 | 269 | |
| 28 | +0.4914 | +7.8097 | +8.8147 | +8.1786 | +1.2909 | —9.3526 | +9.6123 | +8.9836 | 274 | |
| 29 | +0.4928 | +7.9054 | +8.8145 | +8.2045 | +1.2895 | —9.3773 | +9.6035 | +9.0782 | 288 | 66 |
| 30 | +0.4877 | +6.8017 | +8.8108 | +8.2084 | +1.2891 | —9.3844 | +9.6350 | +7.9778 | 295 | 68 |
| 31 | +0.4912 | +7.7390 | +8.8118 | +8.2175 | +1.2886 | —9.3920 | +9.6144 | +8.9135 | 303 | |
| 32 | +0.4988 | +8.2115 | +8.8236 | +8.2298 | +1.2886 | —9.3925 | +9.5569 | +9.3742 | 305 | |
| 33 | +0.4906 | +7.6661 | +8.8109 | +8.2241 | +1.2881 | —9.3991 | +9.6178 | +8.8411 | 311 | |
| 34 | +0.4974 | +8.1426 | +8.8194 | +8.2373 | +1.2878 | —9.4035 | +9.5693 | +9.3089 | 316 | |
| 35 | +0.4883 | +7.1327 | +8.8088 | +8.2389 | +1.2870 | —9.4149 | +9.6319 | +8.3086 | 324 | |
| 36 | +0.4914 | +7.7376 | +8.8101 | +8.2430 | +1.2868 | —9.4175 | +9.6131 | +8.9121 | 328 | 72 |
| 37 | +0.5005 | +8.2319 | +8.8225 | +8.2673 | +1.2860 | —9.4286 | +9.5447 | +9.3932 | 341 | |
| 38 | +0.4887 | +7.2659 | +8.8076 | +8.2567 | +1.2857 | —9.4326 | +9.6294 | +8.4418 | 344 | |
| 39 | +0.4888 | +7.2731 | +8.8065 | +8.2698 | +1.2846 | —9.4457 | +9.6290 | +8.4490 | 359 | |
| 40 | +0.4936 | +7.8809 | +8.8088 | +8.2797 | +1.2840 | —9.4527 | +9.5992 | +9.0539 | 368 | 86 |
| 41 | +0.5017 | +8.2437 | +8.8213 | +8.2941 | +1.2839 | —9.4544 | +9.5356 | +9.4041 | 370 | |
| 42 | +0.4931 | +7.8412 | +8.8077 | +8.2856 | +1.2834 | —9.4591 | +9.6024 | +9.0147 | 373 | |
| 43 | +0.4900 | +7.4963 | +8.8038 | +8.3030 | +1.2816 | —9.4785 | +9.6218 | +8.6718 | 388 | |
| 44 | +0.4914 | +7.6397 | +8.8013 | +8.3318 | +1.2786 | —9.5069 | +9.6136 | +8.8147 | 408 | |
| 45 | +0.5080 | +8.3214 | +8.8208 | +8.3736 | +1.2762 | —9.5267 | +9.4844 | +9.4746 | 431 | |
| 46 | +0.4859 | —7.1112 | +8.7978 | +8.3517 | +1.2760 | —9.5277 | +9.6442 | —8.2872 | 433 | |
| 47 | +0.4947 | +7.8540 | +8.7989 | +8.3671 | +1.2744 | —9.5404 | +9.5931 | +9.0272 | 442 | |
| 48 | +0.4934 | +7.7682 | +8.7972 | +8.3718 | +1.2736 | —9.5460 | +9.6012 | +8.9424 | 448 | 121 |
| 49 | +0.5044 | +8.2093 | +8.8087 | +8.3898 | +1.2728 | —9.5517 | +9.5190 | +9.3712 | 453 | 124 |
| 50 | +0.5090 | +8.2959 | +8.8131 | +8.4125 | +1.2704 | —9.5675 | +9.4787 | +9.4509 | 469 | |
| 51 | +0.5044 | +8.1846 | +8.8042 | +8.4093 | +1.2696 | —9.5725 | +9.5206 | +9.3478 | 476 | |
| 52 | +0.5079 | +8.2694 | +8.8099 | +8.4152 | +1.2695 | —9.5727 | +9.4893 | +9.4249 | 477 | |
| 53 | +0.4957 | +7.8723 | +8.7941 | +8.4016 | +1.2692 | —9.5745 | +9.5864 | +9.0452 | 481 | |
| 54 | +0.5014 | +8.0937 | +8.7988 | +8.4115 | +1.2685 | —9.5790 | +9.5448 | +9.2612 | 488 | 137 |
| 55 | +0.5045 | +8.1697 | +8.8008 | +8.4245 | +1.2669 | —9.5884 | +9.5202 | +9.3336 | 496 | |
| 56 | +0.5074 | +8.2354 | +8.8047 | +8.4304 | +1.2666 | —9.5901 | +9.4955 | +9.3951 | 500 | |
| 57 | +0.4934 | +7.7040 | +8.7881 | +8.4245 | +1.2649 | —9.5991 | +9.6018 | +8.8786 | 518 | 145 |
| 58 | +0.4986 | +7.9527 | +8.7881 | +8.4442 | +1.2617 | —9.6156 | +9.5670 | +9.1241 | 537 | 152 |
| 59 | +0.5102 | +8.2586 | +8.8012 | +8.4621 | +1.2609 | —9.6196 | +9.4717 | +9.4160 | 538 | 155 |
| 60 | +0.5099 | +8.2445 | +8.7988 | +8.4677 | +1.2595 | —9.6262 | +9.4752 | +9.4030 | 546 | |

| No. | Name. | Mag. | Mean Right Ascension 1850.0. | Annual Variation. | Secular Variation. | Proper Motion. | Mean Declination 1850.0. | Annual Variation. | Secular Variation. | Proper Motion. |
|---|---|---|---|---|---|---|---|---|---|---|
| | | | h m s | s | s | s | ° ′ ″ | ″ | ″ | ″ |
| 61 | B.A.C. 551 | 6½ | 1 40 40.09 | +3.103 | +0.0064 | +0.003 | + 2 56 4.7 | +18.14 | −0.192 | −0.01 |
| 62 | 54 Ceti | 6 | 1 42 54.75 | +3.171 | +0.0104 | −0.005 | +10 17 52.6 | +18.00 | −0.201 | −0.07 |
| 63 | $\gamma^{1}$ Arietis | 4½ | 1 45 18.38 | +3.277 | +0.0153 | +0.007 | +18 33 21.7 | +17.89 | −0.212 | −0.09 |
| 64 | $\gamma^{2}$ Arietis | 3½ | 1 45 18.40 | +3.279 | +0.0153 | +0.009 | +18 33 30.8 | +17.88 | −0.212 | −0.09 |
| 65 | ξ Piscium | 4 | 1 45 47.57 | +3.099 | +0.0064 | +0.003 | + 2 26 40.3 | +17.91 | −0.201 | −0.05 |
| 66 | B.A.C. 632 | 6 | 1 55 20.63 | +3.282 | +0.0148 | +0.007 | +17 31 52.2 | +17.60 | −0.231 | +0.04 |
| 67 | 15 Arietis | 6 | 2 2 19.16 | +3.310 | +0.0158 | +0.008 | +18 47 26.8 | +17.27 | −0.245 | 0.00 |
| 68 | 64 Ceti | 6½ | 2 3 26.37 | +3.156 | +0.0095 | −0.009 | + 7 51 55.4 | +17.12 | −0.237 | −0.10 |
| 69 | η Arietis | 5½ | 2 4 24.71 | +3.341 | +0.0170 | +0.012 | +20 30 12.5 | +17.17 | −0.251 | 0.00 |
| 70 | $\xi^{1}$ Ceti | 4½ | 2 5 3.21 | +3.169 | +0.0097 | −0.001 | + 8 8 26.2 | +17.12 | −0.240 | −0.02 |
| 71 | θ Arietis | 5½ | 2 9 47.40 | +3.325 | +0.0161 | +0.004 | +19 12 16.9 | +16.95 | −0.260 | +0.03 |
| 72 | B.A.C. 728 | 6½ | 2 15 12.05 | +3.203 | +0.0108 | | +10 9 3.5 | +16 67 | −0.258 | |
| 73 | B.A.C. 741 | 6½ | 2 16 29.83 | +3.191 | +0.0103 | +0.001 | + 9 1 57.2 | +16.51 | −0.261 | −0.09 |
| 74 | ξ Arietis | 5½ | 2 16 46.97 | +3.205 | +0.0107 | +0.003 | + 9 55 41.3 | +16.54 | −0.263 | −0.05 |
| 75 | B.A.C. 755 | 6 | 2 18 43.24 | +3.207 | +0.0108 | +0.004 | + 9 53 9.9 | +16.36 | −0.266 | −0.13 |
| 76 | $\xi^{2}$ Ceti | 4 | 2 20 11.34 | +3.182 | +0.0097 | +0.006 | + 7 47 6.0 | +16.42 | −0.266 | 0.00 |
| 77 | 26 Arietis | 6½ | 2 22 14.23 | +3.347 | +0.0161 | +0.006 | +19 11 12.2 | +16.31 | −0.283 | −0.01 |
| 78 | 27 Arietis | 6 | 2 22 35.61 | +3.314 | +0.0147 | +0.005 | +17 2 15.3 | +16.26 | −0.281 | −0.04 |
| 79 | 29 Arietis | 6½ | 2 24 41.42 | +3.273 | +0.0132 | 0.000 | +14 22 2.9 | +16.22 | −0.282 | +0.03 |
| 80 | B.A.C. 782 | 6½ | 2 25 13.92 | +3.340 | +0.0155 | +0.009 | +18 12 57.4 | +16.20 | −0.288 | +0.04 |
| 81 | B.A.C. 789 | 6½ | 2 27 7.92 | +3.168 | +0.0092 | +0.002 | + 6 48 58.0 | +15.94 | −0.277 | −0.12 |
| 82 | 31 Arietis | 5½ | 2 28 27.47 | +3.259 | +0.0117 | +0.020 | +11 47 41.4 | +15.94 | −0.285 | −0.05 |
| 83 | B.A.C. 800 | 6½ | 2 28 38.72 | +3.174 | +0.0094 | +0.003 | + 7 4 30.0 | +16.00 | −0.279 | +0.02 |
| 84 | ν Arietis | 5½ | 2 30 18.44 | +3.392 | +0.0174 | +0.003 | +21 18 34.6 | +15.86 | −0.301 | −0.03 |
| 85 | μ Arietis | 5½ | 2 33 54.98 | +3 368 | +0.0161 | +0.005 | +19 22 9.1 | +15.69 | −0.305 | −0.01 |
| 86 | B.A.C. 830 | 6 | 2 34 24.72 | +3.218 | +0.0100 | −0.001 | +10 5 53.5 | +15.61 | −0.293 | −0.06 |
| 87 | ο Arietis | 6½ | 2 36 17.50 | +3.294 | +0.0133 | +0.003 | +14 40 19.4 | +15.50 | −0.303 | −0.07 |
| 88 | 38 Arietis | 5 | 2 36 47.54 | +3.259 | +0.0117 | +0.012 | +11 48 41.1 | +15.47 | −0.299 | −0.07 |
| 89 | μ Ceti | 4 | 2 36 50.37 | +3.232 | +0.0105 | +0.020 | + 9 28 39.5 | +15.49 | −0.296 | −0.05 |
| 90 | 40 Arietis | 6 | 2 40 8.03 | +3.349 | +0.0150 | +0.005 | +17 39 27.5 | +15.43 | −0.314 | +0.07 |
| 91 | π Arietis, *tr.* | 5½ | 2 40 55.73 | +3.335 | +0.0145 | +0.003 | +16 50 14.7 | +15.35 | −0.314 | +0.04 |
| 92 | σ Arietis | 6 | 2 43 13.06 | +3.299 | +0.0132 | +0.003 | +14 27 38.1 | +15.15 | −0.314 | −0.03 |
| 93 | $\rho^{1}$ Arietis | 7½ | 2 46 31.37 | +3.350 | +0.0146 | +0.006 | +17 7 23.2 | +15.05 | −0.324 | +0.06 |
| 94 | $\rho^{2}$ Arietis | 6 | 2 47 23.25 | +3.358 | +0.0149 | +0.002 | +17 43 15.3 | +14.95 | −0.327 | +0.01 |
| 95 | $\rho^{3}$ Arietis | 6 | 2 47 58.57 | +3.374 | +0.0147 | +0.023 | +17 25 17.5 | +14.74 | −0.327 | −0.17 |
| 96 | 47 Arietis | 6 | 2 49 30.76 | +3.419 | +0.0162 | +0.019 | +20 3 48.5 | +14.77 | −0.334 | −0.05 |
| 97 | ε Arietis, *pr.* | 4½ | 2 50 38.50 | +3.418 | +0.0166 | +0.004 | +20 44 13.1 | +14.75 | −0.337 | 0.00 |
| 98 | λ Ceti | 5½ | 2 51 41.03 | +3.213 | +0.0099 | +0.009 | + 8 18 24.7 | +14.70 | −0.318 | +0.01 |
| 99 | 52 Arietis, *gr.* | 6½ | 2 56 39.47 | +3.500 | +0.0191 | +0.002 | +24 40 2.3 | +14.36 | −0.356 | −0.03 |
| 100 | 53 Arietis | 6 | 2 58 59.34 | +3.362 | +0.0143 | −0.002 | +17 17 50.5 | +14.24 | −0.345 | 0.00 |
| 101 | 54 Arietis | 6½ | 2 59 51.45 | +3.385 | +0.0149 | +0.003 | +18 12 56.0 | +14.17 | −0.349 | −0.02 |
| 102 | δ Arietis | 4½ | 3 3 3.56 | +3.418 | +0.0153 | +0.015 | +19 9 20.2 | +14.00 | −0.356 | +0.01 |
| 103 | B.A.C. 987 | 6½ | 3 3 8.05 | +3.284 | +0.0117 | +0.001 | +12 28 33.6 | +14.02 | −0.343 | +0.03 |
| 104 | ζ Arietis | 4½ | 3 6 17.18 | +3.434 | +0.0160 | +0.001 | +20 29 6.1 | +13.73 | −0.364 | −0.06 |
| 105 | B.A.C. 1032 | 6½ | 3 12 14.58 | +3.440 | +0.0154 | +0.008 | +19 57 46.9 | +13.30 | −0.372 | −0.10 |
| 106 | $\tau^{1}$ Arietis | 5 | 3 12 34.43 | +3.449 | +0.0158 | +0.004 | +20 36 9.9 | +13.33 | −0.374 | −0.05 |
| 107 | $\tau^{2}$ Arietis | 6 | 3 14 7.91 | +3.438 | +0.0154 | −0.001 | +20 12 5.6 | +13.26 | −0.376 | −0.02 |
| 108 | 64 Arietis | 6 | 3 15 27.47 | +3.525 | +0.0178 | +0.002 | +24 11 19.1 | +13.13 | −0.387 | −0.06 |
| 109 | 65 Arietis | 6 | 3 15 47.44 | +3.444 | +0.0154 | +0.001 | +20 16 0.0 | +13.15 | −0.379 | −0.02 |
| 110 | 66 Arietis | 6½ | 3 19 40.93 | +3.494 | +0.0165 | +0.004 | +22 16 59.6 | +12.82 | −0.389 | −0.09 |
| 111 | *s* Tauri | 6 | 3 22 12.98 | +3.272 | +0.0105 | +0.004 | +10 49 3.4 | +12.70 | −0.368 | −0.04 |
| 112 | *f* Tauri | 4 | 3 22 35.92 | +3.304 | +0.0112 | +0.006 | +12 25 6.5 | +12.72 | −0.372 | 0.00 |
| 113 | 7 Tauri, *tr.* | 6 | 3 25 34.11 | +3.538 | +0.0171 | +0.003 | +23 57 24.8 | +12.48 | −0.403 | −0.03 |
| 114 | B.A.C. 1096 | 6½ | 3 25 35.57 | +3.376 | +0.0134 | −0.021 | +17 20 14.1 | +12.13 | −0.387 | −0.38 |
| 115 | 9 Tauri | 6 | 3 28 9.14 | +3.512 | +0.0162 | 0.000 | +22 42 39.2 | +12.30 | −0.404 | −0.04 |
| 116 | 11 Tauri | 6 | 3 31 49.21 | +3.568 | +0.0173 | +0.003 | +24 50 24.1 | +12.03 | −0.415 | −0.05 |
| 117 | 13 Tauri | 6½ | 3 33 40.23 | +3.446 | +0.0140 | +0.001 | +19 12 57.8 | +11.94 | −0.403 | −0.01 |
| 118 | 14 Tauri | 7 | 3 35 7.31 | +3.458 | +0.0138 | +0.012 | +19 11 13.3 | +11.83 | −0.406 | −0.02 |
| 119 | *g* Pleiadum | 5½ | 3 35 53.77 | +3.554 | +0.0164 | +0.006 | +23 48 48.4 | +11.75 | −0.419 | −0.05 |
| 120 | *b* Pleiadum | 4½ | 3 35 58.68 | +3.548 | +0.0163 | +0.004 | +23 38 15.7 | +11.76 | −0.418 | −0.03 |

| No. | LOGARITHMS OF a | b | c | d | a′ | b′ | c′ | d′ | No. B.A.C. | No. T.Y.C. |
|---|---|---|---|---|---|---|---|---|---|---|
| 61 | +0.4913 | +7.4904 | +8.7812 | +8.4531 | +1.2589 | −9.6287 | +9.6145 | +8.6659 | 551 | |
| 62 | +0.5019 | +8.0379 | +8.7856 | +8.4686 | +1.2569 | −9.6376 | +9.5433 | +9.2070 | 561 | |
| 63 | +0.5145 | +8.3023 | +8.7995 | +8.4940 | +1.2547 | −9.6469 | +9.4319 | +9.4552 | 572 | 168 |
| 64 | +0.5145 | +8.3023 | +8.7995 | +8.4940 | +1.2547 | −9.6469 | +9.4317 | +9.4552 | 573 | 166 |
| 65 | +0.4908 | +7.4063 | +8.7763 | +8.4731 | +1.2542 | −9.6488 | +9.6176 | +8.5820 | 574 | 169 |
| 66 | +0.5152 | +8.2658 | +8.7869 | +8.5284 | +1.2446 | −9.6838 | +9.4286 | +9.4212 | 632 | |
| 67 | +0.5188 | +8.2907 | +8.7827 | +8.5542 | +1.2372 | −9.7065 | +9.3925 | +9.4430 | 665 | |
| 68 | +0.5004 | +7.8979 | +8.7617 | +8.5381 | +1.2359 | −9.7101 | +9.5559 | +9.0699 | 672 | |
| 69 | +0.5223 | +8.3293 | +8.7849 | +8.5655 | +1.2348 | −9.7131 | +9.3533 | +9.4770 | 682 | 193 |
| 70 | +0.5011 | +7.9112 | +8.7602 | +8.5435 | +1.2341 | −9.7152 | +9.5516 | +9.0829 | 684 | 195 |
| 71 | +0.5212 | +8.2922 | +8.7751 | +8.5784 | +1.2285 | −9.7296 | +9.3679 | +9.4434 | 707 | 204 |
| 72 | +0.5056 | +7.9964 | +8.7503 | +8.5760 | +1.2218 | −9.7453 | +9.5173 | +9.1657 | 728 | |
| 73 | +0.5038 | +7.9432 | +8.7473 | +8.5783 | +1.2202 | −9.7490 | +9.5321 | +9.1138 | 741 | |
| 74 | +0.5054 | +7.9846 | +8.7480 | +8.5802 | +1.2198 | −9.7498 | +9.5193 | +9.1541 | 745 | |
| 75 | +0.5056 | +7.9802 | +8.7455 | +8.5855 | +1.2173 | −9.7551 | +9.5183 | +9.1498 | 755 | |
| 76 | +0.5018 | +7.8728 | +8.7410 | +8.5870 | +1.2153 | −9.7591 | +9.5468 | +9.0449 | 760 | 212 |
| 77 | +0.5239 | +8.2758 | +8.7591 | +8.6133 | +1.2126 | −9.7646 | +9.3401 | +9.4271 | 769 | |
| 78 | +0.5198 | +8.2202 | +8.7533 | +8.6080 | +1.2121 | −9.7655 | +9.3876 | +9.3768 | 771 | 214 |
| 79 | +0.5149 | +8.1394 | +8.7447 | +8.6087 | +1.2092 | −9.7710 | +9.4376 | +9.3017 | 780 | 217 |
| 80 | +0.5226 | +8.2475 | +8.7525 | +8.6187 | +1.2085 | −9.7724 | +9.3562 | +9.4012 | 782 | |
| 81 | +0.5006 | +7.8050 | +8.7306 | +8.6043 | +1.2058 | −9.7773 | +9.5561 | +8.9780 | 789 | |
| 82 | +0.5104 | +8.0454 | +8.7349 | +8.6138 | +1.2039 | −9.7806 | +9.4793 | +9.2122 | 798 | |
| 83 | +0.5012 | +7.8192 | +8.7287 | +8.6083 | +1.2036 | −9.7811 | +9.5518 | +8.9919 | 800 | |
| 84 | +0.5300 | +8.3141 | +8.7537 | +8.6399 | +1.2012 | −9.7852 | +9.2617 | +9.4594 | 808 | 226 |
| 85 | +0.5267 | +8.2636 | +8.7429 | +8.6432 | +1.1959 | −9.7940 | +9.3075 | +9.4144 | 825 | 230 |
| 86 | +0.5078 | +7.9675 | +8.7236 | +8.6258 | +1.1951 | −9.7951 | +9.5022 | +9.1368 | 830 | |
| 87 | +0.5174 | +8.1320 | +8.7284 | +8.6379 | +1.1923 | −9.7996 | +9.4153 | +9.2937 | 842 | |
| 88 | +0.5115 | +8.0336 | +8.7225 | +8.6339 | +1.1915 | −9.8007 | +9.4704 | +9.2004 | 844 | 237 |
| 89 | +0.5067 | +7.9357 | +8.7191 | +8.6307 | +1.1914 | −9.8008 | +9.5104 | +9.1058 | 845 | 238 |
| 90 | +0.5243 | +8.2108 | +8.7289 | +8.6532 | +1.1863 | −9.8084 | +9.3393 | +9.3660 | 867 | |
| 91 | +0.5227 | +8.1876 | +8.7257 | +8.6531 | +1.1850 | −9.8102 | +9.3585 | +9.3447 | 870 | 244 |
| 92 | +0.5180 | +8.1144 | +8.7170 | +8.6531 | +1.1813 | −9.8152 | +9.4099 | +9.2765 | 881 | 247 |
| 93 | +0.5243 | +8.1862 | +8.7172 | +8.6660 | +1.1758 | −9.8224 | +9.3406 | +9.3426 | 898 | |
| 94 | +0.5258 | +8.2006 | +8.7171 | +8.6692 | +1.1743 | −9.8242 | +9.3228 | +9.3555 | 901 | |
| 95 | +0.5252 | +8.1917 | +8.7154 | +8.6698 | +1.1733 | −9.8255 | +9.3300 | +9.3474 | 903 | 249 |
| 96 | +0.5314 | +8.2549 | +8.7196 | +8.6798 | +1.1707 | −9.8287 | +9.2465 | +9.4038 | 913 | 251 |
| 97 | +0.5332 | +8.2686 | +8.7195 | +8.6840 | +1.1687 | −9.8310 | +9.2199 | +9.4156 | 921 | 254 |
| 98 | +0.5056 | +7.8530 | +8.6932 | +8.6616 | +1.1669 | −9.8331 | +9.5198 | +9.0245 | 929 | |
| 99 | +0.5439 | +8.3417 | +8.7212 | +8.7085 | +1.1580 | −9.8431 | +9.0154 | +9.4762 | 957 | |
| 100 | +0.5268 | +8.1686 | +8.6954 | +8.6916 | +1.1536 | −9.8476 | +9.3118 | +9.3246 | 966 | 266 |
| 101 | +0.5291 | +8.1910 | +8.6960 | +8.6955 | +1.1520 | −9.8492 | +9.2817 | +9.3447 | 971 | |
| 102 | +0.5319 | +8.2083 | +8.6923 | +8.7039 | +1.1458 | −9.8552 | +9.2425 | +9.3597 | 986 | 271 |
| 103 | +0.5162 | +8.0123 | +8.6778 | +8.6896 | +1.1457 | −9.8553 | +9.4296 | +9.1780 | 987 | |
| 104 | +0.5357 | +8.2335 | +8.6895 | +8.7134 | +1.1395 | −9.8611 | +9.1827 | +9.3813 | 999 | 275 |
| 105 | +0.5355 | +8.2091 | +8.6758 | +8.7223 | +1.1272 | −9.8715 | +9.1872 | +9.3583 | 1032 | |
| 106 | +0.5372 | +8.2233 | +8.6769 | +8.7247 | +1.1265 | −9.8721 | +9.1587 | +9.3707 | 1034 | 282 |
| 107 | +0.5365 | +8.2107 | +8.6725 | +8.7262 | +1.1232 | −9.8747 | +9.1717 | +9.3592 | 1045 | |
| 108 | +0.5469 | +8.2945 | +8.6819 | +8.7407 | +1.1203 | −9.8769 | +8.9410 | +9.4306 | 1052 | 285 |
| 109 | +0.5369 | +8.2086 | +8.6691 | +8.7291 | +1.1196 | −9.8774 | +9.1641 | +9.3570 | 1053 | 286 |
| 110 | +0.5428 | +8.2453 | +8.6664 | +8.7414 | +1.1110 | −9.8838 | +9.0473 | +9.3877 | 1069 | 293 |
| 111 | +0.5143 | +7.9081 | +8.6347 | +8.7194 | +1.1052 | −9.8877 | +9.4492 | +9.0764 | 1084 | |
| 112 | +0.5183 | +7.9689 | +8.6363 | +8.7225 | +1.1044 | −9.8883 | +9.4108 | +9.1347 | 1087 | 296 |
| 113 | +0.5484 | +8.2668 | +8.6582 | +8.7559 | +1.0974 | −9.8929 | +8.8993 | +9.4038 | 1095 | 298 |
| 114 | +0.5311 | +8.1134 | +8.6392 | +8.7370 | +1.0973 | −9.8929 | +9.2586 | +9.2693 | 1096 | |
| 115 | +0.5455 | +8.2346 | +8.6479 | +8.7557 | +1.0912 | −9.8968 | +8.9818 | +9.3757 | 1107 | 301 |
| 116 | +0.5520 | +8.2693 | +8.6460 | +8.7682 | +1.0821 | −9.9021 | +8.7672 | +9.4032 | 1126 | 304 |
| 117 | +0.5372 | +8.1414 | +8.6240 | +8.7535 | +1.0775 | −9.9047 | +9.1620 | +9.2926 | 1135 | |
| 118 | +0.5373 | +8.1370 | +8.6202 | +8.7555 | +1.0737 | −9.9067 | +9.1608 | +9.2882 | 1140 | |
| 119 | +0.5500 | +8.2382 | +8.6320 | +8.7704 | +1.0717 | −9.9078 | +8.8476 | +9.3756 | 1146 | 312 |
| 120 | +0.5495 | +8.2343 | +8.6313 | +8.7699 | +1.0715 | −9.9079 | +8.8645 | +9.3724 | 1147 | 313 |

| No. | Name. | Mag. | Mean Right Ascension 1850.0. | Annual Variation. | Secular Variation. | Proper Motion. | Mean Declination 1850.0. | Annual Variation. | Secular Variation. | Proper Motion. |
|---|---|---|---|---|---|---|---|---|---|---|
| | | | h m s | s | s | s | ° ′ ″ | ″ | ″ | ″ |
| 121 | m Pleiadum | 7 | 3 36 13.27 | +3.562 | +0.0166 | +0.001 | +24 21 50.3 | +11.66 | —0.420 | —0.11 |
| 122 | e Pleiadum | 5 | 3 36 17.22 | +3.557 | +0.0164 | +0.004 | +23 59 31.6 | +11.75 | —0.420 | —0.02 |
| 123 | 1 Pleiadum | 8 | 3 36 32.26 | +3.543 | +0.0161 | | +23 33 40.0 | +11.75 | —0.419 | |
| 124 | 2 Pleiadum | 8½ | 3 36 39.20 | +3.553 | +0.0163 | | +23 59 22.7 | +11.74 | —0.420 | |
| 125 | 3 Pleiadum | 9 | 3 36 41.49 | +3.544 | +0.0162 | | +23 36 33.6 | +11.74 | —0.419 | |
| 126 | 4 Pleiadum | 8 | 3 36 43.00 | +3.550 | +0.0163 | | +23 51 42.8 | +11.74 | —0.420 | |
| 127 | 5 Pleiadum | 9 | 3 36 44.31 | +3.557 | +0.0165 | | +24 9 13.7 | +11.74 | —0.420 | |
| 128 | 6 Pleiadum | 9 | 3 36 46.76 | +3.549 | +0.0163 | | +23 48 54.8 | +11.73 | —0.419 | |
| 129 | c Pleiadum | 5 | 3 36 54.50 | +3.555 | +0.0163 | +0.004 | +23 53 41.0 | +11.68 | —0.420 | —0.04 |
| 130 | 7 Pleiadum | 8 | 3 36 57.77 | +3.544 | +0.0161 | | +23 33 57.8 | +11.72 | —0.419 | |
| 131 | B.A.C. 1155 | 7 | 3 36 58.22 | +3.541 | +0.0156 | +0.017 | +22 40 27.5 | +11.61 | —0.417 | —0.11 |
| 132 | k Pleiadum | 7½ | 3 36 59.17 | +3.565 | +0.0164 | +0.000 | +24 4 54.9 | +11.69 | —0.421 | —0.03 |
| 133 | l Pleiadum | 7½ | 3 37 7.19 | +3.557 | +0.0164 | +0.002 | +24 3 23.3 | +11.71 | —0.421 | 0.00 |
| 134 | 8 Pleiadum | 8½ | 3 37 15.07 | +3.548 | +0.0162 | | +23 43 23.5 | +11.69 | —0.420 | |
| 135 | 9 Pleiadum | 8½ | 3 37 21.55 | +3.548 | +0.0162 | | +23 43 5.0 | +11.69 | —0.420 | |
| 136 | d Pleiadum | 5 | 3 37 25.92 | +3.549 | +0.0160 | +0.006 | +23 28 36.5 | +11.66 | —0.420 | —0.03 |
| 137 | 10 Pleiadum | 8 | 3 37 32.54 | +3.550 | +0.0162 | | +23 47 1.3 | +11.68 | —0.421 | |
| 138 | 11 Pleiadum | 8½ | 3 37 45.10 | +3.547 | +0.0161 | | +23 37 57.4 | +11.66 | —0.420 | |
| 139 | 12 Pleiadum | 7½ | 3 38 4.15 | +3.582 | +0.0164 | +0.025 | +24 3 2.2 | +11.58 | —0.422 | —0.06 |
| 140 | 13 Pleiadum | 8½ | 3 38 10.22 | +3.545 | +0.0160 | | +23 31 33.7 | +11.63 | —0.420 | |
| 141 | 14 Pleiadum | 9 | 3 38 16.19 | +3.540 | +0.0159 | | +23 17 48.9 | +11.63 | —0.419 | |
| 142 | 15 Pleiadum | 8½ | 3 38 22.08 | +3.548 | +0.0161 | | +23 39 33.9 | +11.62 | —0.420 | |
| 143 | 16 Pleiadum | 9½ | 3 38 23.31 | +3.541 | +0.0159 | | +23 20 54.6 | +11.62 | —0.419 | |
| 144 | 17 Pleiadum | 8 | 3 38 24.63 | +3.539 | +0.0158 | | +23 15 25.9 | +11.62 | —0.419 | |
| 145 | 18 Pleiadum | 8 | 3 38 24.81 | +3.548 | +0.0161 | | +23 40 13.4 | +11.62 | —0.421 | |
| 146 | p Pleiadum | 7½ | 3 38 26.48 | +3.548 | +0.0160 | 0.000 | +23 38 52.0 | +11.50 | —0.422 | —0.12 |
| 147 | 19 Pleiadum | 8 | 3 39 27.52 | +3.540 | +0.0159 | | +23 20 5.4 | +11.61 | —0.421 | |
| 148 | 20 Pleiadum | 8 | 3 39 27.94 | +3.559 | +0.0163 | | +24 7 11.8 | +11.61 | —0.423 | |
| 149 | 21 Pleiadum | 8½ | 3 38 30.25 | +3.560 | +0.0164 | | +24 11 18.4 | +11.61 | —0.423 | |
| 150 | 22 Pleiadum | 8 | 3 38 30.60 | +3.543 | +0.0158 | | +23 26 46.4 | +11.61 | —0.422 | |
| 151 | 23 Pleiadum | 8½ | 3 38 33.80 | +3.538 | +0.0158 | | +23 12 36.4 | +11.61 | —0.421 | |
| 152 | 24 Pleiadum | 8 | 3 38 34.31 | +3.556 | +0.0161 | +0.004 | +23 49 14.7 | +11.56 | —0.423 | —0.05 |
| 153 | η Tauri | 3 | 3 38 34.56 | +3.552 | +0.0160 | +0.004 | +23 38 13.3 | +11.56 | —0.422 | —0.05 |
| 154 | 25 Pleiadum | 8½ | 3 38 43.71 | +3.537 | +0.0157 | | +23 8 31.7 | +11.59 | —0.421 | |
| 155 | 26 Pleiadum | 9 | 3 38 49.80 | +3.536 | +0.0157 | | +23 4 32.0 | +11.59 | —0.421 | |
| 156 | 27 Pleiadum | 8½ | 3 39 14.13 | +3.554 | +0.0161 | | +23 51 8.4 | +11.55 | —0.423 | |
| 157 | 28 Pleiadum | 7 | 3 39 28.50 | +3.533 | +0.0156 | +0.003 | +22 57 21.0 | +11.48 | —0.421 | —0.06 |
| 158 | 29 Pleiadum | 8 | 3 39 34.54 | +3.559 | +0.0161 | +0.004 | +23 52 54.0 | +11.51 | —0.424 | —0.02 |
| 159 | s Pleiadum | 7½ | 3 40 2.68 | +3.544 | +0.0158 | +0.003 | +23 23 38.7 | +11.50 | —0.423 | |
| 160 | f Pleiadum | 4½ | 3 40 15.05 | +3.552 | +0.0159 | —0.003 | +23 35 25.6 | +11.44 | —0.424 | —0.05 |
| 161 | h Pleiadum | 5½ | 3 40 16.21 | +3.555 | +0.0160 | +0.004 | +23 40 27.3 | +11.44 | —0.425 | —0.04 |
| 162 | 30 Pleiadum | 8½ | 3 40 18.54 | +3.560 | +0.0157 | +0.014 | +23 25 28.8 | +11.44 | —0.424 | —0.04 |
| 163 | 31 Pleiadum | 8 | 3 40 20.92 | +3.557 | +0.0161 | | +23 55 59.7 | +11.48 | —0.424 | |
| 164 | 32 Pleiadum | 8 | 3 40 25.95 | +3.562 | +0.0161 | +0.005 | +23 55 5.5 | +11.38 | —0.426 | —0.09 |
| 165 | 33 Pleiadum | 8½ | 3 40 30.57 | +3.554 | +0.0160 | | +23 47 7.2 | +11.47 | —0.425 | |
| 166 | 34 Pleiadum | 7½ | 3 40 50.02 | +3.553 | +0.0156 | +0.011 | +23 15 5.6 | +11.49 | —0.424 | +0.05 |
| 167 | 35 Pleiadum | 9 | 3 40 50.70 | +3.554 | +0.0160 | | +23 46 56.8 | +11.44 | —0.425 | |
| 168 | 36 Pleiadum | 9 | 3 40 59.47 | +3.554 | +0.0159 | | +23 45 21.1 | +11.43 | —0.425 | |
| 169 | 37 Pleiadum | 8 | 3 41 0.93 | +3.562 | +0.0160 | +0.005 | +23 53 9.9 | +11.14 | —0.426 | —0.29 |
| 170 | 38 Pleiadum | 8 | 3 41 3.85 | +3.551 | +0.0157 | +0.005 | +23 23 23.8 | +11.49 | —0.425 | +0.06 |
| 171 | B.A.C. 1192 | 6½ | 3 41 18.47 | +3.601 | +0.0167 | +0.015 | +25 7 19.4 | +11.16 | —0.430 | —0.25 |
| 172 | 39 Pleiadum | 8 | 3 41 31.47 | +3.561 | +0.0161 | | +24 2 7.8 | +11.39 | —0.427 | |
| 173 | 40 Pleiadum | 7½ | 3 41 57.45 | +3.549 | +0.0157 | —0.001 | +23 30 16.4 | +11.39 | —0.427 | +0.03 |
| 174 | 32 Tauri | 6 | 3 48 0.77 | +3.531 | +0.0145 | +0.006 | +22 2 32.0 | +10.78 | —0.431 | —0.14 |
| 175 | 33 Tauri | 6 | 3 48 10.63 | +3.548 | +0.0148 | +0.007 | +22 44 9.1 | +10.90 | —0.433 | —0.01 |
| 176 | B.A.C. 1240 | 6 | 3 52 10.60 | +3.441 | +0.0121 | +0.007 | +17 45 59.2 | +10.59 | —0.425 | —0.03 |
| 177 | λ Tauri | 3½ | 3 52 22.49 | +3.315 | +0.0007 | +0.002 | +12 3 44.2 | +10.61 | —0.410 | +0.01 |
| 178 | 36 Tauri | 6½ | 3 55 23.72 | +3.575 | +0.0148 | +0.002 | +23 41 21.1 | +10.38 | —0.446 | +0.01 |
| 179 | Weis.III. 1085 | 8½ | 3 55 46.45 | +3.369 | +0.0104 | | +14 36 38.1 | +10.34 | —0.421 | |
| 180 | λ¹ Tauri | 4½ | 3 55 50.02 | +3.534 | +0.0137 | +0.008 | +21 40 2.6 | +10.28 | —0.441 | —0.06 |

| No. | Logarithms of | | | | | | | | No. B.A.C. | No. T.Y.C. |
|---|---|---|---|---|---|---|---|---|---|---|
| | a | b | c | d | a′ | b′ | c′ | d′ | | |
| 121 | +0.5516 | +8.2485 | +8.6331 | +8.7727 | +1.0709 | −9.9083 | +8.7875 | +9.3841 | 1149 | 315 |
| 122 | +0.5505 | +8.2408 | +8.6316 | +8.7715 | +1.0707 | −9.9084 | +8.8274 | +9.3777 | 1151 | 316 |
| 123 | +0.5493 | +8.2312 | +8.6295 | +8.7704 | +1.0700 | −9.9087 | +8.8683 | +9.3695 | | |
| 124 | +0.5506 | +8.2397 | +8.6306 | +8.7719 | +1.0697 | −9.9088 | +8.8256 | +9.3766 | | |
| 125 | +0.5495 | +8.2319 | +8.6293 | +8.7708 | +1.0696 | −9.9089 | +8.8624 | +9.3700 | | |
| 126 | +0.5502 | +8.2370 | +8.6301 | +8.7716 | +1.0696 | −9.9089 | +8.8381 | +9.3743 | | |
| 127 | +0.5510 | +8.2429 | +8.6310 | +8.7727 | +1.0695 | −9.9090 | +8.8068 | +9.3792 | | |
| 128 | +0.5501 | +8.2359 | +8.6297 | +8.7715 | +1.0694 | −9.9090 | +8.8321 | +9.3734 | | |
| 129 | +0.5504 | +8.2372 | +8.6297 | +8.7720 | +1.0691 | −9.9092 | +8.8338 | +9.3744 | 1154 | 318 |
| 130 | +0.5495 | +8.2302 | +8.6284 | +8.7710 | +1.0689 | −9.9093 | +8.8653 | +9.3685 | | |
| 131 | +0.5470 | +8.2115 | +8.6255 | +8.7681 | +1.0689 | −9.9093 | +8.9425 | +9.3527 | 1155 | |
| 132 | +0.5509 | +8.2408 | +8.6301 | +8.7728 | +1.0689 | −9.9093 | +8.8136 | +9.3773 | 1156 | |
| 133 | +0.5509 | +8.2399 | +8.6297 | +8.7729 | +1.0685 | −9.9095 | +8.8156 | +9.3766 | 1157 | |
| 134 | +0.5500 | +8.2326 | +8.6280 | +8.7719 | +1.0680 | −9.9097 | +8.8480 | +9.3704 | | |
| 135 | +0.5500 | +8.2324 | +8.6278 | +8.7720 | +1.0679 | −9.9098 | +8.8475 | +9.3702 | | |
| 136 | +0.5493 | +8.2272 | +8.6269 | +8.7714 | +1.0677 | −9.9099 | +8.8704 | +9.3658 | 1161 | 320 |
| 137 | +0.5502 | +8.2332 | +8.6276 | +8.7725 | +1.0675 | −9.9101 | +8.8403 | +9.3708 | | |
| 138 | +0.5498 | +8.2295 | +8.6265 | +8.7723 | +1.0668 | −9.9104 | +8.8538 | +9.3676 | | |
| 139 | +0.5510 | +8.2373 | +8.6271 | +8.7741 | +1.0660 | −9.9108 | +8.8089 | +9.3739 | 1163 | |
| 140 | +0.5496 | +8.2262 | +8.6251 | +8.7725 | +1.0658 | −9.9109 | +8.8618 | +9.3646 | | |
| 141 | +0.5490 | +8.2212 | +8.6241 | +8.7720 | +1.0655 | −9.9111 | +8.8821 | +9.3603 | | |
| 142 | +0.5500 | +8.2284 | +8.6250 | +8.7732 | +1.0652 | −9.9112 | +8.8477 | +9.3664 | | |
| 143 | +0.5491 | +8.2220 | +8.6239 | +8.7722 | +1.0652 | −9.9112 | +8.8769 | +9.3610 | | |
| 144 | +0.5489 | +8.2199 | +8.6235 | +8.7719 | +1.0651 | −9.9112 | +8.8856 | +9.3592 | | |
| 145 | +0.5500 | +8.2285 | +8.6249 | +8.7734 | +1.0651 | −9.9113 | +8.8458 | +9.3664 | | |
| 146 | +0.5500 | +8.2281 | +8.6248 | +8.7733 | +1.0650 | −9.9113 | +8.8482 | +9.3661 | 1164 | 321 |
| 147 | +0.5491 | +8.2215 | +8.6237 | +8.7723 | +1.0650 | −9.9113 | +8.8777 | +9.3605 | | |
| 148 | +0.5513 | +8.2376 | +8.6263 | +8.7749 | +1.0650 | −9.9113 | +8.7985 | +9.3740 | | |
| 149 | +0.5515 | +8.2389 | +8.6264 | +8.7752 | +1.0649 | −9.9114 | +8.7903 | +9.3751 | | |
| 150 | +0.5494 | +8.2236 | +8.6239 | +8.7727 | +1.0648 | −9.9114 | +8.8674 | +9.3623 | | |
| 151 | +0.5488 | +8.2185 | +8.6229 | +8.7719 | +1.0647 | −9.9114 | +8.8892 | +9.3580 | | |
| 152 | +0.5505 | +8.2313 | +8.6250 | +8.7740 | +1.0647 | −9.9115 | +8.8300 | +9.3687 | 1165 | |
| 153 | +0.5500 | +8.2275 | +8.6244 | +8.7734 | +1.0646 | −9.9115 | +8.8488 | +9.3655 | 1166 | 322 |
| 154 | +0.5486 | +8.2167 | +8.6223 | +8.7720 | +1.0643 | −9.9117 | +8.8939 | +9.3564 | | |
| 155 | +0.5485 | +8.2150 | +8.6218 | +8.7719 | +1.0640 | −9.9118 | +8.8994 | +9.3549 | | |
| 156 | +0.5507 | +8.2300 | +8.6232 | +8.7751 | +1.0627 | −9.9124 | +8.8215 | +9.3673 | | |
| 157 | +0.5482 | +8.2100 | +8.6198 | +8.7725 | +1.0623 | −9.9127 | +8.9047 | +9.3511 | | |
| 158 | +0.5508 | +8.2298 | +8.6225 | +8.7756 | +1.0620 | −9.9128 | +8.8169 | +9.3670 | 1171 | |
| 159 | +0.5495 | +8.2184 | +8.6196 | +8.7745 | +1.0607 | −9.9134 | +8.8636 | +9.3573 | 1173 | |
| 160 | +0.5501 | +8.2220 | +8.6197 | +8.7755 | +1.0601 | −9.9137 | +8.8426 | +9.3602 | 1176 | 326 |
| 161 | +0.5504 | +8.2237 | +8.6199 | +8.7758 | +1.0601 | −9.9137 | +8.8338 | +9.3616 | 1177 | 327 |
| 162 | +0.5497 | +8.2184 | +8.6190 | +8.7750 | +1.0600 | −9.9138 | +8.8585 | +9.3571 | 1178 | |
| 163 | +0.5511 | +8.2287 | +8.6205 | +8.7767 | +1.0599 | −9.9138 | +8.8061 | +9.3658 | | |
| 164 | +0.5511 | +8.2282 | +8.6203 | +8.7768 | +1.0596 | −9.9139 | +8.8069 | +9.3653 | 1182 | |
| 165 | +0.5507 | +8.2252 | +8.6196 | +8.7764 | +1.0595 | −9.9140 | +8.8213 | +9.3628 | | |
| 166 | +0.5493 | +8.2134 | +8.6170 | +8.7752 | +1.0586 | −9.9145 | +8.8722 | +9.3527 | 1186 | |
| 167 | +0.5508 | +8.2243 | +8.6187 | +8.7769 | +1.0586 | −9.9145 | +8.8188 | +9.3619 | | |
| 168 | +0.5507 | +8.2234 | +8.6183 | +8.7771 | +1.0582 | −9.9147 | +8.8103 | +9.3610 | | |
| 169 | +0.5511 | +8.2260 | +8.6186 | +8.7775 | +1.0581 | −9.9147 | +8.8069 | +9.3632 | 1187 | |
| 170 | +0.5497 | +8.2156 | +8.6169 | +8.7759 | +1.0579 | −9.9148 | +8.8573 | +9.3545 | 1188 | |
| 171 | +0.5546 | +8.2500 | +8.6221 | +8.7822 | +1.0572 | −9.9151 | +8.6415 | +9.3829 | 1192 | 330 |
| 172 | +0.5516 | +8.2276 | +8.6177 | +8.7787 | +1.0567 | −9.9154 | +8.8859 | +9.3643 | | |
| 173 | +0.5502 | +8.2156 | +8.6148 | +8.7775 | +1.0555 | −9.9159 | +8.8414 | +9.3540 | 1195 | |
| 174 | +0.5471 | +8.1673 | +8.5929 | +8.7805 | +1.0383 | −9.9236 | +8.9415 | +9.3104 | 1221 | |
| 175 | +0.5491 | +8.1818 | +8.5946 | +8.7829 | +1.0378 | −9.9238 | +8.8802 | +9.3227 | 1223 | |
| 176 | +0.5358 | +8.0533 | +8.5688 | +8.7738 | +1.0259 | −9.9286 | +9.1887 | +9.2082 | 1240 | 341 |
| 177 | +0.5203 | +7.8768 | +8.5567 | +8.7625 | +1.0253 | −9.9289 | +9.3027 | +9.0432 | 1241 | 342 |
| 178 | +0.5530 | +8.1799 | +8.5759 | +8.7945 | +1.0160 | −9.9324 | +8.7292 | +9.3177 | 1253 | |
| 179 | +0.5275 | +7.9525 | +8.5507 | +8.7710 | +1.0145 | −9.9328 | +9.3092 | +9.1143 | | |
| 180 | +0.5472 | +8.1354 | +8.5681 | +8.7886 | +1.0146 | −9.9329 | +8.9390 | +9.2797 | 1257 | 344 |

| No. | Name. | Mag. | Mean Right Ascension 1850.0. | Annual Variation. | Secular Variation. | Proper Motion. | Mean Declination 1850.0. | Annual Variation. | Secular Variation. | Proper Motion. |
|---|---|---|---|---|---|---|---|---|---|---|
| | | | h m s | s | s | s | ° ′ ″ | ″ | ″ | ″ |
| 181 | A² Tauri | 6 | 3 56 27.47 | +3.541 | +0.0136 | +0.016 | +21 35 58.6 | +10.19 | −0.441 | −0.10 |
| 182 | Weis.III.1108 | 8 | 3 57 6.57 | +3.354 | +0.0102 | | +13 52 28.3 | +10.24 | −0.421 | |
| 183 | 41 Tauri | 6 | 3 57 24.91 | +3.668 | +0.0165 | +0.006 | +27 11 30.8 | +10.20 | −0.459 | −0.02 |
| 184 | ψ Tauri | 5½ | 3 57 44.78 | +3.699 | +0.0174 | +0.001 | +28 35 28.5 | +10.22 | −0.464 | +0.02 |
| 185 | Weis.III.1127 | 8 | 3 57 57.56 | +3.358 | +0.0102 | | +13 59 19.1 | +10.18 | −0.422 | |
| 186 | Weis.III.1133 | 9 | 3 58 8.10 | +3.357 | +0.0101 | | +13 57 44.5 | +10.17 | −0.422 | |
| 187 | Weis.III.1135 | 9½ | 3 58 10.78 | +3.357 | +0.0101 | | +13 57 26.1 | +10.16 | −0.422 | |
| 188 | B.A.C. 1272 | 6 | 3 59 24.35 | +3.428 | +0.0113 | +0.005 | +16 56 4.9 | +10.06 | −0.432 | −0.01 |
| 189 | Lal. 7671 | 8 | 4 0 3.78 | +3.422 | +0.0112 | | +16 53 31.5 | +10.02 | −0.432 | |
| 190 | Lal. 7677 | 8 | 4 0 14.43 | +3.422 | +0.0112 | | +16 53 27.9 | +10.01 | −0.433 | |
| 191 | ω¹ Tauri | 6 | 4 0 26.02 | +3.484 | +0.0122 | +0.010 | +19 12 29.3 | + 9.04 | −0.439 | −0.06 |
| 192 | B.A.C. 1275 | 6½ | 4 0 39.36 | +3.349 | +0.0006 | +0.011 | +12 59 46.9 | + 9.04 | −0.422 | −0.04 |
| 193 | Lal. 7702 | 9½ | 4 0 47.77 | +3.420 | +0.0111 | | +16 45 45.5 | + 9.93 | −0.433 | |
| 194 | ρ Tauri | 6 | 4 1 42.42 | +3.643 | +0.0155 | +0.003 | +26 5 7.7 | + 9.90 | −0.462 | 0.00 |
| 195 | Weisse IV. 24 | 9 | 4 2 13.11 | +3.379 | +0.0102 | | +14 50 27.6 | + 9.86 | −0.429 | |
| 196 | Lal. 7753 | 7½ | 4 2 24.45 | +3.394 | +0.0105 | | +15 33 5.7 | + 9.84 | −0.431 | |
| 197 | B.A.C. 1281 | 7 | 4 2 30.30 | +3.417 | +0.0107 | +0.007 | +16 15 8.0 | + 9.90 | −0.433 | +0.06 |
| 198 | Weisse IV. 30 | 9 | 4 2 34.53 | +3.359 | +0.0099 | | +13 53 1.1 | + 9.83 | −0.427 | |
| 199 | Rumk. 1103 | 7 | 4 2 40.43 | +3.385 | +0.0104 | | +15 13 59.3 | + 9.81 | −0.430 | |
| 200 | Rumk. 1108 | 9 | 4 3 44.53 | +3.370 | +0.0100 | | +14 32 38.9 | + 9.74 | −0.430 | |
| 201 | Rumk. 1110 | | 4 3 55.30 | +3.424 | +0.0109 | | +16 53 13.3 | + 9.73 | −0.437 | |
| 202 | B.A.C. 1289 | 7 | 4 3 57.97 | +3.546 | +0.0132 | +0.002 | +22 1 27.6 | + 9.78 | −0.452 | +0.05 |
| 203 | Rumk. 1114 | 9 | 4 4 13.51 | +3.365 | +0.0099 | | +14 14 42.1 | + 9.70 | −0.430 | |
| 204 | Rumk. 1115 | 9 | 4 5 5.22 | +3.364 | +0.0098 | | +14 10 20.1 | + 9.63 | −0.430 | |
| 205 | Rumk. 1123 | 8½ | 4 5 40.09 | +3.372 | +0.0099 | | +14 30 33.2 | + 9.58 | −0.432 | |
| 206 | Rumk. 1125 | 8½ | 4 5 53.04 | +3.365 | +0.0097 | | +14 9 52.8 | + 9.57 | −0.431 | |
| 207 | Rumk. 1126 | 8½ | 4 5 57.31 | +3.365 | +0.0098 | | +14 14 27.1 | + 9.56 | −0.431 | |
| 208 | 48 Tauri | 6 | 4 7 15.71 | +3.397 | +0.0100 | +0.010 | +15 1 14.0 | + 9.42 | −0.435 | −0.05 |
| 209 | Rumk. 1136 | 6 | 4 8 16.61 | +3.403 | +0.0102 | | +15 50 18.5 | + 9.38 | −0.439 | |
| 210 | ω² Tauri | 5½ | 4 8 23.64 | +3.507 | +0.0120 | +0.001 | +20 12 17.2 | + 9.32 | −0.452 | −0.06 |
| 211 | Lal. 8006 | 8 | 4 9 17.95 | +3.354 | +0.0093 | | +13 27 38.2 | + 9.31 | −0.433 | |
| 212 | 51 Tauri | 7 | 4 9 30.97 | +3.542 | +0.0124 | +0.012 | +21 12 30.8 | + 9.30 | −0.456 | 0.00 |
| 213 | Weis. IV. 190 | 9 | 4 9 57.32 | +3.370 | +0.0095 | | +14 10 57.8 | + 9.26 | −0.436 | |
| 214 | Lal. 8031 | 9 | 4 10 0.31 | +3.443 | +0.0107 | | +17 26 26.1 | + 9.26 | −0.445 | |
| 215 | 53 Tauri | 6½ | 4 10 35.91 | +3.525 | +0.0121 | +0.004 | +20 46 30.8 | + 9.19 | −0.456 | −0.02 |
| 216 | 56 Tauri | 6½ | 4 10 44.34 | +3.541 | +0.0123 | +0.005 | +21 24 27.8 | + 9.19 | −0.458 | −0.01 |
| 217 | Weis. IV. 214 | 9 | 4 11 6.79 | +3.374 | +0.0005 | | +14 19 24.4 | + 9.17 | −0.438 | |
| 218 | φ Tauri | 5 | 4 11 8.15 | +3.673 | +0.0150 | −0.003 | +26 59 15.7 | + 9.13 | −0.477 | −0.04 |
| 219 | γ Tauri | 4 | 4 11 15.72 | +3.407 | +0.0098 | +0.012 | +15 15 38.6 | + 9.14 | −0.441 | −0.02 |
| 220 | Weis. IV. 218 | 8 | 4 11 17.61 | +3.365 | +0.0093 | | +13 55 2.0 | + 9.16 | −0.437 | |
| 221 | 55 Tauri | 7 | 4 11 20.02 | +3.426 | +0.0101 | +0.011 | +16 9 25.4 | + 9.13 | −0.443 | −0.03 |
| 222 | λ Tauri | 5½ | 4 11 31.22 | +3.371 | +0.0092 | +0.011 | +13 40 8.7 | + 9.13 | −0.436 | −0.01 |
| 223 | 58 Tauri | 6 | 4 12 6.23 | +3.394 | +0.0095 | +0.010 | +14 43 50.3 | + 9.05 | −0.440 | −0.05 |
| 224 | B.A.C. 1335 | 6½ | 4 12 26.83 | +3.370 | +0.0090 | +0.013 | +13 30 5.8 | + 9.05 | −0.437 | −0.02 |
| 225 | B.A.C. 1337 | 7 | 4 12 41.13 | +3.541 | +0.0118 | +0.020 | +20 40 43.1 | + 8.97 | −0.458 | −0.08 |
| 226 | Lal. 8122 | 9 | 4 12 43.47 | +3.455 | +0.0107 | | +17 54 22.5 | + 9.05 | −0.450 | |
| 227 | B.A.C. 1338 | 7 | 4 12 45.20 | +3.538 | +0.0119 | +0.013 | +20 49 34.0 | + 9.12 | −0.459 | +0.07 |
| 228 | Rumk. 1161 | | 4 12 49.36 | +3.437 | +0.0104 | | +17 19 54.0 | + 9.04 | −0.448 | |
| 229 | Rumk. 1162 | 6 | 4 12 50.34 | +3.457 | +0.0107 | | +18 3 23.8 | + 9.04 | −0.450 | |
| 230 | Rumk. 1163 | 8 | 4 12 57.34 | +3.420 | +0.0101 | | +16 26 42.8 | + 9.03 | −0.445 | |
| 231 | Lal. 8135 | 7½ | 4 13 6.40 | +3.369 | +0.0092 | | +14 2 50.1 | + 9.02 | −0.439 | |
| 232 | γ Tauri | 5½ | 4 13 27.66 | +3.640 | +0.0139 | +0.005 | +25 16 12.9 | + 8.95 | −0.474 | −0.04 |
| 233 | B.A.C. 1342 | 7 | 4 13 33.73 | +3.524 | +0.0116 | +0.007 | +20 27 36.6 | + 8.83 | −0.459 | −0.15 |
| 234 | 60 Tauri | 6½ | 4 13 36.65 | +3.372 | +0.0091 | +0.010 | +13 43 6.7 | + 8.97 | −0.439 | −0.01 |
| 235 | Weis. IV. 284 | 9 | 4 14 10.20 | +3.382 | +0.0093 | | +14 33 5.0 | + 8.94 | −0.442 | |
| 236 | Weis. IV. 286 | 8 | 4 14 14.00 | +3.385 | +0.0094 | | +14 41 55.7 | + 8.93 | −0.442 | |
| 237 | δ¹ Tauri | 4 | 4 14 17.33 | +3.450 | +0.0103 | +0.009 | +17 11 9.8 | + 8.91 | −0.449 | −0.02 |
| 238 | Rumk. 1169 | | 4 14 19.09 | +3.524 | +0.0117 | | +20 51 11.3 | + 8.93 | −0.460 | |
| 239 | B.A.C. 1347 | 8 | 4 14 26.85 | +3.615 | +0.0132 | +0.010 | +24 3 3.5 | + 8.91 | −0.471 | |
| 240 | 63 Tauri | 6 | 4 14 48.95 | +3.434 | +0.0090 | +0.010 | +16 25 24.4 | + 8.89 | −0.448 | +0.01 |

| No. | Logarithms of *a* | *b* | *c* | *d* | *a'* | *b'* | *c'* | *d'* | No. B.A.C. | No. T.Y.C. |
|---|---|---|---|---|---|---|---|---|---|---|
| 181 | +0.5472 | +8.1319 | +8.5659 | +8.7891 | +1.0126 | −9.9336 | +8.9425 | +9.2764 | 1260 | 345 |
| 182 | +0.5256 | +7.9249 | +8.5451 | +8.7711 | +1.0103 | −9.9343 | +9.3326 | +9.0881 | | |
| 183 | +0.5637 | +8.2420 | +8.5821 | +8.8094 | +1.0096 | −9.9347 | +7.8573 | +9.3672 | 1262 | |
| 184 | +0.5680 | +8.2666 | +8.5867 | +8.8154 | +1.0085 | −9.9350 | +8.4928 | +9.3862 | 1265 | |
| 185 | +0.5261 | +7.9258 | +8.5425 | +8.7723 | +1.0078 | −9.9353 | +9.3279 | +9.0868 | | |
| 186 | +0.5260 | +7.9243 | +8.5419 | +8.7724 | +1.0073 | −9.9355 | +9.3288 | +9.0874 | | |
| 187 | +0.5260 | +7.9241 | +8.5418 | +8.7724 | +1.0069 | −9.9355 | +9.3289 | +9.0872 | | |
| 188 | +0.5344 | +8.0084 | +8.5441 | +8.7800 | +1.0031 | −9.9360 | +9.2127 | +9.1652 | 1272 | 348 |
| 189 | +0.5343 | +8.0051 | +8.5418 | +8.7807 | +1.0010 | −9.9376 | +9.2136 | +9.1620 | | |
| 190 | +0.5343 | +8.0045 | +8.5412 | +8.7808 | +1.0004 | −9.9378 | +9.2134 | +9.1614 | | |
| 191 | +0.5409 | +8.0635 | +8.5463 | +8.7868 | +0.9998 | −9.9380 | +9.0955 | +9.2147 | 1274 | |
| 192 | +0.5235 | +7.8840 | +8.5320 | +8.7734 | +0.9990 | −9.9383 | +9.3574 | +9.0488 | 1275 | 349 |
| 193 | +0.5340 | +7.9991 | +8.5391 | +8.7812 | +0.9986 | −9.9384 | +9.2181 | +9.1563 | | |
| 194 | +0.5611 | +8.2071 | +8.5639 | +8.8100 | +0.9955 | −9.9394 | +7.8692 | +9.3365 | * 1279 | |
| 195 | +0.5288 | +7.9387 | +8.5303 | +8.7786 | +0.9938 | −9.9399 | +9.2931 | +9.1001 | | |
| 196 | +0.5307 | +7.9594 | +8.5311 | +8.7802 | +0.9932 | −9.9401 | +9.2659 | +9.1193 | | |
| 197 | +0.5328 | +7.9792 | +8.5323 | +8.7819 | +0.9929 | −9.9402 | +9.2373 | +9.1376 | 1281 | |
| 198 | +0.5262 | +7.9073 | +8.5272 | +8.7771 | +0.9926 | −9.9403 | +9.3266 | +9.0705 | | |
| 199 | +0.5296 | +7.9491 | +8.5295 | +8.7799 | +0.9923 | −9.9404 | +9.2779 | +9.1096 | | |
| 200 | +0.5276 | +7.9244 | +8.5245 | +8.7796 | +0.9867 | −9.9415 | +9.3022 | +9.0863 | | |
| 201 | +0.5345 | +7.9919 | +8.5289 | +8.7848 | +0.9880 | −9.9417 | +9.2074 | +9.1489 | | |
| 202 | +0.5494 | +8.1165 | +8.5425 | +8.7986 | +0.9879 | −9.9418 | +8.8710 | +9.2597 | 1289 | |
| 203 | +0.5270 | +7.9133 | +8.5223 | +8.7795 | +0.9870 | −9.9421 | +9.3123 | +9.0759 | | |
| 204 | +0.5269 | +7.9080 | +8.5192 | +8.7803 | +0.9840 | −9.9429 | +9.3040 | +9.0707 | | |
| 205 | +0.5279 | +7.9167 | +8.5178 | +8.7815 | +0.9820 | −9.9435 | +9.3012 | +9.0787 | | |
| 206 | +0.5270 | +7.9050 | +8.5164 | +8.7811 | +0.9813 | −9.9438 | +9.3133 | +9.0677 | | |
| 207 | +0.5270 | +7.9072 | +8.5163 | +8.7813 | +0.9810 | −9.9439 | +9.3106 | +9.0697 | | |
| 208 | +0.5298 | +7.9268 | +8.5133 | +8.7842 | +0.9765 | −9.9452 | +9.2804 | +9.0878 | 1302 | 358 |
| 209 | +0.5319 | +7.9474 | +8.5113 | +8.7869 | +0.9728 | −9.9462 | +9.2463 | +9.1067 | | |
| 210 | +0.5448 | +8.0597 | +8.5214 | +8.7979 | +0.9721 | −9.9464 | +9.0086 | +9.2082 | 1311 | 359 |
| 211 | +0.5256 | +7.8699 | +8.5029 | +8.7832 | +0.9692 | −9.9472 | +9.3342 | +9.0339 | | |
| 212 | +0.5478 | +8.0790 | +8.5205 | +8.8018 | +0.9684 | −9.9475 | +8.9248 | +9.2246 | 1316 | |
| 213 | +0.5276 | +7.8911 | +8.5019 | +8.7852 | +0.9668 | −9.9479 | +9.3084 | +9.0538 | | |
| 214 | +0.5369 | +7.9855 | +8.5087 | +8.7923 | +0.9666 | −9.9479 | +9.1766 | +9.1411 | | |
| 215 | +0.5467 | +8.0652 | +8.5153 | +8.8016 | +0.9644 | −9.9485 | +8.9571 | +9.2121 | 1321 | |
| 216 | +0.5486 | +8.0790 | +8.5167 | +8.8036 | +0.9639 | −9.9487 | +8.9015 | +9.2240 | 1324 | |
| 217 | +0.5282 | +7.8013 | +8.4070 | +8.7866 | +0.9625 | −9.9490 | +9.3620 | +9.0537 | | |
| 218 | +0.5654 | +8.1911 | +8.5342 | +8.8230 | +0.9625 | −9.9490 | −8.2279 | +9.3171 | 1326 | |
| 219 | +0.5309 | +7.9196 | +8.4993 | +8.7887 | +0.9620 | −9.9492 | +9.2662 | +9.0801 | 1328 | 362 |
| 220 | +0.5270 | +7.8777 | +8.5965 | +8.7861 | +0.9619 | −9.9492 | +9.3165 | +9.0408 | | |
| 221 | +0.5334 | +7.9454 | +8.5009 | +8.7907 | +0.9617 | −9.9492 | +9.2284 | +9.1040 | 1329 | |
| 222 | +0.5263 | +7.8687 | +8.4952 | +8.7858 | +0.9611 | −9.9494 | +9.3251 | +9.0323 | 1330 | |
| 223 | +0.5294 | +7.9004 | +8.4951 | +8.7884 | +0.9589 | −9.9500 | +9.2858 | +9.0620 | 1332 | |
| 224 | +0.5259 | +7.8597 | +8.4915 | +8.7864 | +0.9576 | −9.9503 | +9.3300 | +9.0236 | 1335 | |
| 225 | +0.5467 | +8.0553 | +8.5073 | +8.8034 | +0.9567 | −9.9505 | +8.9586 | +9.2024 | 1337 | |
| 226 | +0.5385 | +7.9876 | +8.4998 | +8.7961 | +0.9566 | −9.9506 | +9.1415 | +9.1421 | | |
| 227 | +0.5471 | +8.0584 | +8.5075 | +8.8039 | +0.9565 | −9.9506 | +8.9460 | +9.2051 | 1338 | |
| 228 | +0.5362 | +7.9690 | +8.4978 | +8.7945 | +0.9562 | −9.9507 | +9.1770 | +9.1252 | | |
| 229 | +0.5387 | +7.9911 | +8.4997 | +8.7965 | +0.9561 | −9.9507 | +9.1331 | +9.1452 | | |
| 230 | +0.5340 | +7.9475 | +8.4955 | +8.7929 | +0.9557 | −9.9508 | +9.2133 | +9.1054 | | |
| 231 | +0.5275 | +7.8752 | +8.4900 | +8.7880 | +0.9551 | −9.9509 | +9.3099 | +9.0381 | | |
| 232 | +0.5605 | +8.1495 | +8.5192 | +8.8189 | +0.9538 | −9.9513 | +8.0334 | +9.2819 | 1341 | |
| 233 | +0.5461 | +8.0469 | +8.5034 | +8.8036 | +0.9534 | −9.9514 | +8.9736 | +9.1947 | 1342 | |
| 234 | +0.5267 | +7.8625 | +8.4875 | +8.7879 | +0.9532 | −9.9514 | +9.3212 | +9.0260 | 1343 | |
| 235 | +0.5292 | +7.8870 | +8.4869 | +8.7900 | +0.9511 | −9.9520 | +9.2902 | +9.0490 | | |
| 236 | +0.5296 | +7.8914 | +8.4870 | +8.7904 | +0.9509 | −9.9520 | +9.2845 | +9.0530 | | |
| 237 | +0.5367 | +7.9627 | +8.4922 | +8.7958 | +0.9507 | −9.9521 | +9.1761 | +9.1190 | 1346 | 364 |
| 238 | +0.5470 | +8.0531 | +8.5017 | +8.8054 | +0.9505 | −9.9521 | +8.9381 | +9.1997 | | |
| 239 | +0.5569 | +8.1214 | +8.5112 | +8.8156 | +0.9500 | −9.9522 | +8.4942 | +9.2580 | 1347 | 365 |
| 240 | +0.5345 | +7.9398 | +8.4884 | +8.7946 | +0.9486 | −9.9526 | +9.2117 | +9.0978 | 1350 | |

| No. | Name. | Mag. | Mean Right Ascension 1850.0 | Annual Variation. | Secular Variation. | Proper Motion. | Mean Declination 1850.0 | Annual Variation. | Secular Variation. | Proper Motion. |
|---|---|---|---|---|---|---|---|---|---|---|
| | | | b  m  s | s | s | s | ° ′ ″ | ″ | ″ | ″ |
| 241 | B.A.C. 1351 | 6½ | 4 14 52.74 | +3.421 | +0.0099 | | +16 16 30.9 | +8.88 | −0.447 | |
| 242 | 62 Tauri | 7 | 4 14 57.46 | +3.607 | +0.0131 | +0.004 | +23 56 49.7 | +8.86 | −0.471 | −0.01 |
| 243 | Weis. IV. 306 | 9 | 4 15  3.66 | +3.377 | +0.0092 | | +14 18 55.2 | +8.87 | −0.442 | |
| 244 | d² Tauri | 6 | 4 15 27.15 | +3.451 | +0.0101 | +0.011 | +17  5 30.5 | +8.83 | −0.450 | 0.00 |
| 245 | Weis. IV. 320 | 8 | 4 15 43.19 | +3.379 | +0.0092 | | +14 24 23.6 | +8.82 | −0.443 | |
| 246 | Lal. 8249 | 7½ | 4 15 44.48 | +3.431 | +0.0100 | | +16 43 43.1 | +8.81 | −0.449 | |
| 247 | Lal. 8256 | 8 | 4 15 50.68 | +3.427 | +0.0099 | | +16 32  4.2 | +8.81 | −0.449 | |
| 248 | Rumk. 1180 | 7 | 4 16  0.35 | +3.471 | +0.0107 | | +18 33 43.0 | +8.78 | −0.455 | |
| 249 | B.A.C. 1361 | 6 | 4 16 13.11 | +3.477 | +0.0107 | | +18 41 34.6 | +8.77 | −0.456 | |
| 250 | κ¹ Tauri | 5½ | 4 16 25.87 | +3.559 | +0.0120 | +0.004 | +21 56 46.1 | +8.71 | −0.466 | −0.05 |
| 251 | κ² Tauri | 6½ | 4 16 29.25 | +3.563 | +0.0119 | +0.010 | +21 51 10.7 | +8.73 | −0.466 | −0.02 |
| 252 | δ³ Tauri | 5 | 4 16 48.95 | +3.464 | +0.0102 | +0.012 | +17 34 50.9 | +8.74 | −0.453 | +0.01 |
| 253 | 70 Tauri | 7 | 4 17  3.91 | +3.416 | +0.0095 | +0.009 | +15 35 35.2 | +8.69 | −0.448 | −0.02 |
| 254 | υ¹ Tauri | 4½ | 4 17 20.28 | +3.579 | +0.0121 | +0.010 | +22 28  7.1 | +8.66 | −0.469 | −0.03 |
| 255 | Lal. 8311 | 8 | 4 17 33.20 | +3.395 | +0.0093 | | +15 10 47.5 | +8.66 | −0.446 | |
| 256 | Rumk. 1188 | 6½ | 4 17 33.65 | +3.395 | +0.0093 | | +15 10 43.6 | +8.66 | −0.446 | |
| 257 | Rumk. 1189 | | 4 17 47.65 | +3.425 | +0.0098 | | +16 30 31.1 | +8.65 | −0.451 | |
| 258 | 71 Tauri | 6 | 4 17 48.19 | +3.410 | +0.0093 | +0.010 | +15 16 22.5 | +8.61 | −0.447 | −0.04 |
| 259 | Rumk. 1192 | | 4 17 54.48 | +3.432 | +0.0099 | | +16 48 34.5 | +8.64 | −0.452 | |
| 260 | π Tauri | 5 | 4 18  8.11 | +3.380 | +0.0090 | 0.000 | +14 22 11.5 | +8.59 | −0.445 | −0.03 |
| 261 | Rumk. 1195 | | 4 18 15.77 | +3.477 | +0.0106 | | +18 46 44.5 | +8.61 | −0.458 | |
| 262 | υ³ Tauri | 6 | 4 18 19.63 | +3.579 | +0.0121 | +0.004 | +22 39 14.2 | +8.62 | −0.471 | +0.01 |
| 263 | Rumk. 1197 | | 4 18 24.65 | +3.457 | +0.0102 | | +17 51 51.0 | +8.60 | −0.456 | |
| 264 | Rumk. 1198 | 6 | 4 18 33.40 | +3.396 | +0.0092 | | +15 10 42.4 | +8.59 | −0.448 | |
| 265 | Rumk. 1200 | | 4 19  3.24 | +3.397 | +0.0092 | | +15 14 54.3 | +8.55 | −0.448 | |
| 266 | B.A.C. 1373 | 7 | 4 19  6.99 | +3.555 | +0.0115 | +0.013 | +21 16 55.8 | +8.59 | −0.467 | +0.04 |
| 267 | Rumk. 1203 | | 4 19 46.27 | +3.414 | +0.0094 | | +15 57 43.4 | +8.49 | −0.451 | |
| 268 | e Tauri | 3½ | 4 19 51.79 | +3.494 | +0.0105 | +0.010 | +18 50 35.0 | +8.47 | −0.460 | −0.02 |
| 269 | 75 Tauri | 6 | 4 19 52.26 | +3.421 | +0.0094 | +0.003 | +16  1 10.2 | +8.53 | −0.452 | +0.04 |
| 270 | 76 Tauri | 7 | 4 19 53.80 | +3.394 | +0.0089 | +0.012 | +14 24  6.8 | +8.42 | −0.447 | −0.06 |
| 271 | δ¹ Tauri | 4½ | 4 20  0.55 | +3.413 | +0.0093 | +0.003 | +15 37 28.5 | +8.47 | −0.451 | −0.01 |
| 272 | δ² Tauri | 4½ | 4 20  6.18 | +3.420 | +0.0093 | +0.012 | +15 32  0.0 | +8.46 | −0.451 | −0.01 |
| 273 | Weis. IV. 428 | 8 | 4 20 18.98 | +3.384 | +0.0089 | | +14 28 53.6 | +8.45 | −0.448 | |
| 274 | Rumk. 1210 | | 4 20 24.83 | +3.411 | +0.0093 | | +15 49 23.9 | +8.44 | −0.451 | |
| 275 | Rumk. 1212 | 6 | 4 20 41.08 | +3.443 | +0.0098 | | +17 12 36.7 | +8.42 | −0.456 | |
| 276 | Rumk 1214 | | 4 20 49.64 | +3.451 | +0.0099 | | +17 31 40.8 | +8.41 | −0.457 | |
| 277 | Rumk. 1215 | 7 | 4 20 50.95 | +3.452 | +0.0099 | | +17 33 31.3 | +8.41 | −0.457 | |
| 278 | B.A.C. 1388 | 7 | 4 21 30.36 | +3.506 | +0.0105 | +0.005 | +19 30 30.8 | +8.29 | −0.464 | −0.07 |
| 279 | 80 Tauri | 6 | 4 21 35.76 | +3.411 | +0.0091 | +0.008 | +15 18 19.3 | +8.32 | −0.451 | −0.03 |
| 280 | B.A.C. 1391 | 5 | 4 21 58.61 | +3.427 | +0.0092 | +0.011 | +15 51 46.6 | +8.31 | −0.453 | −0.01 |
| 281 | 81 Tauri | 5½ | 4 22  5.94 | +3.418 | +0.0091 | +0.013 | +15 21 40.6 | +8.28 | −0.452 | −0.03 |
| 282 | 83 Tauri | 6 | 4 22 10.95 | +3.370 | +0.0084 | +0.010 | +13 23 38.1 | +8.28 | −0.446 | −0.02 |
| 283 | B.A.C. 1394 | 7 | 4 22 12.23 | +3.424 | +0.0092 | +0.008 | +15 49 21.9 | +8.42 | −0.454 | +0.12 |
| 284 | 84 Tauri | 7 | 4 22 36.60 | +3.397 | +0.0088 | +0.005 | +14 46 32.4 | +8.18 | −0.451 | −0.09 |
| 285 | Weis. IV. 476 | 9 | 4 22 42.26 | +3.383 | +0.0087 | | +14 21 36.6 | +8.26 | −0.450 | |
| 286 | Rumk. 1227 | 7 | 4 22 48.42 | +3.405 | +0.0090 | | +15 29 13.9 | +8.25 | −0.453 | |
| 287 | Weis. IV. 488 | 9½ | 4 23 16.52 | +3.383 | +0.0086 | | +14 20 57.1 | +8.22 | −0.450 | |
| 288 | 85 Tauri | 6 | 4 23 17.91 | +3.416 | +0.0090 | +0.007 | +15 31 29.8 | +8.15 | −0.454 | −0.06 |
| 289 | Rumk. 1232 | | 4 23 46.57 | +3.424 | +0.0092 | | +16 16 26.1 | +8.17 | −0.456 | |
| 290 | Rumk. 1233 | | 4 24  0.32 | +3.453 | +0.0096 | | +17 32 13.9 | +8.14 | −0.460 | |
| 291 | Rumk. 1234 | | 4 24 15.28 | +3.489 | +0.0101 | | +19  1 35.7 | +8.13 | −0.465 | |
| 292 | Rumk. 1235 | | 4 24 15.38 | +3.411 | +0.0090 | | +15 40 57.2 | +8.13 | −0.455 | |
| 293 | B.A.C. 1406 | 7 | 4 25  3.38 | +3.424 | +0.0090 | +0.002 | +16  0 10.7 | +8.04 | −0.457 | −0.03 |
| 294 | o Tauri | 5 | 4 25 20.42 | +3.402 | +0.0085 | +0.014 | +14 31 27.1 | +8.02 | −0.453 | −0.03 |
| 295 | Lal. 8587 | 9 | 4 25 26.59 | +3.393 | +0.0086 | | +14 45 40.8 | +8.02 | −0.453 | |
| 296 | Weis. IV. 533 | 9 | 4 25 27.15 | +3.396 | +0.0086 | | +14 50 39.2 | +8.04 | −0.454 | |
| 297 | Weis. IV. 541 | 9 | 4 25 48.82 | +3.391 | +0.0085 | | +14 39 20.9 | +8.03 | −0.453 | |
| 298 | Rumk. 1238 | 10 | 4 25 52.40 | +3.423 | +0.0090 | | +16 11 30.9 | +8.00 | −0.458 | |
| 299 | Lal. 8590 | 9 | 4 26  1.42 | +3.456 | +0.0094 | | +17 26  1.8 | +8.00 | −0.462 | |
| 300 | Weis. IV. 549 | 8½ | 4 26  2.98 | +3.404 | +0.0088 | | +15 11 12.8 | +8.00 | −0.455 | |

| No. | Logarithms of a | b | c | d | a′ | b′ | c′ | d′ | No. B.A.C. | No. T.Y.C. |
|---|---|---|---|---|---|---|---|---|---|---|
| 241 | +0.5341 | +7.9354 | +8.4878 | +8.7943 | +0.9484 | −9.9526 | +9.2183 | +9.0937 | 1351 | |
| 242 | +0.5567 | +8.1173 | +8.5089 | +8.8157 | +0.9481 | −9.9527 | +8.5132 | +9.2543 | 1353 | |
| 243 | +0.5285 | +7.8762 | +8.4831 | +8.7904 | +0.9477 | −9.9528 | +9.2981 | +9.0386 | | |
| 244 | +0.5365 | +7.9557 | +8.4875 | +8.7967 | +0.9462 | −9.9532 | +9.1787 | +9.1122 | 1356 | 366 |
| 245 | +0.5288 | +7.8766 | +8.4807 | +8.7912 | +0.9451 | −9.9534 | +9.2940 | +9.0388 | | |
| 246 | +0.5354 | +7.9447 | +8.4855 | +8.7961 | +0.9451 | −9.9534 | +9.1959 | +9.1020 | | |
| 247 | +0.5349 | +7.9389 | +8.4847 | +8.7958 | +0.9447 | −9.9535 | +9.2049 | +9.0967 | | |
| 248 | +0.5405 | +7.9918 | +8.4889 | +8.8008 | +0.9440 | −9.9537 | +9.0978 | +9.1447 | | |
| 249 | +0.5413 | +7.9943 | +8.4884 | +8.8013 | +0.9432 | −9.9539 | +9.0896 | +9.1468 | 1361 | |
| 250 | +0.5509 | +8.0693 | +8.4967 | +8.8106 | +0.9424 | −9.9541 | +8.8215 | +9.2127 | 1362 | |
| 251 | +0.5506 | +8.0671 | +8.4962 | +8.8104 | +0.9422 | −9.9541 | +8.8319 | +9.2108 | 1363 | |
| 252 | +0.5381 | +7.9634 | +8.4833 | +8.7991 | +0.9409 | −9.9544 | +9.1514 | +9.1187 | 1365 | 369 |
| 253 | +0.5323 | +7.9073 | +8.4779 | +8.7948 | +0.9399 | −9.9546 | +9.2453 | +9.0671 | 1366 | |
| 254 | +0.5526 | +8.0771 | +8.4948 | +8.8131 | +0.9388 | −9.9549 | +8.7521 | +9.2189 | 1367 | 370 |
| 255 | +0.5308 | +7.8931 | +8.4751 | +8.7944 | +0.9380 | −9.9551 | +9.2617 | +9.0538 | | |
| 256 | +0.5308 | +7.8931 | +8.4751 | +8.7944 | +0.9380 | −9.9551 | +9.2617 | +9.0538 | | |
| 257 | +0.5347 | +7.9306 | +8.4770 | +8.7975 | +0.9370 | −9.9553 | +9.2033 | +9.0884 | | |
| 258 | +0.5315 | +7.8949 | +8.4743 | +8.7948 | +0.9370 | −9.9553 | +9.2577 | +9.0554 | 1369 | 371 |
| 259 | +0.5356 | +7.9384 | +8.4772 | +8.7983 | +0.9366 | −9.9554 | +9.1887 | +9.0955 | | |
| 260 | +0.5289 | +7.8659 | +8.4712 | +8.7933 | +0.9357 | −9.9556 | +9.2929 | +9.0282 | 1370 | |
| 261 | +0.5412 | +7.9884 | +8.4806 | +8.8034 | +0.9351 | −9.9557 | +9.0796 | +9.1407 | | |
| 262 | +0.5532 | +8.0771 | +8.4915 | +8.8146 | +0.9349 | −9.9558 | +8.7210 | +9.2183 | 1371 | |
| 263 | +0.5387 | +7.9645 | +8.4777 | +8.8012 | +0.9346 | −9.9559 | +9.1332 | +9.1191 | | |
| 264 | +0.5310 | +7.8891 | +8.4711 | +8.7953 | +0.9340 | −9.9560 | +9.2606 | +9.0498 | | |
| 265 | +0.5311 | +7.8892 | +8.4693 | +8.7959 | +0.9320 | −9.9564 | +9.2571 | +9.0497 | | |
| 266 | +0.5492 | +8.0440 | +8.4841 | +8.8111 | +0.9317 | −9.9565 | +8.8808 | +9.1894 | 1373 | |
| 267 | +0.5333 | +7.9072 | +8.4679 | +8.7981 | +0.9291 | −9.9571 | +9.2255 | +9.0662 | | |
| 268 | +0.5421 | +7.9835 | +8.4743 | +8.8050 | +0.9287 | −9.9572 | +9.0723 | +9.1357 | 1376 | 373 |
| 269 | +0.5338 | +7.9085 | +8.4676 | +8.7983 | +0.9287 | −9.9572 | +9.2227 | +9.0674 | 1377 | 374 |
| 270 | +0.5291 | +7.8599 | +8.4641 | +8.7950 | +0.9286 | −9.9572 | +9.2898 | +9.0221 | 1378 | |
| 271 | +0.5327 | +7.8965 | +8.4662 | +8.7976 | +0.9281 | −9.9573 | +9.2401 | +9.0562 | 1380 | 375 |
| 272 | +0.5324 | +7.8934 | +8.4656 | +8.7974 | +0.9278 | −9.9574 | +9.2438 | +9.0534 | 1381 | 378 |
| 273 | +0.5294 | +7.8607 | +8.4626 | +8.7955 | +0.9270 | −9.9575 | +9.2864 | +9.0227 | | |
| 274 | +0.5329 | +7.9006 | +8.4649 | +8.7983 | +0.9265 | −9.9576 | +9.2309 | +9.0599 | | |
| 275 | +0.5369 | +7.9381 | +8.4670 | +8.8017 | +0.9254 | −9.9579 | +9.1643 | +9.0943 | | |
| 276 | +0.5379 | +7.9459 | +8.4671 | +8.8026 | +0.9248 | −9.9580 | +9.1473 | +9.1014 | | |
| 277 | +0.5381 | +7.9467 | +8.4671 | +8.8027 | +0.9247 | −9.9586 | +9.1456 | +9.1020 | | |
| 278 | +0.5442 | +7.9931 | +8.4694 | +8.8082 | +0.9220 | −9.9586 | +9.0228 | +9.1435 | 1388 | |
| 279 | +0.5319 | +7.8805 | +8.4590 | +8.7983 | +0.9216 | −9.9587 | +9.2519 | +9.0409 | 1390 | 379 |
| 280 | +0.5336 | +7.8953 | +8.4586 | +8.7998 | +0.9200 | −9.9590 | +9.2271 | +9.0545 | 1391 | 380 |
| 281 | +0.5321 | +7.8801 | +8.4570 | +8.7988 | +0.9195 | −9.9591 | +9.2490 | +9.0404 | 1392 | 381 |
| 282 | +0.5264 | +7.8177 | +8.4529 | +8.7951 | +0.9192 | −9.9592 | +9.3249 | +8.9818 | 1393 | |
| 283 | +0.5335 | +7.8932 | +8.4576 | +8.7999 | +0.9191 | −9.9592 | +9.2287 | +9.0525 | 1394 | |
| 284 | +0.5305 | +7.8603 | +8.4537 | +8.7981 | +0.9174 | −9.9596 | +9.2723 | +9.0218 | 1395 | |
| 285 | +0.5293 | +7.8470 | +8.4525 | +8.7973 | +0.9170 | −9.9596 | +9.2886 | +9.0093 | | |
| 286 | +0.5321 | +7.8809 | +8.4543 | +8.7997 | +0.9166 | −9.9597 | +9.2426 | +9.0409 | | |
| 287 | +0.5293 | +7.8442 | +8.4500 | +8.7978 | +0.9146 | −9.9601 | +9.2885 | +9.0065 | | |
| 288 | +0.5327 | +7.8799 | +8.4523 | +8.8002 | +0.9145 | −9.9601 | +9.2403 | +9.0399 | 1402 | 383 |
| 289 | +0.5345 | +7.8994 | +8.4519 | +8.8022 | +0.9125 | −9.9605 | +9.2059 | +9.0578 | | |
| 290 | +0.5382 | +7.9329 | +8.4539 | +8.8053 | +0.9115 | −9.9607 | +9.1414 | +9.0883 | | |
| 291 | +0.5427 | +7.9698 | +8.4565 | +8.8093 | +0.9104 | −9.9609 | +9.0502 | +9.1215 | | |
| 292 | +0.5329 | +7.8805 | +8.4486 | +8.8013 | +0.9104 | −9.9610 | +9.2323 | +9.0401 | | |
| 293 | +0.5342 | +7.8863 | +8.4459 | +8.8027 | +0.9070 | −9.9616 | +9.2170 | +9.0452 | 1406 | |
| 294 | +0.5299 | +7.8409 | +8.4416 | +8.7999 | +0.9058 | −9.9619 | +9.2797 | +9.0029 | 1409 | 388 |
| 295 | +0.5306 | +7.8478 | +8.4416 | +8.8004 | +0.9053 | −9.9619 | +9.2700 | +9.0093 | | |
| 296 | +0.5310 | +7.8503 | +8.4417 | +8.8006 | +0.9053 | −9.9619 | +9.2666 | +9.0116 | | |
| 297 | +0.5303 | +7.8429 | +8.4398 | +8.8005 | +0.9037 | −9.9622 | +9.2740 | +9.0046 | | |
| 298 | +0.5344 | +7.8881 | +8.4427 | +8.8038 | +0.9035 | −9.9623 | +9.2070 | +9.0466 | | |
| 299 | +0.5386 | +7.9215 | +8.4449 | +8.8068 | +0.9028 | −9.9624 | +9.1438 | +9.0771 | | |
| 300 | +0.5320 | +7.8681 | +8.4398 | +8.8018 | +0.9027 | −9.9624 | +9.2517 | +9.0187 | | |

| No. | Name. | Mag. | Mean Right Ascension 1850.0. | Annual Variation. | Secular Variation. | Proper Motion. | Mean Declination 1850.0. | Annual Variation. | Secular Variation. | Proper Motion. |
|---|---|---|---|---|---|---|---|---|---|---|
| | | | h m s | s | s | s | ° ′ ″ | ″ | ″ | ″ |
| 301 | Lal. 8610 | 8 | 4 26 21.20 | +3.438 | +0.0092 | | +16 41 1.1 | +7.96 | −0.460 | ″ |
| 302 | Lal. 8613 | 8 | 4 26 24.22 | +3.443 | +0.0092 | | +16 53 9.4 | +7.96 | −0.461 | |
| 303 | B.A.C. 1417 | 7 | 4 26 55.25 | +3.501 | +0.0101 | −0.006 | +19 34 0.7 | +7.88 | −0.470 | −0.04 |
| 304 | α Tauri | 1 | 4 27 19.09 | +3.436 | +0.0089 | +0.008 | +16 12 11.0 | +7.74 | −0.469 | −0.15 |
| 305 | Weis. IV. 613 | 8 | 4 28 15.05 | +3.400 | +0.0084 | | +14 57 5.0 | +7.80 | −0.457 | |
| 306 | Lal. 8677 | 8 | 4 28 22.99 | +3.400 | +0.0084 | | +14 57 12.2 | +7.80 | −0.457 | |
| 307 | Lal. 8678 | 8 | 4 28 30.84 | +3.476 | +0.0095 | | +18 14 4 2 | +7.79 | −0.467 | |
| 308 | Weis. IV. 629 | 8 | 4 29 0.00 | +3.398 | +0.0083 | | +14 50 20.2 | +7.75 | −0.457 | |
| 309 | 89 Tauri | 7 | 4 29 34.71 | +3.430 | +0.0086 | +0.012 | +15 43 40.9 | +7.71 | −0.466 | 0.00 |
| 310 | Weis. IV. 641 | 9 | 4 29 47.37 | +3.467 | +0.0084 | | +15 12 38.8 | +7.69 | −0.459 | |
| 311 | Lal. 8714 | 9 | 4 29 47.18 | +3.482 | +0.0095 | | +18 25 44.0 | +7.69 | −0.469 | |
| 312 | σ¹ Tauri | 5½ | 4 30 35.68 | +3.420 | +0.0084 | +0.006 | +15 29 56.6 | +7.55 | −0.469 | −0.08 |
| 313 | σ² Tauri | 5½ | 4 30 42.03 | +3.426 | +0.0084 | +0.010 | +15 36 56.7 | +7.61 | −0.461 | −0.01 |
| 314 | Rumk. 1241 | | 4 31 17.60 | +3.428 | +0.0086 | | +16 13 19.3 | +7.57 | −0.463 | |
| 315 | σ³ Tauri | 5½ | 4 31 42.69 | +3.336 | +0.0073 | +0.004 | +11 53 58.8 | +7.57 | −0.450 | +0.03 |
| 316 | Rumk. 1243 | 8 | 4 31 48.50 | +3.428 | +0.0086 | · | +16 12 59.1 | +7.53 | −0.463 | |
| 317 | B.A.C. 1444 | 6 | 4 31 56.83 | +3.746 | +0.0131 | +0.007 | +23 19 9.7 | +7.48 | −0.506 | −0.04 |
| 318 | Rumk. 1246 | 7 | 4 32 53.39 | +3.449 | +0.0087 | | +17 7 3.5 | +7.43 | −0.467 | |
| 319 | Rumk. 1247 | | 4 32 54.46 | +3.433 | +0.0085 | | +16 24 43.2 | +7.43 | −0.463 | |
| 320 | Rumk. 1251 | | 4 33 13.10 | +3.484 | +0.0092 | | +18 32 23.1 | +7.41 | −0.472 | |
| 321 | τ Tauri | 4½ | 4 33 14.84 | +3.592 | +0.0106 | +0.003 | +22 39 51.7 | +7.41 | −0.486 | 0.00 |
| 322 | Rumk. 1254 | | 4 33 32.52 | +3.453 | +0.0085 | | +16 23 22.5 | +7.39 | −0.465 | |
| 323 | Rumk. 1255 | | 4 33 35.67 | +3.416 | +0.0082 | | +15 40 42.7 | +7.38 | −0.463 | |
| 324 | Rumk. 1256 | 7½ | 4 33 35.88 | +3.379 | +0.0078 | | +14 2 3.0 | +7.38 | −0.458 | |
| 325 | Rumk. 1258 | 6 | 4 34 6.28 | +3 462 | +0.0091 | | +18 26 0.0 | +7.34 | −0.473 | |
| 326 | Lal. 8852 | 9½ | 4 34 19.17 | +3.452 | +0.0086 | | +17 1 23.7 | +7.32 | −0.469 | |
| 327 | Lal. 8856 | 8½ | 4 34 26.93 | +3.409 | +0.0080 | | +15 11 51.9 | +7.31 | −0.463 | |
| 328 | Rumk. 1263 | 9½ | 4 35 50.90 | +3.420 | +0.0082 | | +15 46 27.7 | +7.20 | −0.465 | |
| 329 | Rumk. 1265 | 6 | 4 36 14.62 | +3.387 | +0.0076 | | +14 20 35.5 | +7.17 | −0.462 | |
| 330 | Lal. 8914 | 8 | 4 36 48.25 | +3.562 | +0.0090 | | +19 2 51.2 | +7.12 | −0.477 | |
| 331 | Lal. 8927 | 8½ | 4 37 10.04 | +3.499 | +0.0089 | | +18 53 58.4 | +7.09 | −0.477 | |
| 332 | Rumk. 1268 | 8½ | 4 37 16.67 | +3.418 | +0.0070 | | +15 39 4.0 | +7.08 | −0.466 | |
| 333 | Rumk. 1269 | 6½ | 4 37 20.31 | +3.486 | +0.0088 | | +18 31 16.1 | +7.08 | −0.476 | |
| 334 | Lal. 8933 | 9 | 4 37 20.46 | +3.497 | +0.0080 | | +18 51 20.4 | +7.08 | −0.477 | |
| 335 | B.A.C. 1468 | 6 | 4 37 31.41 | +3.491 | +0.0068 | +0.003 | +18 27 30.8 | +6.96 | −0.476 | −0.10 |
| 336 | Rumk. 1274 | | 4 37 56.47 | +3.408 | +0.0077 | | +15 11 42.7 | +7.02 | −0.445 | |
| 337 | Lal. 8950 | 8½ | 4 38 4.18 | +3.390 | +0.0075 | | +14 19 10.0 | +7.02 | −0.463 | |
| 338 | Rumk. 1275 | | 4 38 12.98 | +3.404 | +0.0077 | | +15 1 28.5 | +7.02 | −0.465 | |
| 339 | Rumk. 1276 | | 4 38 23.30 | +3.480 | +0.0086 | | +18 12 45.7 | +6.98 | −0.465 | |
| 340 | Rumk. 1278 | | 4 39 11.07 | +3.402 | +0.0076 | | +14 54 56.9 | +6.93 | −0.466 | |
| 341 | B.A.C. 1478 | 7½ | 4 39 55.41 | +3.503 | +0.0085 | +0.013 | +18 27 17.9 | +6.47 | −0.478 | −0.40 |
| 342 | Rumk. 1283 | 7 | 4 40 2.75 | +3.437 | +0.0079 | | +16 22 3.1 | +6.86 | −0.471 | |
| 343 | Rumk. 1285 | 7 | 4 40 24.87 | +3.418 | +0.0076 | | +15 35 41.2 | +6.83 | −0.469 | |
| 344 | Rumk. 1286 | 7½ | 4 40 56.41 | +3.419 | +0.0076 | | +15 37 20.0 | +6.77 | −0.469 | |
| 345 | 96 Tauri | 6 | 4 41 9.47 | +3.426 | +0.0076 | +0.003 | +15 38 15.7 | +6.68 | −0.470 | −0.08 |
| 346 | Rumk. 1289 | | 4 41 23.64 | +3.412 | +0.0075 | | +15 15 57.7 | +6.73 | −0.469 | |
| 347 | Rumk. 1294 | | 4 42 11.61 | +3.428 | +0.0076 | | +15 56 52.0 | +6.67 | −0.471 | |
| 348 | i Tauri | 5½ | 4 42 36.26 | +3.502 | +0.0083 | +0.007 | +18 34 46.5 | +6 61 | −0.481 | −0.04 |
| 349 | Rumk. 1297 | 7 | 4 42 49.37 | +3.410 | +0.0073 | | +15 10 22.4 | +6.62 | −0.469 | |
| 350 | Rumk. 1298 | 7½ | 4 42 51.55 | +3.420 | +0.0074 | | +15 37 13.7 | +6.61 | −0.471 | |
| 351 | Rumk. 1299 | 7½ | 4 43 9.72 | +3.464 | +0.0079 | | +17 25 53.5 | +6.59 | −0.477 | |
| 352 | Rumk. 1300 | | 4 43 15.42 | +3.462 | +0.0079 | | +17 22 44.0 | +6.59 | −0.477 | |
| 353 | Rumk. 1301 | 6 | 4 43 17.03 | +3.492 | +0.0082 | | +18 34 45.5 | +6.58 | −0.481 | |
| 354 | Rumk. 1302 | 7 | 4 43 18.41 | +3.400 | +0.0082 | | +18 29 28.5 | +6.58 | −0.481 | |
| 355 | B.A.C. 1518 | 6 | 4 47 7.72 | +3.645 | +0.0097 | | +24 20 44.9 | +6.27 | −0.505 | |
| 356 | B.A.C. 1526 | 6 | 4 48 42.71 | +3.462 | +0.0072 | +0.004 | +16 54 50.3 | +6.13 | −0.480 | −0.01 |
| 357 | 99 Tauri | 6½ | 4 48 42.93 | +3.634 | +0.0092 | +0.004 | +23 42 34.3 | +6.11 | −0.504 | −0.03 |
| 358 | k Tauri | 5½ | 4 48 58.90 | +3.663 | +0.0096 | +0.004 | +24 48 49.2 | +6.03 | −0.508 | −0.09 |
| 359 | B.A.C. 1537 | 6½ | 4 50 28.62 | +3.390 | +0.0064 | −0.006 | +14 18 32.8 | +5.96 | −0.473 | −0.03 |
| 360 | ι Tauri | 5 | 4 54 8.62 | +3.581 | +0.0080 | +0.009 | +21 22 14.1 | +5.65 | −0.500 | −0.04 |

| No. | LOGARITHMS OF | | | | | | | | No. B.A.C. | No. T.Y.C. |
|---|---|---|---|---|---|---|---|---|---|---|
| | a | b | c | d | a' | b' | c' | d' | | |
| 301 | +0.5363 | +7.9008 | +8.4417 | +8.8053 | +0.9014 | —9.9627 | +9.1825 | +9.0572 | | |
| 302 | +0.5360 | +7.9051 | +8.4420 | +8.8058 | +0.9012 | —9.9627 | +9.1722 | +9.0620 | | |
| 303 | +0.5450 | +7.9713 | +8.4464 | +8.8120 | +0.8989 | —9.9632 | +9.0652 | +9.1216 | 1417 | |
| 304 | +0.5350 | +7.8821 | +8.4364 | +8.8050 | +0.8971 | —9.9635 | +9.2047 | +9.0406 | 1420 | 392 |
| 305 | +0.5315 | +7.8412 | +8.4296 | +8.8031 | +0.8930 | —9.9642 | +9.2592 | +9.0024 | | |
| 306 | +0.5315 | +7.8407 | +8.4290 | +8.8032 | +0.8924 | —9.9643 | +9.2590 | +9.0018 | | |
| 307 | +0.5411 | +7.9313 | +8.4359 | +8.8107 | +0.8918 | —9.9644 | +9.0929 | +9.0850 | | |
| 308 | +0.5312 | +7.8344 | +8.4269 | +8.8035 | +0.8806 | —9.9648 | +9.2631 | +8.9958 | | |
| 309 | +0.5338 | +7.8583 | +8.4252 | +8.8058 | +0.8870 | —9.9653 | +9.2240 | +9.0178 | 1432 | |
| 310 | +0.5324 | +7.8421 | +8.4232 | +8.8049 | +0.8860 | —9.9654 | +9.2866 | +9.0027 | | |
| 311 | +0.5418 | +7.9305 | +8.4306 | +8.8122 | +0.8860 | —9.9654 | +9.0782 | +9.0837 | | |
| 312 | +0.5332 | +7.8470 | +8.4201 | +8.8061 | +0.8823 | —9.9661 | +9.2330 | +9.0070 | 1436 | |
| 313 | +0.5336 | +7.8499 | +8.4199 | +8.8064 | +0.8818 | —9.9662 | +9.2276 | +9.0097 | 1437 | |
| 314 | +0.5350 | +7.8646 | +8.4184 | +8.8082 | +0.8791 | —9.9666 | +9.1986 | +9.0230 | | |
| 315 | +0.5227 | +7.7226 | +8.4083 | +8.8003 | +0.8772 | —9.9660 | +9.3683 | +8.8892 | 1442 | 396 |
| 316 | +0.5350 | +7.8620 | +8.4160 | +8.8086 | +0.8767 | —9.9670 | +9.1982 | +9.0205 | | |
| 317 | +0.5727 | +8.1292 | +8.4531 | +8.8464 | +0.8761 | —9.9671 | —8.7619 | +9.2500 | 1444 | 398 |
| 318 | +0.5377 | +7.8818 | +8.4130 | +8.8114 | +0.8716 | —9.9678 | +9.1504 | +9.0382 | | |
| 319 | +0.5357 | +7.8634 | +8.4113 | +8.8098 | +0.8715 | —9.9679 | +9.1871 | +9.0204 | | |
| 320 | +0.5421 | +7.9172 | +8.4149 | +8.8152 | +0.8700 | —9.9681 | +9.0644 | +9.0701 | | |
| 321 | +0.5550 | +8.0123 | +8.4265 | +8.8269 | +0.8699 | —9.9691 | +8.6274 | +9.1535 | 1449 | 400 |
| 322 | +0.5357 | +7.8587 | +8.4082 | +8.8103 | +0.8685 | —9.9683 | +9.2040 | +9.0168 | | |
| 323 | +0.5335 | +7.8342 | +8.4064 | +8.8088 | +0.8682 | —9.9684 | +9.2215 | +8.9978 | | |
| 324 | +0.5288 | +7.7878 | +8.4031 | +8.8055 | +0.8682 | —9.9684 | +9.2512 | +8.9617 | | |
| 325 | +0.5418 | +7.9103 | +8.4104 | +8.8155 | +0.8658 | —9.9688 | +9.0698 | +9.0635 | | |
| 326 | +0.5381 | +7.8724 | +8.4059 | +8.8123 | +0.8647 | —9.9689 | +9.1535 | +9.0290 | | |
| 327 | +0.5326 | +7.8198 | +8.4013 | +8.8084 | +0.8641 | —9.9690 | +9.2422 | +8.9805 | | |
| 328 | +0.5340 | +7.8300 | +8.3957 | +8.8106 | +0.8573 | —9.9700 | +9.2120 | +8.9894 | | |
| 329 | +0.5298 | +7.7848 | +8.3908 | +8.8080 | +0.8553 | —9.9703 | +9.2766 | +8.9471 | | |
| 330 | +0.5432 | +7.9121 | +8.3987 | +8.8191 | +0.8526 | —9.9707 | +9.0216 | +9.0640 | | |
| 331 | +0.5439 | +7.9060 | +8.3965 | +8.8190 | +0.8507 | —9.9710 | +9.0317 | +9.0589 | | |
| 332 | +0.5338 | +7.8193 | +8.3883 | +8.8114 | +0.8502 | —9.9711 | +9.2187 | +8.9790 | | |
| 333 | +0.5423 | +7.8966 | +8.3947 | +8.8181 | +0.8499 | —9.9711 | +9.0579 | +9.0496 | | |
| 334 | +0.5437 | +7.9050 | +8.3955 | +8.8190 | +0.8499 | —9.9711 | +9.0345 | +9.0571 | | |
| 335 | +0.5426 | +7.8941 | +8.3936 | +8.8181 | +0.8490 | —9.9713 | +9.0618 | +9.0473 | 1468 | |
| 336 | +0.5325 | +7.8025 | +8.3840 | +8.8109 | +0.8468 | —9.9715 | +9.2387 | +8.9631 | | |
| 337 | +0.5302 | +7.7749 | +8.3816 | +8.8093 | +0.8462 | —9.9716 | +9.2759 | +8.9372 | | |
| 338 | +0.5320 | +7.7959 | +8.3823 | +8.8108 | +0.8455 | —9.9717 | +9.2460 | +8.9569 | | |
| 339 | +0.5416 | +7.9835 | +8.3866 | +8.8181 | +0.8446 | —9.9719 | +9.0765 | +9.0373 | | |
| 340 | +0.5317 | +7.7876 | +8.3771 | +8.8112 | +0.8405 | —9.9724 | +9.2408 | +8.9489 | | |
| 341 | +0.5428 | +7.8818 | +8.3813 | +8.8198 | +0.8367 | —9.9729 | +9.0577 | +9.0349 | 1478 | |
| 342 | +0.5362 | +7.8256 | +8.3757 | +8.8149 | +0.8360 | —9.9730 | +9.1805 | +8.9837 | | |
| 343 | +0.5338 | +7.8016 | +8.3721 | +8.8135 | +0.8341 | —9.9733 | +9.2180 | +8.9614 | | |
| 344 | +0.5339 | +7.7996 | +8.3694 | +8.8139 | +0.8314 | —9.9736 | +9.2161 | +8.9594 | | 403 |
| 345 | +0.5344 | +7.7989 | +8.3683 | +8.8141 | +0.8302 | —9.9738 | +9.2154 | +8.9586 | 1485 | 404 |
| 346 | +0.5330 | +7.7867 | +8.3662 | +8.8135 | +0.8289 | —9.9739 | +9.2421 | +8.9472 | | |
| 347 | +0.5350 | +7.8024 | +8.3634 | +8.8154 | +0.8247 | —9.9745 | +9.1991 | +8.9614 | | |
| 348 | +0.5434 | +7.8707 | +8.3674 | +8.8219 | +0.8225 | —9.9748 | +9.0442 | +9.0235 | 1493 | 405 |
| 349 | +0.5328 | +7.7762 | +8.3584 | +8.8142 | +0.8213 | —9.9749 | +9.2350 | +8.9360 | | |
| 350 | +0.5340 | +7.7893 | +8.3591 | +8.8152 | +0.8211 | —9.9749 | +9.2142 | +8.9491 | | |
| 351 | +0.5396 | +7.8381 | +8.3616 | +8.8195 | +0.8195 | —9.9751 | +9.1177 | +8.9937 | | |
| 352 | +0.5393 | +7.8361 | +8.3609 | +8.8204 | +0.8189 | —9.9752 | +9.1207 | +8.9419 | | |
| 353 | +0.5431 | +7.8670 | +8.3627 | +8.8224 | +0.8188 | —9.9752 | +9.0429 | +9.0198 | | |
| 354 | +0.5428 | +7.8646 | +8.3634 | +8.8222 | +0.8186 | —9.9752 | +9.0491 | +9.0177 | | |
| 355 | +0.5617 | +7.9745 | +8.3594 | +8.8420 | +0.7973 | —9.9777 | +7.5798 | +9.1102 | 1518 | |
| 356 | +0.5388 | +7.7927 | +8.3289 | +8.8218 | +0.7880 | —9.9786 | +9.1405 | +8.9496 | 1526 | |
| 357 | +0.5509 | +7.9523 | +8.3480 | +8.8409 | +0.7880 | —9.9786 | +8.1614 | +9.0001 | 1527 | |
| 358 | +0.5634 | +7.9731 | +8.3502 | +8.8448 | +0.7864 | —9.9788 | —7.7634 | +9.1671 | 1528 | 411 |
| 359 | +0.5310 | +7.7058 | +8.3192 | +8.8173 | +0.7775 | —9.9797 | +9.2662 | +8.8662 | 1537 | |
| 360 | +0.5530 | +7.8689 | +8.3073 | +8.8367 | +0.7547 | —9.9818 | +8.7372 | +9.0141 | 1551 | 417 |

| No. | Name. | Mag. | Mean Right Ascension 1850.0. | Annual Variation. | Secular Variation. | Proper Motion. | Mean Declination 1850.0. | Annual Variation. | Secular Variation. | Proper Motion. |
|---|---|---|---|---|---|---|---|---|---|---|
| | | | h m s | s | s | s | ° ′ ″ | ″ | ″ | ″ |
| 361 | 11 Orionis | 5 | 4 56 0.08 | +3.424 | +0.0062 | +0.004 | +15 11 25.0 | +5.49 | −0.479 | −0.04 |
| 362 | B.A.C. 1563 | 6½ | 4 56 41.90 | +3.529 | +0.0071 | 0.000 | +19 35 40.3 | +5.39 | −0.495 | −0.08 |
| 363 | *m* Tauri | 5½ | 4 58 35.47 | +3.546 | +0.0067 | +0.045 | +18 26 19.5 | +5.34 | −0.492 | +0.03 |
| 364 | *l* Tauri | 5½ | 4 58 56.01 | +3.547 | +0.0071 | +0.001 | +20 12 54.0 | +5.23 | −0.499 | −0.05 |
| 365 | 105 Tauri | 6 | 4 58 57.53 | +3.582 | +0.0074 | +0.003 | +21 30 8.1 | +5.32 | −0.504 | +0.04 |
| 366 | 103 Tauri | 6 | 4 58 58.52 | +3.651 | +0.0082 | +0.004 | +24 3 43.0 | +5.33 | −0.513 | +0.05 |
| 367 | 15 Orionis | 5½ | 5 1 7.03 | +3.430 | +0.0057 | +0.003 | +15 24 3.3 | +5.12 | −0.483 | +0.02 |
| 368 | B.A.C. 1601 | 6½ | 5 3 5.05 | +3.450 | +0.0056 | +0.011 | +15 51 16.5 | +4.83 | −0.486 | −0.10 |
| 369 | *n* Tauri | 6 | 5 10 16.03 | +3.602 | +0.0062 | +0.006 | +21 56 11.7 | +4.37 | −0.512 | +0.05 |
| 370 | B.A.C. 1648 | 6½ | 5 11 34.46 | +3.761 | +0.0074 | +0.001 | +27 47 58.4 | +4.15 | −0.536 | −0.06 |
| 371 | B.A.C. 1649 | 6½ | 5 11 40.42 | +3.810 | +0.0079 | +0.002 | +29 24 39.4 | +4.08 | −0.543 | −0.12 |
| 372 | B.A.C. 1651 | 6½ | 5 12 5.13 | +3.542 | +0.0056 | +0.004 | +19 39 23.1 | +4.09 | −0.505 | −0.07 |
| 373 | 111 Tauri | 6 | 5 15 40.41 | +3.498 | +0.0047 | +0.020 | +17 14 24.1 | +3.90 | −0.498 | +0.04 |
| 374 | β Tauri | 2 | 5 16 48.80 | +3.791 | +0.0068 | +0.008 | +28 28 30.6 | +3.57 | −0.542 | −0.19 |
| 375 | 113 Tauri | 6 | 5 17 25.91 | +3.468 | +0.0044 | +0.007 | +16 33 43.9 | +3.71 | −0.496 | +0.01 |
| 376 | 115 Tauri | 5½ | 5 18 25.21 | +3.495 | +0.0046 | +0.001 | +17 40 41.9 | +3.62 | −0.501 | 0.00 |
| 377 | *o* Tauri | 6 | 5 18 37.61 | +3.602 | +0.0052 | +0.005 | +21 48 12.6 | +3.63 | −0.516 | +0.03 |
| 378 | 116 Tauri | 6 | 5 19 8.65 | +3.447 | +0.0041 | +0.005 | +15 44 32.2 | +3.54 | −0.494 | −0.02 |
| 379 | 117 Tauri | 6 | 5 19 19.39 | +3.483 | +0.0043 | +0.007 | +17 6 35.6 | +3.49 | −0.499 | −0.05 |
| 380 | B.A.C. 1709 | 6½ | 5 20 8.99 | +3.804 | +0.0065 | +0.002 | +29 3 40.3 | +3.42 | −0.546 | −0.05 |
| 381 | 119 Tauri | 5½ | 5 23 25.31 | +3.516 | +0.0041 | +0.004 | +18 28 38.8 | +3.20 | −0.506 | +0.01 |
| 382 | B.A.C. 1728 | 6½ | 5 23 32.86 | +3.473 | +0.0038 | | +16 56 26.5 | +3.18 | −0.500 | |
| 383 | B.A.C. 1733 | 6½ | 5 24 43.80 | +3.558 | +0.0042 | −0.003 | +20 21 41.5 | +2.97 | −0.513 | −0.10 |
| 384 | 120 Tauri | 6 | 5 24 44.31 | +3.518 | +0.0039 | +0.007 | +18 25 41.0 | +3.13 | −0.506 | +0.06 |
| 385 | 121 Tauri | 6 | 5 26 17.65 | +3.663 | +0.0046 | +0.005 | +23 56 5.3 | +2.92 | −0.528 | −0.02 |
| 386 | B.A.C. 1746 | 6½ | 5 26 30.81 | +3.760 | +0.0052 | −0.001 | +27 33 35.0 | +2.86 | −0.543 | −0.06 |
| 387 | 122 Tauri | 6 | 5 28 21.68 | +3.482 | +0.0033 | +0.008 | +16 56 36.0 | +2.76 | −0.502 | 0.00 |
| 388 | ζ Tauri | 3½ | 5 28 40.96 | +3.585 | +0.0038 | +0.005 | +21 2 45.6 | +2.71 | −0.517 | −0.02 |
| 389 | 26 Aurigæ | 6 | 5 29 0.33 | +3.846 | +0.0053 | −0.002 | +30 23 51.8 | +2.69 | −0.556 | −0.01 |
| 390 | B.A.C. 1772 | 6 | 5 29 46.19 | +3.809 | +0.0049 | | +29 7 24.6 | +2.64 | −0.551 | |
| 391 | B.A.C. 1774 | 6½ | 5 30 8.36 | +3.643 | +0.0040 | +0.003 | +23 13 54.6 | +2.58 | −0.526 | −0.03 |
| 392 | 125 Tauri | 6 | 5 30 26.68 | +3.718 | +0.0042 | +0.006 | +25 48 26.8 | +2.57 | −0.537 | −0.01 |
| 393 | 126 Tauri | 5½ | 5 32 37.69 | +3.468 | +0.0029 | +0.005 | +16 27 7.1 | +2.41 | −0.501 | +0.02 |
| 394 | 128 Tauri | 6 | 5 36 14.79 | +3.455 | +0.0024 | +0.003 | +16 1 3.8 | +2.16 | −0.501 | +0.08 |
| 395 | 129 Tauri | 6 | 5 38 7.97 | +3.451 | +0.0022 | +0.005 | +15 45 31.9 | +1.93 | −0.500 | +0.02 |
| 396 | 130 Tauri | 6 | 5 38 41.51 | +3.496 | +0.0023 | +0.001 | +17 40 4.1 | +1.86 | −0.508 | 0.00 |
| 397 | B.A.C. 1835 | 6½ | 5 39 25.39 | +3.572 | +0.0025 | −0.005 | +20 48 42.1 | +1.69 | −0.520 | −0.11 |
| 398 | 132 Tauri | 5½ | 5 39 48.76 | +3.683 | +0.0028 | +0.005 | +24 30 42.1 | +1.75 | −0.534 | −0.01 |
| 399 | 136 Tauri | 5 | 5 43 54.04 | +3.771 | +0.0025 | +0.004 | +27 34 15.4 | +1.35 | −0.548 | −0.06 |
| 400 | $\chi^1$ Orionis | 4½ | 5 45 30.03 | +3.552 | +0.0017 | −0.011 | +20 14 35.3 | +1.17 | −0.519 | −0.10 |
| 401 | $\chi^2$ Orionis | 6 | 5 46 4.05 | +3.554 | +0.0017 | +0.005 | +19 42 54.9 | +1.23 | −0.517 | +0.01 |
| 402 | B.A.C. 1882 | 6½ | 5 47 2.07 | +3.807 | +0.0022 | −0.001 | +28 54 45.0 | +1.12 | −0.555 | −0.01 |
| 403 | 139 Tauri | 5½ | 5 48 41.35 | +3.725 | +0.0017 | +0.005 | +25 55 47.3 | +0.99 | −0.542 | 0.00 |
| 404 | 141 Tauri | 6 | 5 52 38.12 | +3.623 | +0.0010 | +0.002 | +22 23 28.0 | +0.64 | −0.528 | 0.00 |
| 405 | B.A.C. 1930 | 6½ | 5 54 12.54 | +3.496 | +0.0007 | | +17 39 40.1 | +0.51 | −0.510 | |
| 406 | $\chi^3$ Orionis | 5 | 5 54 34.74 | +3.559 | +0.0007 | +0.010 | +19 41 13.9 | +0.43 | −0.517 | −0.04 |
| 407 | 1 Geminor. | 5 | 5 55 0.15 | +3.648 | +0.0006 | +0.003 | +23 15 57.4 | +0.33 | −0.532 | −0.11 |
| 408 | $\chi^4$ Orionis | 5 | 5 55 0.77 | +3.565 | +0.0006 | +0.004 | +20 8 12.0 | +0.40 | −0.519 | −0.04 |
| 409 | 2 Geminor. | 6½ | 5 57 39.96 | +3.658 | +0.0004 | +0.002 | +23 38 49.5 | +0.15 | −0.533 | −0.05 |
| 410 | B.A.C. 1970 | 6½ | 6 0 29.68 | +3.610 | −0.0000 | −0.007 | +22 12 35.7 | −0.03 | −0.527 | +0.01 |
| 411 | 3 Geminor. | 6 | 6 0 37.47 | +3.648 | −0.0000 | +0.006 | +23 7 56.2 | −0.07 | −0.531 | −0.02 |
| 412 | 5 Geminor. | 6 | 6 2 20.32 | +3.682 | −0.0004 | +0.004 | +24 26 50.6 | −0.29 | −0.536 | −0.08 |
| 413 | 68 Orionis | 6 | 6 3 8.34 | +3.560 | −0.0004 | +0.008 | +19 49 6.6 | −0.34 | −0.518 | −0.06 |
| 414 | 6 Geminor. | 6 | 6 3 13.31 | +3.638 | −0.0004 | +0.002 | +22 56 12.0 | −0.30 | −0.530 | −0.02 |
| 415 | $f^1$ Orionis | 6 | 6 3 24.33 | +3.461 | −0.0003 | +0.003 | +16 9 35.9 | −0.28 | −0.504 | +0.02 |
| 416 | κ Aurigæ | 4½ | 6 5 49.14 | +3.828 | −0.0009 | 0.000 | +29 32 51.2 | −0.80 | −0.558 | −0.29 |
| 417 | η Geminor. | 3½ | 6 5 49.36 | +3.624 | −0.0008 | −0.002 | +22 32 41.8 | −0.52 | −0.529 | −0.01 |
| 418 | 71 Orionis | 5½ | 6 6 1.39 | +3.534 | −0.0007 | −0.002 | +19 12 5.9 | −0.79 | −0.516 | −0.26 |
| 419 | $f^2$ Orionis | 6 | 6 6 46.30 | +3.466 | −0.0007 | +0.007 | +16 11 6.6 | −0.54 | −0.504 | +0.05 |
| 420 | μ Geminor. | 3 | 6 13 53.13 | +3.636 | −0.0018 | +0.010 | +22 35 6.8 | −1.34 | −0.528 | −0.13 |

| No. | Logarithms of a | b | c | d | a′ | b′ | c′ | d′ | No. B.A.C. | No. T.Y.C. |
|---|---|---|---|---|---|---|---|---|---|---|
| 361 | +0.5340 | +7.6980 | +8.2797 | +8.8222 | +0.7426 | −9.9828 | +9.2225 | +8.8587 | 1557 | 420 |
| 362 | +0.5476 | +7.8110 | +8.2855 | +8.8330 | +0.7379 | −9.9832 | +8.9350 | +8.9612 | 1563 | |
| 363 | +0.5441 | +7.7697 | +8.2696 | +8.8310 | +0.7251 | −9.9842 | +9.0282 | +8.9229 | 1568 | |
| 364 | +0.5497 | +7.8105 | +8.2720 | +8.8359 | +0.7227 | −9.9844 | +8.8686 | +8.9590 | 1570 | |
| 365 | +0.5537 | +7.8397 | +8.2755 | +8.8397 | +0.7225 | −9.9844 | +8.7007 | +8.9844 | 1571 | |
| 366 | +0.5619 | +7.8940 | +8.2836 | +8.8478 | +0.7224 | −9.9844 | +7.4624 | +9.0306 | 1572 | 421 |
| 367 | +0.5349 | +7.6690 | +8.2448 | +8.8253 | +0.7072 | −9.9855 | +9.2082 | +8.8292 | 1591 | 426 |
| 368 | +0.5364 | +7.6678 | +8.2313 | +8.8272 | +0.6928 | −9.9865 | +9.1838 | +8.8271 | 1601 | |
| 369 | +0.5559 | +7.7620 | +8.1896 | +8.8462 | +0.6353 | −9.9897 | +8.5763 | +8.9054 | 1637 | 436 |
| 370 | +0.5752 | +7.8676 | +8.1988 | +8.8674 | +0.6239 | −9.9902 | −8.8579 | +8.9904 | 1648 | |
| 371 | +0.5807 | +7.8958 | +8.2046 | +8.8741 | +0.6230 | −9.9903 | −9.0095 | +9.0119 | 1649 | |
| 372 | +0.5487 | +7.6939 | +8.1671 | +8.8404 | +0.6193 | −9.9904 | +8.9009 | +8.8440 | 1651 | |
| 373 | +0.5413 | +7.5995 | +8.1276 | +8.8357 | +0.5860 | −9.9918 | +9.0920 | +8.7556 | 1671 | |
| 374 | +0.5778 | +7.8308 | +8.1525 | +8.8722 | +0.5748 | −9.9922 | −8.9385 | +8.9509 | 1681 | 453 |
| 375 | +0.5393 | +7.5636 | +8.1087 | +8.8348 | +0.5686 | −9.9925 | +9.1329 | +8.7213 | 1689 | |
| 376 | +0.5433 | +7.5876 | +8.1016 | +8.8381 | +0.5585 | −9.9928 | +9.0492 | +8.7423 | 1692 | |
| 377 | +0.5559 | +7.6802 | +8.1103 | +8.8490 | +0.5564 | −9.9929 | +8.5740 | +8.8240 | 1695 | 456 |
| 378 | +0.5368 | +7.5228 | +8.0893 | +8.8336 | +0.5510 | −9.9931 | +9.1781 | +8.6822 | 1701 | |
| 379 | +0.5410 | +7.5591 | +8.0905 | +8.8367 | +0.5491 | −9.9931 | +9.0076 | +8.7155 | 1702 | |
| 380 | +0.5801 | +7.8068 | +8.1204 | +8.8758 | +0.5403 | −9.9934 | −8.9961 | +8.9245 | 1709 | |
| 381 | +0.5455 | +7.5491 | +8.0481 | +8.8413 | +0.5034 | −9.9944 | +8.9943 | +8.7022 | 1726 | 462 |
| 382 | +0.5407 | +7.5074 | +8.0429 | +8.8377 | +0.5019 | −9.9945 | +9.1052 | +8.6642 | 1728 | |
| 383 | +0.5516 | +7.5790 | +8.0374 | +8.8468 | +0.4877 | −9.9948 | +8.7993 | +8.7270 | 1733 | |
| 384 | +0.5454 | +7.5320 | +8.0321 | +8.8416 | +0.4876 | −9.9948 | +8.9970 | +8.6852 | 1734 | 465 |
| 385 | +0.5632 | +7.6371 | +8.0289 | +8.8582 | +0.4682 | −9.9953 | −7.6721 | +8.7742 | 1742 | |
| 386 | +0.5753 | +7.7046 | +8.0394 | +8.8716 | +0.4654 | −9.9954 | −8.8633 | +8.8284 | 1746 | |
| 387 | +0.5408 | +7.4464 | +7.9818 | +8.8390 | +0.4409 | −9.9959 | +9.1018 | +8.6032 | 1764 | |
| 388 | +0.5539 | +7.5434 | +7.9881 | +8.8498 | +0.4365 | −9.9959 | +8.6920 | +8.6895 | 1767 | 474 |
| 389 | +0.5852 | +7.7221 | +8.0180 | +8.8841 | +0.4320 | −9.9960 | −9.1042 | +8.8340 | 1768 | 476 |
| 390 | +0.5808 | +7.6889 | +8.0016 | +8.8788 | +0.4212 | −9.9962 | −9.0145 | +8.8063 | 1772 | |
| 391 | +0.5611 | +7.5703 | +7.9743 | +8.8569 | +0.4159 | −9.9963 | +7.8865 | +8.7097 | 1774 | |
| 392 | +0.5696 | +7.6177 | +7.9788 | +8.8659 | +0.4115 | −9.9964 | −8.6128 | +8.7481 | 1778 | 478 |
| 393 | +0.5394 | +7.3703 | +7.9182 | +8.8390 | +0.3783 | −9.9969 | +9.1303 | +8.5282 | 1792 | |
| 394 | +0.5381 | +7.2967 | +7.8559 | +8.8388 | +0.3170 | −9.9977 | +9.1541 | +8.4556 | 1810 | |
| 395 | +0.5373 | +7.2534 | +7.8195 | +8.8386 | +0.2811 | −9.9980 | +9.1682 | +8.4128 | 1821 | 487 |
| 396 | +0.5434 | +7.2948 | +7.8126 | +8.8430 | +0.2700 | −9.9981 | +9.0465 | +8.4499 | 1828 | |
| 397 | +0.5535 | +7.3564 | +7.8058 | +8.8515 | +0.2548 | −9.9983 | +8.7135 | +8.5032 | 1835 | |
| 398 | +0.5656 | +7.4272 | +7.8093 | +8.8632 | +0.2465 | −9.9983 | −8.2672 | +8.5623 | 1837 | 493 |
| 399 | +0.5760 | +7.3880 | +7.7225 | +8.8752 | +0.1485 | −9.9989 | −8.8865 | +8.5117 | 1863 | 502 |
| 400 | +0.5518 | +7.1915 | +7.6524 | +8.8507 | +0.1031 | −9.9991 | +8.7917 | +8.3399 | 1876 | 506 |
| 401 | +0.5501 | +7.1618 | +7.6337 | +8.8493 | +0.0858 | −9.9992 | +8.8561 | +8.3117 | 1880 | |
| 402 | +0.5807 | +7.3185 | +7.6341 | +8.8810 | +0.0546 | −9.9993 | −9.0120 | +8.4368 | 1882 | |
| 403 | +0.5705 | +7.2039 | +7.5631 | +8.8695 | +9.9954 | −9.9995 | −8.6665 | +8.3339 | 1896 | 515 |
| 404 | +0.5588 | +6.9456 | +7.3647 | +8.8577 | +9.8090 | −9.9998 | +8.3096 | +8.0876 | 1925 | 520 |
| 405 | +0.5436 | +6.7294 | +7.2474 | +8.8447 | +9.7048 | −9.9999 | +9.0422 | +7.8845 | 1930 | |
| 406 | +0.5501 | +6.7518 | +7.2243 | +8.8500 | +9.6764 | −9.9999 | +8.8561 | +7.9017 | 1934 | |
| 407 | +0.5617 | +6.7957 | +7.1091 | +8.8607 | +9.6406 | −9.9999 | +7.5798 | +7.9350 | 1938 | 521 |
| 408 | +0.5515 | +6.7258 | +7.1889 | +8.8512 | +9.6398 | −9.9999 | +8.8007 | +7.8745 | 1939 | 522 |
| 409 | +0.5630 | +6.4730 | +6.8698 | +8.8620 | +9.3100 | −0.0000 | −7.5563 | +7.6110 | 1951 | 526 |
| 410 | +0.5583 | −5.7688 | −6.1913 | +8.8574 | −8.6362 | −0.0000 | +8.3766 | −6.9114 | 1970 | |
| 411 | +0.5613 | −5.8906 | −6.2964 | +8.8603 | −8.7383 | −0.0000 | +7.7924 | −7.0303 | 1971 | 529 |
| 412 | +0.5657 | −6.4904 | −6.8735 | +8.8647 | −9.3110 | −0.0000 | −8.2742 | −7.6257 | 1981 | |
| 413 | +0.5505 | −6.5175 | −6.9873 | +8.8504 | −9.4391 | −0.0000 | +8.8407 | −7.6671 | 1986 | 532 |
| 414 | +0.5607 | −6.5984 | −7.0076 | +8.8596 | −9.4502 | −0.0000 | +8.0000 | −7.7387 | 1987 | |
| 415 | +0.5388 | −6.4580 | −7.0134 | +8.8414 | −9.4742 | −0.0000 | +9.1415 | −7.6165 | 1989 | |
| 416 | +0.5830 | −6.9822 | −7.2892 | +8.8843 | −9.7070 | −9.9999 | −9.0626 | −8.0978 | 2001 | 534 |
| 417 | +0.5594 | −6.8469 | −7.2632 | +8.8533 | −9.7070 | −9.9999 | +8.2430 | −7.9885 | 2002 | 535 |
| 418 | +0.5485 | −6.7854 | −7.2683 | +8.8486 | −9.7217 | −9.9999 | +8.9085 | −7.9366 | 2004 | 536 |
| 419 | +0.5389 | −6.7572 | −7.3120 | +8.8413 | −9.7727 | −9.9998 | +9.1405 | −7.9157 | 2009 | |
| 420 | +0.5594 | −7.2251 | −7.6407 | +8.8578 | −0.0843 | −9.9992 | +8.2406 | −8.3665 | 2047 | 550 |

| No. | Name. | Mag. | Mean Right Ascension 1850.0 | Annual Varia- tion. | Secular Variation. | Proper Motion. | Mean Declination 1850.0 | Annual Varia- tion. | Secular Varia- tion. | Proper Motion. |
|---|---|---|---|---|---|---|---|---|---|---|
| | | | h m s | s | s | s | ° ′ ″ | ″ | ″ | ″ |
| 421 | 15 Geminor. | 8 | 6 18 49.01 | +3.579 | −0.0023 | | +20 52 5.3 | −1.65 | −0.520 | |
| 422 | 15 Geminor. | 6 | 6 18 50.15 | +3.579 | −0.0023 | 0.000 | +20 52 35.3 | −1.69 | −0.520 | −0.04 |
| 423 | 48 Aurigæ | 5½ | 6 18 55.44 | +3.860 | −0.0032 | +0.002 | +30 34 47.3 | −1.69 | −0.561 | −0.04 |
| 424 | 16 Geminor. | 6 | 6 19 1.41 | +3.572 | −0.0023 | +0.001 | +20 34 50.0 | −1.70 | −0.519 | −0.04 |
| 425 | ν Geminor. | 4½ | 6 20 3.35 | +3.566 | −0.0024 | +0.003 | +20 18 6.7 | −1.78 | −0.518 | −0.03 |
| 426 | B.A.C. 2007 | 6½ | 6 20 54.06 | +3.790 | −0.0033 | +0.002 | +28 18 19.5 | −1.93 | −0.550 | −0.10 |
| 427 | 19 Geminor. | 6½ | 6 22 50.83 | +3.455 | −0.0024 | +0.003 | +16 0 14.7 | −2.00 | −0.501 | +0.01 |
| 428 | 49 Aurigæ | 5½ | 6 25 45.18 | +3.784 | −0.0041 | +0.003 | +28 8 1.5 | −2.27 | −0.548 | −0.02 |
| 429 | 23 Geminor. | 6½ | 6 27 20.94 | +3.478 | −0.0029 | +0.004 | +16 54 51.2 | −2.37 | −0.503 | +0.02 |
| 430 | B.A.C. 2154 | 6½ | 6 28 15.44 | +3.692 | −0.0039 | +0.011 | +24 42 32.0 | −2.57 | −0.533 | −0.10 |
| 431 | 53 Aurigæ | 6½ | 6 28 52.10 | +3.809 | −0.0047 | 0.000 | +29 6 24.1 | −2.56 | −0.551 | −0.04 |
| 432 | γ Geminor. | 2½ | 6 29 2.74 | +3.469 | −0.0031 | +0.005 | +16 31 20.7 | −2.56 | −0.501 | −0.02 |
| 433 | 54 Aurigæ | 6 | 6 30 5.44 | +3.788 | −0.0048 | +0.001 | +28 23 24.4 | −2.67 | −0.548 | −0.04 |
| 434 | 26 Geminor. | 5½ | 6 33 40.17 | +3.499 | −0.0037 | +0.004 | +17 47 13.1 | −3.01 | −0.504 | −0.07 |
| 435 | ι Geminor. | 3½ | 6 34 42.13 | +3.700 | −0.0050 | +0.005 | +25 16 27.3 | −3.05 | −0.533 | −0.02 |
| 436 | 28 Geminor. | 6 | 6 35 15.09 | +3.810 | −0.0058 | +0.003 | +29 7 1.5 | −3.10 | −0.549 | −0.03 |
| 437 | 33 Geminor. | 6 | 6 41 11.71 | +3.459 | −0.0043 | +0.002 | +16 22 10.1 | −3.53 | −0.496 | +0.06 |
| 438 | d Geminor. | 6 | 6 42 33.58 | +3.607 | −0.0053 | +0.007 | +21 55 59.6 | −3.72 | −0.516 | −0.02 |
| 439 | B.A.C. 2238 | 6 | 6 42 54.07 | +3.649 | −0.0057 | | +23 46 26.4 | −3.73 | −0.523 | |
| 440 | 37 Geminor. | 6 | 6 46 5.09 | +3.696 | −0.0065 | −0.001 | +25 33 28.3 | −4.00 | −0.528 | +0.01 |
| 441 | 39 Geminor. | 6½ | 6 49 32.52 | +3.706 | −0.0072 | −0.009 | +26 16 23.5 | −4.20 | −0.529 | +0.10 |
| 442 | 40 Geminor. | 6½ | 6 50 12.03 | +3.711 | −0.0072 | +0.001 | +26 6 44.3 | −4.35 | −0.528 | +0.01 |
| 443 | 41 Geminor. | 6½ | 6 51 38.51 | +3.453 | −0.0053 | +0.002 | +16 16 55.4 | −4.44 | −0.491 | +0.04 |
| 444 | ω Geminor. | 6 | 6 53 16.24 | +3.664 | −0.0072 | +0.003 | +24 25 27.1 | −4.63 | −0.520 | −0.01 |
| 445 | B.A.C. 2301 | 6½ | 6 53 58.18 | +3 823 | −0.0088 | +0.014 | +29 34 59.1 | −5.40 | −0.540 | −0.72 |
| 446 | ζ Geminor. | 4 | 6 55 12.57 | +3.567 | −0.0065 | +0.004 | +20 47 7.8 | −4.80 | −0.505 | −0.01 |
| 447 | 44 Geminor. | 6½ | 6 56 16.38 | +3.620 | −0.0072 | +0.003 | +22 51 24.5 | −4.90 | −0.512 | −0.02 |
| 448 | 45 Geminor. | 6 | 6 59 45.74 | +3.447 | −0.0060 | +0.002 | +16 9 59.0 | −5.24 | −0.485 | −0.07 |
| 449 | τ Geminor. | 4½ | 7 1 35.20 | +3.831 | −0.0103 | +0.002 | +30 29 7.9 | −5.39 | −0.538 | −0.06 |
| 450 | 47 Geminor. | 6 | 7 2 4.62 | +3.732 | −0.0092 | +0.002 | +27 5 53.0 | −5.39 | −0.524 | −0.02 |
| 451 | 48 Geminor. | 6 | 7 3 19.38 | +3.657 | −0.0085 | +0.004 | +24 22 29.0 | −5.48 | −0.513 | −0.01 |
| 452 | 51 Geminor. | 6 | 7 4 45.34 | +3.454 | −0.0066 | +0.005 | +16 24 31.1 | −5.58 | −0.483 | +0.01 |
| 453 | 52 Geminor. | 6 | 7 5 31.25 | +3.679 | −0.0090 | +0.006 | +25 8 20.9 | −5.82 | −0.514 | −0.16 |
| 454 | 53 Geminor. | 6 | 7 6 34.83 | +3.758 | −0.0102 | +0.002 | +28 9 11.6 | −5.75 | −0.525 | 0.00 |
| 455 | λ Geminor. | 3½ | 7 9 28.22 | +3.458 | −0.0070 | +0.002 | +16 48 22.3 | −5.99 | −0.481 | 0.00 |
| 456 | δ Geminor. | 3½ | 7 11 9.67 | +3.597 | −0.0088 | +0.005 | +22 15 12.5 | −6.14 | −0.499 | −0.01 |
| 457 | 56 Geminor. | 5½ | 7 13 5.63 | +3.553 | −0.0085 | +0.002 | +20 43 20.3 | −6.29 | −0.492 | 0.00 |
| 458 | Λ Geminor. | 5½ | 7 14 19.50 | +3.671 | −0.0102 | 0.000 | +25 20 1.8 | −6.41 | −0.507 | −0.02 |
| 459 | B.A.C. 2432 | 6½ | 7 14 21.69 | +3.500 | −0.0080 | +0.004 | +18 33 23.8 | −6.52 | −0.483 | −0.13 |
| 460 | 50 Geminor. | 6½ | 7 15 13.08 | +3.744 | −0.0113 | +0.003 | +27 55 20.8 | −6.45 | −0.517 | +0.02 |
| 461 | ι Geminor. | 4 | 7 16 24.30 | +3.742 | −0.0116 | −0.003 | +28 5 27.5 | −6.65 | −0.516 | −0.09 |
| 462 | 63 Geminor. | 5½ | 7 18 49.95 | +3.572 | −0.0095 | −0.001 | +21 44 50.3 | −6.84 | −0.491 | −0.08 |
| 463 | b¹ Geminor. | 5½ | 7 19 59.26 | +3.753 | −0.0121 | +0.002 | +28 25 21.4 | −6.90 | −0.514 | −0.04 |
| 464 | b² Geminor. | 5½ | 7 20 28.71 | +3.747 | −0.0121 | +0.003 | +28 13 14.8 | −6.91 | −0.513 | −0.01 |
| 465 | B.A.C. 2472 | 6 | 7 21 19.70 | +3.745 | −0.0123 | +0.002 | +28 13 18.2 | −6.90 | −0.512 | +0.28 |
| 466 | 68 Geminor. | 5½ | 7 25 2.65 | +3.433 | −0.0083 | +0.002 | +16 8 41.0 | −7.23 | −0.466 | +0.04 |
| 467 | υ Geminor. | 4½ | 7 26 40.44 | +3.714 | −0.0125 | +0.004 | +27 13 27.0 | −7.49 | −0.503 | −0.08 |
| 468 | B.A.C. 2514 | 6½ | 7 30 7.77 | +3.632 | −0.0118 | −0.003 | +24 33 25.0 | −7.76 | −0.490 | −0.07 |
| 469 | f Geminor. | 6 | 7 30 48.62 | +3.477 | −0.0093 | +0.005 | +18 0 40.5 | −7.73 | −0.467 | +0.01 |
| 470 | B.A.C. 2537 | 6½ | 7 33 27.33 | +3.380 | −0.0082 | +0.007 | +13 49 35.4 | −8.02 | −0.452 | −0.07 |
| 471 | σ Geminor. | 5 | 7 33 55.80 | +3.764 | −0.0143 | +0.007 | +29 14 29.2 | −8.23 | −0.503 | −0.24 |
| 472 | ε Geminor. | 6 | 7 34 57.64 | +3.675 | −0.0130 | +0.004 | +26 8 10.8 | −8.08 | −0.490 | −0.01 |
| 473 | x Geminor. | 3½ | 7 35 23.14 | +3.634 | −0.0124 | 0.000 | +24 45 10.5 | −8.16 | −0.485 | −0.05 |
| 474 | ρ Geminor. | 1½ | 7 36 7.81 | +3.622 | −0.0142 | −0.048 | +28 23 1.1 | −8.23 | −0.497 | −0.06 |
| 475 | g Geminor. | 5½ | 7 37 26.02 | +3.485 | −0.0103 | −0.002 | +18 52 16.5 | −8.31 | −0.463 | −0.04 |
| 476 | 84 Geminor. | 6½ | 7 44 6.38 | +3.578 | −0.0124 | +0.004 | +22 43 3.1 | −8.73 | −0.468 | +0.07 |
| 477 | φ Geminor. | 5 | 7 44 18.61 | +3.688 | −0.0146 | +0.002 | +27 8 56.6 | −8.85 | −0.483 | −0.03 |
| 478 | 85 Geminor. | 6½ | 7 46 54.29 | +3.513 | −0.0116 | +0.001 | +20 16 31.5 | −9.06 | −0.457 | −0.04 |
| 479 | 1 Cancri | 6 | 7 48 28.23 | +3.420 | −0.0101 | +0.004 | +16 11 11.1 | −9.14 | −0.443 | 0.00 |
| 480 | ω¹ Cancri | 6 | 7 51 50.95 | +3.646 | −0.0146 | +0.004 | +25 47 56.8 | −9.39 | −0.469 | +0.01 |

# ZODIACAL STARS. 17

| No. | LOGARITHMS OF a | b | c | d | a′ | b′ | c′ | d′ | No. B.A.C. | No. T.Y.C. |
|---|---|---|---|---|---|---|---|---|---|---|
| 421 | +0.5537 | −7.3196 | −7.7677 | +8.8519 | −0.2165 | −9.9985 | +8.7016 | −8.4662 | | 554 |
| 422 | +0.5537 | −7.3196 | −7.7677 | +8.8519 | −0.2165 | −9.9985 | +8.7016 | −8.4662 | 2080 | 555 |
| 423 | +0.5864 | −7.5118 | −7.8053 | +8.8875 | −0.2186 | −9.9985 | −9.1252 | −8.6229 | 2082 | 556 |
| 424 | +0.5528 | −7.3171 | −7.7712 | +8.8511 | −0.2208 | −9.9985 | +8.7482 | −8.4646 | 2084 | |
| 425 | +0.5519 | −7.3336 | −7.7933 | +8.8501 | −0.2437 | −9.9983 | +8.7882 | −8.4818 | 2090 | 560 |
| 426 | +0.5784 | −7.5145 | −7.8386 | +8.8774 | −0.2616 | −9.9982 | −8.9547 | −8.6353 | 2097 | |
| 427 | +0.5381 | −7.2823 | −7.8419 | +8.8389 | −0.3030 | −9.9978 | +9.1547 | −8.4412 | 2111 | |
| 428 | +0.5776 | −7.6017 | −7.9282 | +8.8758 | −0.3519 | −9.9973 | −8.9340 | −8.7232 | 2133 | 574 |
| 429 | +0.5409 | −7.3827 | −7.9189 | +8.8400 | −0.3780 | −9.9969 | +9.1014 | −8.5395 | 2149 | |
| 430 | +0.5660 | −7.5766 | −7.9555 | +8.8623 | −0.3921 | −9.9967 | −8.3139 | −8.7110 | 2154 | |
| 431 | +0.5808 | −7.6687 | −7.9816 | +8.8791 | −0.4013 | −9.9966 | −9.0145 | −8.7861 | 2161 | |
| 432 | +0.5396 | −7.3979 | −7.9440 | +8.8387 | −0.4040 | −9.9965 | +9.1268 | −8.5557 | 2163 | 579 |
| 433 | +0.5783 | −7.6737 | −7.9966 | +8.8758 | −0.4192 | −9.9963 | −8.9523 | −8.7941 | 2170 | |
| 434 | +0.5434 | −7.4957 | −8.0107 | +8.8405 | −0.4677 | −9.9953 | +9.0453 | −8.6505 | 2191 | 584 |
| 435 | +0.5676 | −7.6765 | −8.0461 | +8.8626 | −0.4807 | −9.9950 | −8.4728 | −8.8089 | 2194 | 587 |
| 436 | +0.5805 | −7.7550 | −8.0679 | +8.8774 | −0.4875 | −9.9948 | −9.0078 | −8.8725 | 2197 | |
| 437 | +0.5387 | −7.5442 | −8.0942 | +8.8348 | −0.5546 | −9.9930 | +9.1433 | −8.7023 | 2228 | |
| 438 | +0.5563 | −7.6952 | −8.1229 | +8.8490 | −0.5685 | −9.9925 | +8.5502 | −8.8386 | 2233 | |
| 439 | +0.5622 | −7.7376 | −8.1322 | +8.8548 | −0.5720 | −9.9924 | +7.0000 | −8.8752 | 2238 | |
| 440 | +0.5679 | −7.8040 | −8.1691 | +8.8598 | −0.6027 | −9.9912 | −8.4942 | −8.9353 | 2254 | |
| 441 | +0.5700 | −7.8487 | −8.2027 | +8.8610 | −0.6336 | −9.9898 | −8.6355 | −8.9775 | 2275 | |
| 442 | +0.5694 | −7.8513 | −8.2077 | +8.8602 | −0.6393 | −9.9895 | −8.6010 | −8.9806 | 2278 | 611 |
| 443 | +0.5380 | −7.6386 | −8.1908 | +8.8306 | −0.6514 | −9.9889 | +9.1563 | −8.7969 | 2285 | |
| 444 | +0.5637 | −7.8435 | −8.2270 | +8.8528 | −0.6646 | −9.9882 | −7.8633 | −8.9788 | 2299 | 617 |
| 445 | +0.5808 | −7.9460 | −8.2525 | +8.8724 | −0.6702 | −9.9879 | −9.0116 | −9.0614 | 2301 | 622 |
| 446 | +0.5519 | −7.7808 | −8.2308 | +8.8404 | −0.6799 | −9.9873 | +8.7860 | −8.9277 | 2305 | 626 |
| 447 | +0.5584 | −7.8345 | −8.2452 | +8.8462 | −0.6880 | −9.9868 | +8.3636 | −8.9751 | 2313 | |
| 448 | +0.5372 | −7.6975 | −8.2527 | +8.8265 | −0.7135 | −9.9851 | +9.1697 | −8.8560 | 2330 | |
| 449 | +0.5831 | −8.0179 | −8.3126 | +8.8726 | −0.7263 | −9.9841 | −9.0611 | −9.1294 | 2340 | 638 |
| 450 | +0.5717 | −7.9604 | −8.3018 | +8.8583 | −0.7297 | −9.9839 | −8.7210 | −9.0859 | 2343 | 640 |
| 451 | +0.5627 | −7.9150 | −8.3003 | +8.8477 | −0.7381 | −9.9832 | −7.2553 | −9.0515 | 2350 | |
| 452 | +0.5377 | −7.7383 | −8.2873 | +8.8244 | −0.7475 | −9.9824 | +9.1614 | −8.8963 | 2362 | 647 |
| 453 | +0.5650 | −7.9456 | −8.3174 | +8.8491 | −0.7525 | −9.9820 | −8.1673 | −9.0785 | 2364 | |
| 454 | +0.5747 | −8.0094 | −8.3356 | +8.8600 | −0.7593 | −9.9814 | −8.8420 | −9.1308 | 2374 | |
| 455 | +0.5386 | −7.7790 | −8.3178 | +8.8226 | −0.7772 | −9.9797 | +9.1443 | −8.9361 | 2398 | 659 |
| 456 | +0.5553 | −7.9209 | −8.3426 | +8.8363 | −0.7873 | −9.9787 | +8.6128 | −9.0634 | 2410 | 661 |
| 457 | +0.5503 | −7.8981 | −8.3493 | +8.8305 | −0.7985 | −9.9775 | +8.8445 | −9.0451 | 2423 | |
| 458 | +0.5647 | −8.0025 | −8.3711 | +8.8446 | −0.8055 | −9.9768 | −8.1271 | −9.1347 | 2431 | |
| 459 | +0.5436 | −7.8534 | −8.3506 | +8.8238 | −0.8057 | −9.9767 | +9.0406 | −9.0063 | 2432 | |
| 460 | +0.5730 | −8.0565 | −8.3860 | +8.8538 | −0.8105 | −9.9762 | −8.7774 | −9.1788 | 2440 | 663 |
| 461 | +0.5734 | −8.0661 | −8.3932 | +8.8537 | −0.8171 | −9.9754 | −8.7938 | −9.1878 | 2442 | 664 |
| 462 | +0.5530 | −7.9527 | −8.3839 | +8.8298 | −0.8301 | −9.9738 | +8.7348 | −9.0967 | 2460 | 673 |
| 463 | +0.5741 | −8.0913 | −8.4137 | +8.8527 | −0.8362 | −9.9730 | −8.8160 | −9.2116 | 2467 | |
| 464 | +0.5734 | −8.0902 | −8.4154 | +8.8515 | −0.8388 | −9.9727 | −8.7896 | −9.2113 | 2469 | |
| 465 | +0.5733 | −8.0945 | −8.4198 | +8.8509 | −0.8431 | −9.9721 | −8.7853 | −9.2157 | 2472 | |
| 466 | +0.5355 | −7.8450 | −8.4009 | +8.8108 | −0.8617 | −9.9694 | +9.1976 | −9.0036 | 2486 | 679 |
| 467 | +0.5694 | −8.1026 | −8.4422 | +8.8431 | −0.8695 | −9.9682 | −8.5944 | −9.2277 | 2493 | 680 |
| 468 | +0.5605 | −8.0672 | −8.4485 | +8.8306 | −0.8857 | −9.9655 | +8.0334 | −9.2021 | 2514 | |
| 469 | +0.5405 | −7.9225 | −8.4323 | +8.8107 | −0.8888 | −9.9650 | +9.1055 | −9.0768 | 2519 | 685 |
| 470 | +0.5280 | −7.8134 | −8.4350 | +8.7995 | −0.9005 | −9.9628 | +9.3054 | −8.9767 | 2537 | |
| 471 | +0.5749 | −8.1724 | −8.4835 | +8.8456 | −0.9026 | −9.9625 | −8.8407 | −9.2893 | 2540 | |
| 472 | +0.5648 | −8.1196 | −8.4756 | +8.8324 | −0.9071 | −9.9616 | −8.1335 | −9.2488 | 2549 | 691 |
| 473 | +0.5604 | −8.0944 | −8.4725 | +8.8270 | −0.9089 | −9.9613 | +8.0453 | −9.2286 | 2551 | 692 |
| 474 | +0.5718 | −8.1665 | −8.4894 | +8.8402 | −0.9121 | −9.9606 | −8.7193 | −9.2869 | 2555 | 693 |
| 475 | +0.5424 | −7.9731 | −8.4633 | +8.8074 | −0.9176 | −9.9595 | +9.0641 | −9.1252 | 2558 | 694 |
| 476 | +0.5531 | −8.0880 | −8.5012 | +8.8126 | −0.9445 | −9.9536 | +8.7267 | −9.2291 | 2613 | |
| 477 | +0.5666 | −8.1769 | −8.5177 | +8.8280 | −0.9453 | −9.9534 | −8.3766 | −9.3023 | 2617 | 707 |
| 478 | +0.5455 | −8.0444 | −8.5046 | +8.8026 | −0.9552 | −9.9509 | +8.9895 | −9.1927 | 2632 | |
| 479 | +0.5335 | −7.9455 | −8.5003 | +8.7909 | −0.9610 | −9.9494 | +9.2271 | −9.1041 | 2639 | 709 |
| 480 | +0.5613 | −8.1793 | −8.5406 | +8.8156 | −0.9733 | −9.9461 | +9.7093 | −9.3098 | 2657 | |

| No. | Name. | Mag. | Mean Right Ascension 1850.0. | Annual Variation. | Secular Variation. | Proper Motion. | Mean Declination 1850.0. | Annual Variation. | Secular Variation. | Proper Motion. |
|---|---|---|---|---|---|---|---|---|---|---|
| | | | h m s | s | s | s | ° ' '' | '' | '' | '' |
| 481 | 3 Cancri | 6 | 7 52 11.30 | +3.449 | —0.0109 | +0.001 | +17 42 55.4 | — 9.47 | —0.444 | —0.04 |
| 482 | ω⁸ Cancri | 6½ | 7 52 40.57 | +3.638 | —0.0146 | +0.005 | +25 29 49.7 | — 9.48 | —0.467 | —0.01 |
| 483 | 5 Cancri | 6 | 7 52 57.06 | +3.430 | —0.0107 | +0.002 | +16 51 52.0 | — 9.45 | —0.440 | +0.04 |
| 484 | 6 Cancri | 5 | 7 54 17.73 | +3.702 | —0.0162 | +0.002 | +28 12 36.2 | — 9.66 | —0.474 | —0.07 |
| 485 | 7 Cancri | 6½ | 7 54 58.81 | +3.554 | —0.0133 | —0.002 | +22 29 16.7 | — 9.61 | —0.455 | +0.04 |
| 486 | B.A.C. 2683 | 6 | 7 56 4.85 | +3.479 | —0.0119 | | +19 15 44.7 | — 9.73 | —0.444 | |
| 487 | 8 Cancri | 6 | 7 56 42.93 | +3.353 | —0.0097 | +0.001 | +13 32 29.2 | — 9.83 | —0.427 | —0.05 |
| 488 | μ¹ Cancri | 6 | 7 57 24.59 | +3.568 | —0.0138 | +0.001 | +23 3 33.8 | — 9.84 | —0.453 | —0.01 |
| 489 | μ² Cancri | 5 | 7 58 55.89 | +3.545 | —0.0134 | +0.005 | +22 0 52.1 | — 9.97 | —0.448 | —0.02 |
| 490 | 12 Cancri | 6 | 8 0 19.21 | +3.363 | —0.0101 | +0.002 | +14 4 23.9 | —10.10 | —0.424 | —0.05 |
| 491 | ψ¹ Cancri | 6½ | 8 1 8.68 | +3.641 | —0.0158 | 0.000 | +26 16 54.0 | —10.14 | —0.459 | —0.03 |
| 492 | ψ² Cancri | 4 | 8 1 24.66 | +3.630 | —0.0157 | —0.002 | +25 57 31.1 | —10.47 | —0.457 | —0.34 |
| 493 | B.A.C. 2731 | 6½ | 8 1 26.97 | +3.433 | —0.0115 | 0.000 | +17 27 9.9 | —10.20 | —0.432 | —0.06 |
| 494 | ζ¹ Cancri | 4½ | 8 3 36.25 | +3.455 | —0.0119 | +0.009 | +18 5 45.0 | —10.41 | —0.431 | —0.11 |
| 495 | ζ² Cancri | 7½ | 8 3 36.59 | +3.450 | —0.0119 | +0.005 | +18 5 38.9 | —10.63 | —0.431 | —0.33 |
| 496 | γ Cancri | 6 | 8 10 56.76 | +3.666 | —0.0176 | +0.005 | +27 41 58.3 | —11.22 | —0.449 | —0.37 |
| 497 | B.A.C. 2788 | 6½ | 8 11 35.85 | +3.523 | —0.0140 | +0.017 | +21 13 4.8 | —10.87 | —0.429 | +0.02 |
| 498 | λ Cancri | 6 | 8 11 36.51 | +3.582 | —0.0158 | 0.000 | +24 29 25.0 | —10.93 | —0.439 | —0.04 |
| 499 | d⁰ Cancri | 6 | 8 14 46.14 | +3.450 | —0.0130 | 0.000 | +18 48 35.0 | —11.13 | —0.419 | 0.00 |
| 500 | d² Cancri | 6 | 8 17 20.16 | +3.409 | —0.0126 | —0.011 | +17 32 11.0 | —11.45 | —0.412 | —0.14 |
| 501 | φ² Cancri | 6 | 8 17 42.52 | +3.641 | —0.0181 | —0.002 | +17 25 16.8 | —11.35 | —0.438 | —0.01 |
| 502 | 27 Cancri | 6½ | 8 18 26.00 | +3.330 | —0.0107 | +0.002 | +13 8 44.2 | —11.51 | —0.399 | —0.12 |
| 503 | υ⁸ Cancri | 6½ | 8 19 42.74 | +3.573 | —0.0165 | 0.000 | +24 38 18.1 | —11.56 | —0.427 | —0.08 |
| 504 | 29 Cancri | 6 | 8 20 14.91 | +3.360 | —0.0114 | +0.002 | +14 42 19.2 | —11.50 | —0.401 | —0.07 |
| 505 | υ³ Cancri | 6 | 8 22 37.93 | +3.565 | —0.0167 | —0.003 | +24 34 55.2 | —11.79 | —0.423 | —0.10 |
| 506 | θ Cancri | 6 | 8 23 2.23 | +3.435 | —0.0135 | —0.001 | +18 35 51.2 | —11.77 | —0.407 | —0.05 |
| 507 | B.A.C. 2854 | 6½ | 8 23 4.55 | +3.453 | —0.0138 | —0.002 | +19 29 20.8 | —11.76 | —0.409 | —0.04 |
| 508 | η Cancri | 6 | 8 24 1.65 | +3.486 | —0.0147 | +0.001 | +20 56 48.3 | —11.82 | —0.411 | —0.03 |
| 509 | B.A.C. 2872 | 6½ | 8 25 26.15 | +3.320 | —0.0113 | —0.005 | +13 46 1.4 | —11.88 | —0.392 | +0.01 |
| 510 | 35 Cancri | 6½ | 8 26 41.75 | +3.463 | —0.0145 | 0.000 | +20 6 1.2 | —12.05 | —0.405 | —0.07 |
| 511 | B.A.C. 2886 | 7½ | 8 27 6.92 | +3.465 | —0.0146 | 0.001 | +20 17 0.5 | —12.07 | —0.405 | —0.06 |
| 512 | B.A.C. 2899 | 7 | 8 29 10.09 | +3.445 | —0.0144 | —0.008 | +19 47 7.7 | —12.15 | —0.401 | 0.00 |
| 513 | B.A.C. 2906 | 7½ | 8 30 29.27 | +3.475 | —0.0147 | +0.015 | +20 11 56.7 | —12.32 | —0.400 | —0.08 |
| 514 | B.A.C. 2907 | 8 | 8 30 32.31 | +3.471 | —0.0146 | +0.013 | +20 6 54.5 | —12.32 | —0.399 | —0.07 |
| 515 | 38 Cancri | 7 | 8 31 5.19 | +3.461 | —0.0148 | —0.001 | +20 18 8.6 | —12.34 | —0.399 | —0.06 |
| 516 | B.A.C. 2914 | 7 | 8 31 13.89 | +3.452 | —0.0146 | —0.005 | +20 4 18.2 | —12.09 | —0.398 | +0.20 |
| 517 | 39 Cancri | 6 | 8 31 28.25 | +3.463 | —0.0149 | —0.003 | +20 42 0.0 | —12.33 | —0.399 | —0.02 |
| 518 | 40 Cancri | 6 | 8 31 33.46 | +3.464 | —0.0149 | —0.001 | +20 29 49.4 | —12.30 | —0.399 | +0.02 |
| 519 | B.A.C. 2919 | 7 | 8 31 45.37 | +3.463 | —0.0148 | +0.004 | +20 11 43.8 | —12.40 | —0.398 | —0.07 |
| 520 | s Cancri | 6½ | 8 31 50.33 | +3.454 | —0.0147 | —0.002 | +20 4 13.5 | —12.38 | —0.397 | —0.04 |
| 521 | 42 Cancri | 6½ | 8 32 6.17 | +3.467 | —0.0148 | +0.008 | +20 14 44.5 | —12.40 | —0.397 | —0.05 |
| 522 | B.A.C. 2925 | 6½ | 8 32 10.80 | +3.455 | —0.0148 | —0.001 | +20 6 24.9 | —12.42 | —0.397 | —0.05 |
| 523 | B.A.C. 2927 | 8 | 8 32 35.77 | +3.479 | —0.0152 | +0.005 | +21 0 23.3 | —12.31 | —0.399 | +0.08 |
| 524 | B.A.C. 2931 | 7 | 8 33 12.71 | +3.460 | —0.0150 | —0.001 | +20 24 15.6 | —12.51 | —0.396 | —0.08 |
| 525 | γ Cancri | 4½ | 8 34 35.89 | +3.488 | —0.0160 | —0.005 | +22 0 15.3 | —12.50 | —0.398 | +0.03 |
| 526 | A¹ Cancri | 6 | 8 34 56.02 | +3.317 | —0.0114 | +0.001 | +13 12 55.9 | —12.54 | —0.377 | +0.01 |
| 527 | δ Cancri | 4 | 8 36 0.26 | +3.425 | —0.0142 | +0.003 | +18 42 7.0 | —12.87 | —0.388 | —0.24 |
| 528 | b Cancri | 6½ | 8 36 36.30 | +3.266 | —0.0104 | +0.001 | +10 37 15.2 | —12.69 | —0.369 | —0.03 |
| 529 | A² Cancri | 6 | 8 38 42.42 | +3.298 | —0.0113 | —0.004 | +12 30 24.1 | —12.86 | —0.371 | —0.06 |
| 530 | 54 Cancri | 6½ | 8 42 39.91 | +3.353 | —0.0130 | —0.007 | +15 54 11.8 | —13.00 | —0.372 | +0.07 |
| 531 | 60 Cancri | 6 | 8 47 43.85 | +3.288 | —0.0114 | +0.002 | +12 11 45.0 | —13.40 | —0.357 | 0.00 |
| 532 | o¹ Cancri | 6 | 8 48 52.60 | +3.359 | —0.0132 | +0.006 | +15 53 40.5 | —13.44 | —0.362 | +0.04 |
| 533 | o² Cancri | 6 | 8 49 12.19 | +3.362 | —0.0134 | +0.005 | +16 9 13.8 | —13.44 | —0.362 | +0.06 |
| 534 | B.A.C. 3053 | 6 | 8 49 36.33 | +3.244 | —0.0105 | | + 9 57 39.1 | —13.52 | —0.349 | |
| 535 | α Cancri | 4 | 8 50 16.72 | +3.293 | —0.0116 | +0.005 | +12 26 6.2 | —13.60 | —0.353 | —0.93 |
| 536 | ν Cancri | 6 | 8 53 57.59 | +3.525 | —0.0189 | +0.003 | +25 2 17.5 | —13.87 | —0.373 | —0.07 |
| 537 | κ Cancri | 5 | 8 59 37.15 | +3.262 | —0.0133 | +0.003 | +11 16 7.3 | —14.13 | —0.333 | +0.03 |
| 538 | 75 Cancri | 6½ | 8 59 57.13 | +3.549 | —0.0208 | —0.009 | +27 14 48.1 | —14.57 | —0.367 | —0.39 |
| 539 | ξ Cancri | 6 | 9 0 43.63 | +3.466 | —0.0176 | +0.002 | +22 38 55.7 | —14.21 | —0.356 | +0.02 |
| 540 | B.A.C. 3122 | 6½ | 9 1 36.87 | +3.271 | —0.0117 | —0.002 | +12 10 21.9 | —14.41 | —0.335 | —0.13 |

| No. | Logarithms of $a$ | $b$ | $c$ | $d$ | $a'$ | $b'$ | $c'$ | $d'$ | No. B.A.C. | No. T.Y.C. |
|---|---|---|---|---|---|---|---|---|---|---|
| 481 | +0.5375 | −8.0006 | −8.5173 | +8.7908 | −0.9745 | −9.9457 | +9.1608 | −9.1556 | 2659 | 712 |
| 482 | +0.5602 | −8.1764 | −8.5424 | +8.8137 | −0.9762 | −9.9453 | +8.0864 | −9.3080 | 2663 | |
| 483 | +0.5350 | −7.9806 | −8.5180 | +8.7880 | −0.9772 | −9.9450 | +9.2033 | −9.1376 | 2664 | 713 |
| 484 | +0.5683 | −8.2331 | −8.5585 | +8.8224 | −0.9819 | −9.9436 | −8.5146 | −9.3543 | 2672 | 716 |
| 485 | +0.5510 | −8.1230 | −8.5403 | +8.8012 | −0.9843 | −9.9429 | +8.8169 | −9.2647 | 2676 | |
| 486 | +0.5415 | −8.0532 | −8.5348 | +8.7907 | −0.9881 | −9.9417 | +9.0835 | −9.2042 | 2683 | |
| 487 | +0.5253 | −7.8937 | −8.5242 | +8.7772 | −0.9902 | −9.9411 | +9.3375 | −9.0575 | 2690 | 717 |
| 488 | +0.5523 | −8.1434 | −8.5505 | +8.8004 | −0.9926 | −9.9403 | +8.7627 | −9.2833 | 2700 | 719 |
| 489 | +0.5490 | −8.1261 | −8.5522 | +8.7955 | −0.9977 | −9.9387 | +8.8854 | −9.2693 | 2714 | |
| 490 | +0.5264 | −7.9230 | −8.5372 | +8.7743 | −1.0022 | −9.9372 | +9.3233 | −9.0859 | 2720 | 722 |
| 491 | +0.5612 | −8.2202 | −8.5740 | +8.8076 | −1.0049 | −9.9363 | +7.8261 | −9.3489 | 2727 | |
| 492 | +0.5602 | −8.2149 | −8.5737 | +8.8061 | −1.0058 | −9.9360 | +8.0969 | −9.3448 | 2730 | |
| 493 | +0.5357 | −8.0251 | −8.5481 | +8.7803 | −1.0059 | −9.9359 | +9.1909 | −9.1807 | 2731 | |
| 494 | +0.5373 | −8.0488 | −8.5565 | +8.7795 | −1.0128 | −9.9335 | +9.1644 | −9.2028 | 2744 | 729 |
| 495 | +0.5372 | −8.0486 | −8.5565 | +8.7794 | −1.0128 | −9.9335 | +9.1647 | −9.2027 | 2745 | 730 |
| 496 | +0.5636 | −8.2771 | −8.6098 | +8.8017 | −1.0352 | −9.9249 | −7.8325 | −9.4003 | 2786 | |
| 497 | +0.5449 | −8.1479 | −8.5893 | +8.7785 | −1.0372 | −9.9241 | +9.0026 | −9.2935 | 2788 | |
| 498 | +0.5541 | −8.2174 | −8.5998 | +8.7889 | −1.0372 | −9.9241 | +8.6703 | −9.3525 | 2789 | 745 |
| 499 | +0.5378 | −8.1003 | −8.5918 | +8.7679 | −1.0463 | −9.9201 | +9.1538 | −9.2525 | 2799 | 751 |
| 500 | +0.5340 | −8.0749 | −8.5959 | +8.7614 | −1.0535 | −9.9169 | +9.2175 | −9.2303 | 2816 | 752 |
| 501 | +0.5614 | −8.2912 | −8.6280 | +8.7921 | −1.0545 | −9.9164 | +7.7243 | −9.4156 | 2817 | 756 |
| 502 | +0.5221 | −7.9466 | −8.5898 | +8.7509 | −1.0565 | −9.9154 | +9.3718 | −9.1112 | 2826 | |
| 503 | +0.5531 | −8.2432 | −8.6232 | +8.7791 | −1.0600 | −9.9138 | +8.7210 | −9.3778 | 2833 | |
| 504 | +0.5260 | −8.0021 | −8.5976 | +8.7514 | −1.0615 | −9.9130 | +9.3263 | −9.1637 | 2836 | 757 |
| 505 | +0.5524 | −8.2499 | −8.6308 | +8.7750 | −1.0679 | −9.9098 | +8.7528 | −9.3847 | 2850 | |
| 506 | +0.5360 | −8.1176 | −8.6139 | +8.7565 | −1.0689 | −9.9093 | +9.1833 | −9.2704 | 2853 | 758 |
| 507 | +0.5384 | −8.1396 | −8.6163 | +8.7588 | −1.0690 | −9.9092 | +9.1411 | −9.2901 | 2854 | |
| 508 | +0.5422 | −8.1762 | −8.6229 | +8.7615 | −1.0715 | −9.9079 | +9.0648 | −9.3226 | 2862 | 762 |
| 509 | +0.5230 | −7.9860 | −8.6095 | +8.7425 | −1.0752 | −9.9060 | +9.3615 | −9.1495 | 2872 | |
| 510 | +0.5395 | −8.1635 | −8.6274 | +8.7554 | −1.0784 | −9.9042 | +9.1202 | −9.3123 | 2880 | |
| 511 | +0.5399 | −8.1689 | −8.6289 | +8.7553 | −1.0795 | −9.9036 | +9.1119 | −9.3171 | 2886 | |
| 512 | +0.5382 | −8.1623 | −8.6327 | +8.7510 | −1.0846 | −9.9007 | +9.1430 | −9.3119 | 2899 | |
| 513 | +0.5391 | −8.1753 | −8.6371 | +8.7502 | −1.0879 | −9.8988 | +9.1265 | −9.3238 | 2906 | |
| 514 | +0.5389 | −8.1735 | −8.6370 | +8.7499 | −1.0880 | −9.8987 | +9.1310 | −9.3222 | 2907 | |
| 515 | +0.5393 | −8.1792 | −8.6389 | +8.7496 | −1.0893 | −9.8979 | +9.1229 | −9.3274 | 2913 | |
| 516 | +0.5386 | −8.1741 | −8.6396 | +8.7486 | −1.0897 | −9.8977 | +9.1348 | −9.3230 | 2914 | |
| 517 | +0.5308 | −8.1855 | −8.6405 | +8.7497 | −1.0903 | −9.8973 | +9.1123 | −9.3331 | 2917 | 769 |
| 518 | +0.5307 | −8.1848 | −8.6406 | +8.7495 | −1.0905 | −9.8972 | +9.1146 | −9.3325 | 2918 | 770 |
| 519 | +0.5389 | −8.1783 | −8.6402 | +8.7484 | −1.0910 | −9.8969 | +9.1303 | −9.3269 | 2919 | |
| 520 | +0.5386 | −8.1756 | −8.6401 | +8.7479 | −1.0912 | −9.8968 | +9.1367 | −9.3245 | 2922 | |
| 521 | +0.5390 | −8.1803 | −8.6412 | +8.7480 | −1.0918 | −9.8964 | +9.1287 | −9.3287 | 2924 | |
| 522 | +0.5386 | −8.1776 | −8.6414 | +8.7473 | −1.0924 | −9.8960 | +9.1364 | −9.3264 | 2925 | |
| 523 | +0.5409 | −8.1990 | −8.6446 | +8.7494 | −1.0930 | −9.8957 | +9.0906 | −9.3453 | 2927 | |
| 524 | +0.5392 | −8.1867 | −8.6443 | +8.7468 | −1.0945 | −9.8947 | +9.1242 | −9.3347 | 2931 | |
| 525 | +0.5432 | −8.2260 | −8.6523 | +8.7494 | −1.0978 | −9.8926 | +9.0402 | −9.3692 | 2937 | 775 |
| 526 | +0.5206 | −7.9910 | −8.6319 | +8.7277 | −1.0986 | −9.8921 | +9.3878 | −9.1555 | 2942 | |
| 527 | +0.5343 | −8.1527 | −8.6467 | +8.7377 | −1.1015 | −9.8903 | +9.2093 | −9.3053 | 2953 | 777 |
| 528 | +0.5139 | −7.8973 | −8.6317 | +8.7210 | −1.1025 | −9.8896 | +9.4527 | −9.0658 | 2958 | |
| 529 | +0.5187 | −7.9804 | −8.6397 | +8.7209 | −1.1074 | −9.8863 | +9.4062 | −9.1458 | 2970 | 780 |
| 530 | +0.5263 | −8.0927 | −8.6549 | +8.7208 | −1.1162 | −9.8800 | +9.3214 | −9.2518 | 2995 | |
| 531 | +0.5166 | −7.9836 | −8.6588 | +8.7054 | −1.1272 | −9.8715 | +9.4265 | −9.1498 | 3035 | 787 |
| 532 | +0.5254 | −8.1057 | −8.6682 | +8.7104 | −1.1296 | −9.8696 | +9.3316 | −9.2649 | 3047 | 792 |
| 533 | +0.5260 | −8.1139 | −8.6694 | +8.7104 | −1.1303 | −9.8690 | +9.3243 | −9.2724 | 3052 | 793 |
| 534 | +0.5111 | −7.8974 | −8.6594 | +8.6988 | −1.1311 | −9.8683 | +9.4767 | −9.0669 | 3053 | |
| 535 | +0.5169 | −7.9976 | −8.6645 | +8.7014 | −1.1325 | −9.8671 | +9.4236 | −9.1634 | 3055 | 794 |
| 536 | +0.5470 | −8.3311 | −8.7045 | +8.7274 | −1.1400 | −9.8606 | +8.9355 | −9.4643 | 3079 | |
| 537 | +0.5131 | −7.9721 | −8.6811 | +8.6826 | −1.1510 | −9.8502 | +9.4582 | −9.1398 | 3111 | 803 |
| 538 | +0.5512 | −8.3851 | −8.7244 | +8.7246 | −1.1516 | −9.8496 | +8.7924 | −9.5101 | 3113 | |
| 539 | +0.5396 | −8.2952 | −8.7096 | +8.7060 | −1.1531 | −9.8481 | +9.1109 | −9.4364 | 3117 | 804 |
| 540 | +0.5150 | −8.0103 | −8.6863 | +8.6802 | −1.1547 | −9.8464 | +9.4412 | −9.1765 | 3122 | |

| No. | Name. | Mag. | Mean Right Ascension 1850.0. | Annual Variation. | Secular Variation. | Proper Motion. | Mean Declination 1850.0. | Annual Variation. | Secular Variation. | Proper Motion. |
|---|---|---|---|---|---|---|---|---|---|---|
| | | | h m s | s | s | s | ° ′ ″ | ″ | ″ | ″ |
| 541 | 79 Cancri | 6 | 9 1 43.40 | +3.468 | −0.0176 | +0.007 | +22 36 5.0 | −14.30 | −0.354 | −0.01 |
| 542 | 80 Cancri | 6½ | 9 3 30.90 | +3.380 | −0.0152 | −0.005 | +18 39 21.3 | −14.40 | −0.344 | 0.00 |
| 543 | $\pi^1$ Cancri | 6½ | 9 4 4.81 | +3.297 | −0.0135 | −0.033 | +15 35 51.5 | −14.15 | −0.337 | +0.28 |
| 544 | B.A.C. 3138 | 6 | 9 5 2.78 | +3.447 | −0.0172 | +0.005 | +21 53 56.6 | −14.50 | −0.347 | −0.01 |
| 545 | $\pi^2$ Cancri | 6 | 9 6 56.63 | +3.325 | −0.0136 | −0.001 | +15 33 39.1 | −14.58 | −0.332 | +0.02 |
| 546 | 83 Cancri | 6 | 9 10 36.13 | +3.361 | −0.0152 | −0.008 | +18 20 16.5 | −14.98 | −0.331 | −0.16 |
| 547 | B.A.C. 3202 | 6½ | 9 15 30.59 | +3.204 | −0.0100 | +0.004 | + 8 21 14.6 | −15.21 | −0.307 | −0.10 |
| 548 | ω Leonis | 6 | 9 20 25.30 | +3.223 | −0.0107 | +0.006 | + 9 42 24.5 | −15.43 | −0.301 | −0.04 |
| 549 | 3 Leonis | 6½ | 9 20 29.73 | +3.199 | −0.0103 | −0.005 | + 8 50 22.4 | −15.43 | −0.300 | −0.04 |
| 550 | ξ Leonis | 6 | 9 23 51.38 | +3.245 | −0.0118 | −0.004 | +11 57 40.7 | −15.64 | −0.298 | −0.06 |
| 551 | *h* Leonis | 6 | 9 23 54.87 | +3.228 | −0.0111 | +0.003 | +10 22 27.5 | −15.63 | −0.296 | −0.05 |
| 552 | 7 Leonis | 6½ | 9 27 40.68 | +3.292 | −0.0136 | 0.000 | +15 2 42.9 | −15.86 | −0.296 | −0.07 |
| 553 | 8 Leonis | 6½ | 9 28 45.62 | +3.323 | −0.0148 | 0.000 | +17 6 33.2 | −15.77 | −0.297 | +0.07 |
| 554 | 10 Leonis | 5½ | 9 29 17.41 | +3.176 | −0.0096 | −0.002 | + 7 30 22.3 | −15.85 | −0.283 | +0.02 |
| 555 | B.A.C. 3292 | 6½ | 9 30 29.37 | +3.388 | −0.0172 | +0.006 | +20 58 19.6 | −15.92 | −0.299 | +0.02 |
| 556 | ο Leonis | 3½ | 9 33 8.46 | +3.228 | −0.0111 | +0.008 | +10 34 19.3 | −16.13 | −0.281 | −0.05 |
| 557 | B.A.C. 3336 | 5½ | 9 38 15.18 | +3.171 | −0.0095 | | + 7 23 56.1 | −16.34 | −0.268 | |
| 558 | 18 Leonis | 6 | 9 38 18.22 | +3.243 | −0.0121 | +0.001 | +12 29 55.3 | −16.27 | −0.274 | +0.07 |
| 559 | B.A.C. 3345 | 6 | 9 39 29.33 | +3.238 | −0.0119 | +0.002 | +12 7 18.8 | −16.57 | −0.272 | −0.17 |
| 560 | B.A.C. 3380 | 6 | 9 45 50.20 | +3.157 | −0.0091 | | + 6 30 45.5 | −16.72 | −0.254 | |
| 561 | B.A.C. 3398 | 6 | 9 48 28.64 | +3.192 | −0.0105 | −0.002 | + 9 38 26.7 | −16.84 | −0.253 | 0.00 |
| 562 | ν Leonis | 5 | 9 50 8.89 | +3.240 | −0.0124 | +0.002 | +13 9 28.9 | −16.93 | −0.254 | −0.01 |
| 563 | B.A.C. 3407 | 6 | 9 50 10.57 | +3.187 | −0.0102 | +0.002 | + 9 1 38.3 | −16.99 | −0.249 | −0.07 |
| 564 | π Leonis | 5 | 9 52 17.01 | +3.182 | −0.0100 | +0.002 | + 8 45 41.6 | −17.05 | −0.245 | −0.03 |
| 565 | B.A.C. 3438 | 6½ | 9 56 57.29 | +3 139 | −0.0084 | | + 5 43 45.8 | −17.23 | −0.234 | |
| 566 | 14 Sextantis | 6 | 9 58 56.63 | +3.144 | −0.0086 | −0.002 | + 6 20 26.3 | −17.29 | −0.231 | +0.03 |
| 567 | η Leonis | 3½ | 9 59 8.85 | +3.285 | −0.0149 | +0.002 | +17 29 30.7 | −17.32 | −0.241 | +0.01 |
| 568 | A Leonis | 5 | 9 59 56.28 | +3.194 | −0.0109 | −0.003 | +10 43 50.5 | −17.42 | −0.233 | −0.05 |
| 569 | α Leonis | 1½ | 10 0 22.74 | +3.206 | −0.0120 | −0.015 | +12 41 53.2 | −17.39 | −0.234 | 0.00 |
| 570 | 16 Sextantis | 6 | 10 1 23.15 | +3.153 | −0.0089 | +0.002 | + 6 54 18.2 | −17.42 | −0.227 | +0.01 |
| 571 | 34 Leonis | 6 | 10 3 34.04 | +3.242 | −0.0128 | +0.008 | +14 5 35.1 | −17.63 | −0.229 | −0.11 |
| 572 | B.A.C. 3506 | 6 | 10 8 5.54 | +3.285 | −0.0154 | +0.005 | +18 29 7.1 | −17.71 | −0.224 | 0.00 |
| 573 | 37 Leonis | 6 | 10 8 37.37 | +3.235 | −0.0129 | +0.003 | +14 28 26.8 | −14.77 | −0.220 | −0.04 |
| 574 | B.A.C. 3529 | 6 | 10 12 41.15 | +3.147 | −0.0087 | | + 7 11 1.1 | −17.90 | −0.207 | |
| 575 | 23 Sextantis | 6 | 10 13 17.12 | +3.106 | −0.0066 | +0.003 | + 3 2 31.8 | −17.91 | −0.203 | +0.01 |
| 576 | 42 Leonis | 6 | 10 13 45.96 | +3.237 | −0.0135 | −0.002 | +15 43 40.7 | −17.95 | −0.211 | −0.01 |
| 577 | B.A.C. 3538 | 6½ | 10 14 19.40 | +3.166 | −0.0100 | −0.007 | + 9 43 3.0 | −18.07 | −0.206 | −0.11 |
| 578 | 43 Leonis | 6 | 10 15 9.43 | +3.146 | −0.0087 | −0.000 | + 7 18 8.7 | −18.09 | −0.203 | −0.10 |
| 579 | 44 Leonis | 6 | 10 17 20.72 | +3.161 | −0.0099 | −0.007 | + 9 32 43.3 | −18.20 | −0.200 | −0.12 |
| 580 | B.A.C. 3562 | 6½ | 10 17 41.33 | +3.175 | −0.0099 | +0.007 | + 9 32 5.0 | −18.20 | −0.199 | −0.20 |
| 581 | 45 Leonis | 6 | 10 19 43.31 | +3.179 | −0.0104 | +0.003 | +10 31 29.6 | −18.18 | −0.196 | −0.01 |
| 582 | B.A.C. 3579 | 6 | 10 20 47.25 | +3.221 | −0.0130 | −0.001 | +15 6 26.9 | −18.25 | −0.197 | −0.04 |
| 583 | B.A.C. 3592 | 6 | 10 22 0.76 | +3.093 | −0.0060 | | + 2 15 54.4 | −18.25 | −0.187 | |
| 584 | *i* Leonis | 6 | 10 24 11.11 | +3.217 | −0.0128 | +0.002 | +14 54 15.6 | −18.37 | −0.190 | −0.04 |
| 585 | ρ Leonis | 4 | 10 24 54.58 | +3.171 | −0.0099 | +0.005 | +10 4 35.7 | −18.39 | −0.186 | −0.04 |
| 586 | 48 Leonis | 6 | 10 26 58.26 | +3.141 | −0.0086 | −0.001 | + 7 43 27.6 | −18.40 | −0.181 | +0.03 |
| 587 | 49 Leonis | 6 | 10 27 9.97 | +3.158 | −0.0095 | 0.000 | + 9 25 23.4 | −18.48 | −0.182 | −0.05 |
| 588 | 50 Leonis | 6½ | 10 30 51.49 | +3.230 | −0.0138 | +0.005 | +16 54 27.4 | −18.58 | −0.178 | −0.02 |
| 589 | 33 Sextantis | 6 | 10 33 46.44 | +3.057 | −0.0030 | −0.005 | − 0 57 16.5 | −18.79 | −0.164 | −0.14 |
| 590 | 34 Sextantis | 6 | 10 34 52.56 | +3.105 | −0.0065 | −0.003 | + 4 21 54.7 | −18.70 | −0.165 | −0.01 |
| 591 | 35 Sext. *pr.* | 6½ | 10 35 33.52 | +3.119 | −0.0071 | +0.002 | + 5 31 50.7 | −18.77 | −0.164 | −0.06 |
| 592 | 36 Sextantis | 6 | 10 37 25.57 | +3.096 | −0.0059 | −0.002 | + 3 16 31.4 | −18.77 | −0.159 | 0.00 |
| 593 | 37 Sextantis | 6 | 10 38 16.89 | +3.132 | −0.0079 | +0.003 | + 7 9 43.6 | −18.84 | −0.159 | −0.05 |
| 594 | *k* Leonis | 6 | 10 38 28.30 | +3.188 | −0.0123 | −0.007 | +14 59 5.9 | −18.90 | −0.162 | −0.10 |
| 595 | *l* Leonis | 5 | 10 41 22.05 | +3.163 | −0.0101 | +0.002 | +11 20 15.3 | −18.88 | −0.155 | +0.01 |
| 596 | B.A.C. 3726 | 6 | 10 44 31.22 | +3.084 | −0.0049 | | + 1 49 19.5 | −18.98 | −0.145 | |
| 597 | 55 Leonis | 6 | 10 47 59.43 | +3.093 | −0.0046 | +0.011 | + 1 32 10.0 | −19.07 | −0.139 | 0.00 |
| 598 | *d* Leonis | 5 | 10 52 48.71 | +3.104 | −0.0058 | +0.003 | + 4 25 17.9 | −19.25 | −0.131 | −0.05 |
| 599 | *c* Leonis | 5 | 10 52 58.15 | +3.119 | −0.0071 | +0.002 | + 6 54 21.8 | −19.24 | −0.131 | −0.04 |
| 600 | $p^2$ Leonis | 6 | 10 55 56.03 | +3.075 | −0.0038 | −0.001 | + 0 48 21.5 | −19.31 | −0.124 | −0.03 |

| No. | LOGARITHMS OF | | | | | | | | No. D.A.C. | No. T.Y.C. |
|---|---|---|---|---|---|---|---|---|---|---|
| | *a* | *b* | *c* | *d* | *a'* | *b'* | *c'* | *d'* | | |
| 541 | +0.5392 | −8.2961 | −8.7114 | +8.7048 | −1.1550 | −9.8462 | +9.1169 | −9.4374 | 3123 | 805 |
| 542 | +0.5296 | −8.2084 | −8.7034 | +8.6901 | −1.1583 | −9.8427 | +9.2753 | −9.3610 | 3129 | |
| 543 | +0.5224 | −8.1269 | −8.6973 | +8.6818 | −1.1593 | −9.8416 | +9.3642 | −9.2866 | 3132 | |
| 544 | +0.5368 | −8.2870 | −8.7153 | +8.6962 | −1.1611 | −9.8397 | +9.1605 | −9.4305 | 3138 | |
| 545 | +0.5219 | −8.1309 | −8.7024 | +8.6760 | −1.1645 | −9.8359 | +9.3696 | −9.2908 | 3147 | |
| 546 | +0.5275 | −8.2130 | −8.7152 | +8.6750 | −1.1709 | −9.8284 | +9.3010 | −9.3665 | 3171 | 815 |
| 547 | +0.5051 | −7.8678 | −8.7055 | +8.6466 | −1.1792 | −9.8180 | +9.5235 | −9.0392 | 3202 | |
| 548 | +0.5075 | −7.9420 | −8.7151 | +8.6373 | −1.1871 | −9.8071 | +9.5047 | −9.1118 | 3227 | |
| 549 | +0.5057 | −7.9007 | −8.7141 | +8.6361 | −1.1873 | −9.8070 | +9.5189 | −9.0716 | 3228 | |
| 550 | +0.5118 | −8.0403 | −8.7237 | +8.6326 | −1.1925 | −9.7992 | +9.4684 | −9.2068 | 3250 | 832 |
| 551 | +0.5085 | −7.9769 | −8.7214 | +8.6301 | −1.1926 | −9.7991 | +9.4962 | −9.1458 | 3251 | 833 |
| 552 | +0.5175 | −8.1494 | −8.7351 | +8.6292 | −1.1983 | −9.7901 | +9.4133 | −9.3103 | 3272 | |
| 553 | +0.5215 | −8.2098 | −8.7412 | +8.6311 | −1.1999 | −9.7875 | +9.3700 | −9.3663 | 3278 | |
| 554 | +0.5022 | −7.8421 | −8.7261 | +8.6138 | −1.2007 | −9.7862 | +9.5446 | −9.0145 | 3286 | |
| 555 | +0.5291 | −8.3076 | −8.7539 | +8.6369 | −1.2024 | −9.7832 | +9.2739 | −9.4540 | 3292 | |
| 556 | +0.5078 | −7.9989 | −8.7353 | +8.6079 | −1.2062 | −9.7766 | +9.5009 | −9.1675 | 3312 | 841 |
| 557 | +0.5012 | −7.8484 | −8.7386 | +8.5908 | −1.2133 | −9.7633 | +9.5511 | −9.0209 | 3336 | |
| 558 | +0.5109 | −8.0807 | −8.7454 | +8.5975 | −1.2133 | −9.7632 | +9.4747 | −9.2464 | 3337 | 847 |
| 559 | +0.5100 | −8.0686 | −8.7464 | +8.5937 | −1.2149 | −9.7600 | +9.4822 | −9.2349 | 3345 | |
| 560 | +0.4993 | −7.8123 | −8.7478 | +8.5692 | −1.2231 | −9.7424 | +9.5646 | −8.9855 | 3380 | |
| 561 | +0.5043 | −7.9782 | −8.7543 | +8.5648 | −1.2264 | −9.7347 | +9.5275 | −9.1481 | 3398 | |
| 562 | +0.5103 | −8.1189 | −8.7617 | +8.5652 | −1.2284 | −9.7298 | +9.4777 | −9.2835 | 3406 | 855 |
| 563 | +0.5031 | −7.9512 | −8.7556 | +8.5590 | −1.2285 | −9.7297 | +9.5371 | −9.1219 | 3407 | |
| 564 | +0.5024 | −7.9406 | −8.7578 | +8.5524 | −1.2310 | −9.7234 | +9.5420 | −9.1115 | 3415 | 857 |
| 565 | +0.4968 | −7.7595 | −8.7602 | +8.5349 | −1.2364 | −9.7088 | +9.5806 | −8.9334 | 3438 | |
| 566 | +0.4977 | −7.8062 | −8.7630 | +8.5290 | −1.2386 | −9.7024 | +9.5747 | −8.9796 | 3449 | 862 |
| 567 | +0.5162 | −8.2590 | −8.7811 | −8.5462 | −1.2388 | −9.7017 | +9.4193 | −9.4146 | 3453 | 863 |
| 568 | +0.5048 | −8.0390 | −8.7690 | +8.5307 | −1.2397 | −9.6992 | +9.5228 | −9.2075 | 3457 | 864 |
| 569 | +0.5080 | −8.1147 | −8.7726 | +8.5324 | −1.2402 | −9.6977 | +9.4967 | −9.2800 | 3459 | 866 |
| 570 | +0.4984 | −7.8461 | −8.7661 | +8.5215 | −1.2413 | −9.6944 | +9.5697 | −9.0190 | 3463 | |
| 571 | +0.5097 | −8.1650 | −8.7785 | +8.5242 | −1.2436 | −9.6871 | +9.4806 | −9.3279 | 3475 | |
| 572 | +0.5159 | −8.2941 | −8.7930 | +8.5182 | −1.2483 | −9.6713 | +9.4198 | −9.4472 | 3506 | |
| 573 | +0.5094 | −8.1823 | −8.7845 | +8.5073 | −1.2488 | −9.6694 | +9.4822 | −9.3444 | 3510 | |
| 574 | +0.4979 | −7.8750 | −8.7779 | +8.4818 | −1.2528 | −9.6545 | +9.5731 | −9.0476 | 3529 | |
| 575 | +0.4917 | −7.5005 | −8.7756 | +8.4767 | −1.2533 | −9.6522 | +9.6124 | −8.6760 | 3532 | |
| 576 | +0.5104 | −8.2252 | −8.7921 | +8.4909 | −1.2538 | −9.6504 | +9.4720 | −9.3847 | 3534 | |
| 577 | +0.5014 | −8.0096 | −8.7823 | +8.4785 | −1.2543 | −9.6483 | +9.5473 | −9.1795 | 3538 | |
| 578 | +0.4978 | −7.8845 | −8.7803 | +8.4726 | −1.2551 | −9.6451 | +9.5732 | −9.0571 | 3544 | 881 |
| 579 | +0.5008 | −8.0044 | −8.7849 | +8.4666 | −1.2571 | −9.6366 | +9.5517 | −9.1745 | 3561 | 885 |
| 580 | +0.5007 | −8.0043 | −8.7852 | +8.4652 | −1.2574 | −9.6352 | +9.5521 | −9.1744 | 3562 | |
| 581 | +0.5019 | −8.0500 | −8.7883 | +8.4583 | −1.2593 | −9.6271 | +9.5432 | −9.2187 | 3575 | 890 |
| 582 | +0.5081 | −8.2132 | −8.7972 | +8.4619 | −1.2602 | −9.6227 | +9.4909 | −9.3740 | 3579 | |
| 583 | +0.4903 | −7.3801 | −8.7833 | +8.4419 | −1.2613 | −9.6177 | +9.6203 | −8.5559 | 3592 | |
| 584 | +0.5072 | −8.2099 | −8.7997 | +8.4473 | −1.2631 | −9.6085 | +9.4983 | −9.3712 | 3606 | |
| 585 | +0.5006 | −8.0351 | −8.7922 | +8.4361 | −1.2637 | −9.6054 | +9.5524 | −9.2044 | 3609 | 896 |
| 586 | +0.4972 | −7.9195 | −8.7911 | +8.4243 | −1.2654 | −9.5964 | +9.5762 | −9.0916 | 3621 | 899 |
| 587 | +0.4994 | −8.0073 | −8.7932 | +8.4254 | −1.2656 | −9.5956 | +9.5606 | −9.1775 | 3622 | |
| 588 | +0.5085 | −8.2730 | −8.8094 | +8.4220 | −1.2685 | −9.5789 | +9.4842 | −9.4299 | 3643 | |
| 589 | +0.4861 | +7.0142 | −8.7925 | +8.3891 | −1.2707 | −9.5652 | +9.6435 | +8.1902 | 3663 | |
| 590 | +0.4924 | −7.6759 | −8.7945 | +8.3850 | −1.2716 | −9.5598 | +9.6076 | −8.8508 | 3667 | 908 |
| 591 | +0.4938 | −7.7800 | −8.7958 | +8.3824 | −1.2721 | −9.5565 | +9.5990 | −8.9540 | 3672 | |
| 592 | +0.4910 | −7.5528 | −8.7958 | +8.3718 | −1.2734 | −9.5472 | +9.6161 | −8.7282 | 3684 | 911 |
| 593 | +0.4954 | −7.8949 | −8.7991 | +8.3702 | −1.2740 | −9.5429 | +9.5878 | −9.0676 | 3690 | 912 |
| 594 | +0.5045 | −8.2234 | −8.8109 | +8.3809 | −1.2741 | −9.5419 | +9.5173 | −9.3845 | 3693 | 914 |
| 595 | +0.4998 | −8.1000 | −8.8064 | +8.3593 | −1.2761 | −9.5269 | +9.5556 | −9.2675 | 3708 | 916 |
| 596 | +0.4892 | −7.3026 | −8.8001 | +8.3339 | −1.2782 | −9.5098 | +9.6268 | −8.4784 | 3726 | |
| 597 | +0.4888 | −7.2305 | −8.8023 | +8.3141 | −1.2804 | −9.4900 | +9.6289 | −8.4065 | 3749 | |
| 598 | +0.4914 | −7.6933 | −8.8063 | +8.2861 | −1.2833 | −9.4609 | +9.6132 | −8.8681 | 3768 | 925 |
| 599 | +0.4938 | −7.8883 | −8.8082 | +8.2869 | −1.2834 | −9.4599 | +9.5978 | −9.0612 | 3769 | 926 |
| 600 | +0.4880 | −6.9550 | −8.8068 | +8.2647 | −1.2850 | −9.4408 | +9.6335 | −8.1311 | 3782 | |

| No. | Name. | Mag. | Mean Right Ascension 1850.0. | Annual Variation. | Secular Variation. | Proper Motion. | Mean Declination 1850.0. | Annual Variation. | Secular Variation. | Proper Motion. |
|---|---|---|---|---|---|---|---|---|---|---|
| | | | h m s | s | s | s | ° ′ ″ | ″ | ″ | ″ |
| 601 | χ Leonis | 5 | 10 57 16.61 | +3.103 | −0.0077 | −0.019 | + 8 8 44.1 | −19.39 | −0.123 | −0.08 |
| 602 | ρ³ Leonis | 6 | 10 59 15.07 | +3.063 | −0.0047 | −0.025 | + 2 46 8.0 | −19.45 | −0.118 | −0.10 |
| 603 | ρ⁴ Leonis | 7 | 11 1 34.29 | +3.072 | −0.0029 | +0.004 | − 0 31 19.3 | −19.46 | −0.113 | −0.05 |
| 604 | ρ⁵ Leonis | 5 | 11 6 5.02 | +3.086 | −0.0033 | +0.011 | + 0 44 45.6 | −19.55 | −0.105 | −0.05 |
| 605 | B.A.C. 3836 | 6 | 11 6 11.04 | +3.087 | −0.0045 | | + 3 4 10.6 | −19.51 | −0.105 | |
| 606 | B.A.C. 3837 | 6½ | 11 6 14.05 | +3.127 | −0.0076 | +0.008 | + 8 52 51.1 | −19.63 | −0.106 | −0.12 |
| 607 | n Leonis | 6 | 11 8 0.85 | +3.149 | −0.0105 | +0.003 | +14 7 27.5 | −19.58 | −0.103 | −0.04 |
| 608 | B.A.C. 3845 | 6 | 11 8 7.46 | +3.145 | −9.0102 | +0.001 | +13 39 56.8 | −19.54 | −0.103 | 0.00 |
| 609 | φ Leonis | 4½ | 11 9 2.12 | +3.053 | −0.0014 | −0.003 | − 2 49 57.4 | −19.61 | −0.098 | −0.05 |
| 610 | 75 Leonis | 6 | 11 9 34.37 | +3.093 | −0.0042 | +0.008 | + 2 50 4.7 | −19.75 | −0.098 | −0.18 |
| 611 | 76 Leonis | 6 | 11 11 13.27 | +3.087 | −0.0040 | +0.004 | + 2 28 20.5 | −19.67 | −0.095 | −0.07 |
| 612 | σ Leonis | 4 | 11 13 23.98 | +3.099 | −0.0062 | −0.004 | + 6 51 1.8 | −19.66 | −0.091 | −0.02 |
| 613 | ι Leonis | 4 | 11 16 5.83 | +3.137 | −0.0085 | +0.015 | +11 21 18.5 | −19.75 | −0.087 | −0.06 |
| 614 | 79 Leonis | 6 | 11 16 20.42 | +3.085 | −0.0035 | +0.004 | + 2 13 49.1 | −19.72 | −0.085 | −0.03 |
| 615 | B.A.C. 3882 | 6½ | 11 17 12.04 | +3.126 | −0.0090 | +0.001 | +12 15 16.8 | −19.74 | −0.085 | −0.03 |
| 616 | τ Leonis | 5 | 11 20 13.31 | +3.091 | −0.0041 | +0.005 | + 3 40 54.1 | −19.78 | −0.078 | −0.03 |
| 617 | e Leonis | 5 | 11 22 39.02 | +3.066 | −0.0010 | +0.004 | − 2 10 36.2 | −19.84 | −0.073 | −0.05 |
| 618 | 80 Leonis | 6 | 11 26 41.34 | +3.076 | −0.0039 | −0.008 | + 3 53 34.5 | −19.97 | −0.065 | −0.13 |
| 619 | υ Leonis | 4½ | 11 29 16.06 | +3.074 | −0.0017 | +0.003 | + 0 0 13.3 | −19.87 | −0.060 | +0.01 |
| 620 | ω Virginis | 6½ | 11 30 43.38 | +3.098 | −0.0064 | 0.000 | + 8 57 50.1 | −19.94 | −0.058 | −0.05 |
| 621 | B.A.C. 3975 | 6½ | 11 36 15.47 | +3.059 | +0.0016 | +0.003 | − 5 50 38.6 | −20.10 | −0.046 | −0.15 |
| 622 | ξ Virginis | 5 | 11 37 33.03 | +3.097 | −0.0061 | +0.005 | + 9 5 29.9 | −20.00 | −0.044 | −0.04 |
| 623 | ν Virginis | 4½ | 11 38 8.96 | +3.093 | −0.0052 | +0.006 | + 7 22 10.7 | −20.16 | −0.043 | −0.20 |
| 624 | A¹ Virginis | 5½ | 11 40 12.71 | +3.092 | −0.0059 | +0.003 | + 9 4 42.4 | −20.00 | −0.039 | −0.02 |
| 625 | B.A.C. 3996 | 6 | 11 41 25.51 | +3 082 | −0.0043 | | + 6 1 38.9 | −19.99 | −0.036 | |
| 626 | β Virginis | 3½ | 11 42 52.90 | +3.128 | −0.0024 | +0.053 | + 2 36 44.9 | −20.28 | −0.034 | −0.28 |
| 627 | B.A.C. 4006 | 6 | 11 43 22.37 | +3.074 | +0.0014 | +0.011 | − 4 29 59.0 | −20.10 | −0.032 | −0.10 |
| 628 | A² Virginis | 6 | 11 47 21.26 | +3.081 | −0.0056 | −0.002 | + 9 16 39.1 | −20.05 | −0.025 | −0.02 |
| 629 | B.A.C. 4043 | 6½ | 11 51 22.83 | +3.055 | −0.0012 | −0.017 | + 1 21 54.8 | −19.98 | −0.017 | +0.06 |
| 630 | b Virginis | 6 | 11 52 15.91 | +3.078 | −0.0027 | +0.004 | + 4 29 26.2 | −20.08 | −0.015 | −0.06 |
| 631 | π Virginis | 4½ | 11 53 11.16 | +3.079 | −0.0013 | +0.003 | + 7 27 2.3 | −20.10 | −0.013 | −0.05 |
| 632 | 10 Virginis | 6 | 12 2 0.11 | +3.074 | −0.0013 | +0.004 | + 2 44 24.5 | −20.28 | +0.004 | −0.23 |
| 633 | 11 Virginis | 6 | 12 2 24.72 | +3.061 | −0.0034 | −0.008 | + 6 38 30.7 | −20.03 | +0.005 | +0.02 |
| 634 | B.A.C. 4104 | 6½ | 12 3 59.78 | +3.064 | −0.0024 | −0.005 | + 4 53 24.2 | −20.19 | +0.008 | −0.14 |
| 635 | 13 Virginis | 6 | 12 10 58.96 | +3.075 | −0.0006 | +0.004 | + 0 2 48.8 | −20.09 | +0.022 | −0.06 |
| 636 | η Virginis | 3½ | 12 12 13.90 | +3.067 | +0.0006 | −0.003 | + 0 10 1.4 | −20.07 | +0.024 | −0.04 |
| 637 | c Virginis | 5 | 12 12 43.99 | +3.049 | −0.0015 | −0.016 | + 4 8 53.5 | −20.09 | +0.025 | −0.07 |
| 638 | 17 Virginis | 6 | 12 14 54.43 | +3.051 | −0.0023 | −0.010 | + 6 8 25.7 | −20.08 | +0.029 | −0.07 |
| 639 | B.A.C. 4200 | 6½ | 12 20 9.71 | +3.062 | +0.0031 | −0.016 | − 3 47 2.9 | −20.01 | +0.039 | −0.03 |
| 640 | B.A.C. 4225 | 6½ | 12 23 55.93 | +3.069 | +0.0036 | −0.012 | − 4 13 27.2 | −19.93 | +0.047 | +0.02 |
| 641 | q Virginis | 6 | 12 26 2.47 | +3.091 | +0.0060 | −0.003 | − 8 37 26.3 | −19.90 | +0.051 | +0.03 |
| 642 | f Virginis | 6 | 12 29 4.06 | +3.085 | +0.0042 | 0.000 | − 5 0 20.0 | −19.98 | +0.057 | −0.09 |
| 643 | B.A.C. 4255 | 6½ | 12 31 0.73 | +3.085 | +0.0035 | −0.004 | − 3 32 48.8 | −19.83 | +0.061 | +0.04 |
| 644 | χ Virginis | 5 | 12 31 30.74 | +3.094 | +0.0055 | 0.000 | − 7 10 7.4 | −19.91 | +0.062 | −0.04 |
| 645 | B.A.C. 4259 | 6 | 12 31 38.53 | +3 103 | +0.0056 | +0.009 | − 7 12 20.2 | −20.01 | +0.062 | −0.15 |
| 646 | γ Virginis | 2½ | 12 34 3.70 | +3.040 | +0.0022 | −0.033 | − 0 37 33.8 | −19.85 | +0.066 | −0.02 |
| 647 | 28 Virginis | 6 | 12 34 12.59 | +3.099 | +0.0054 | +0.005 | − 6 40 25.7 | −19.85 | +0.067 | −0.02 |
| 648 | B.A.C. 4277 | 6 | 12 35 55.41 | +3.073 | +0.0024 | | − 0 44 54.8 | −19.81 | +0.070 | |
| 649 | B.A.C. 4294 | 6½ | 12 39 48.38 | +3.088 | +0.0050 | −0.005 | − 5 28 47.9 | −19.75 | +0.078 | 0.00 |
| 650 | B.A.C. 4312 | 6½ | 12 43 34.81 | +3.106 | +0.0075 | −0.007 | − 9 31 15.4 | −19.76 | +0.086 | −0.07 |
| 651 | 37 Virginis | 6 | 12 43 58.92 | +3.055 | +0.0004 | +0.002 | + 3 52 24.6 | −19.67 | +0.085 | +0.02 |
| 652 | 38 Virginis | 6 | 12 45 30.51 | +3.072 | +0.0039 | −0.011 | − 2 44 12.8 | −19.69 | +0.089 | −0.03 |
| 653 | ψ Virginis | 5 | 12 46 33.41 | +3.116 | +0.0071 | +0.004 | − 8 43 23.4 | −19.66 | +0.092 | −0.02 |
| 654 | k Virginis | 6 | 12 51 56.16 | +3.088 | +0.0044 | +0.002 | − 3 0 1.9 | −19.51 | +0.101 | +0.03 |
| 655 | 46 Virginis | 6½ | 12 52 52.75 | +3.085 | +0.0042 | +0.001 | − 2 33 35.6 | −19.45 | +0.103 | +0.07 |
| 656 | 48 Virginis | 6 | 12 56 10.83 | +3.085 | +0.0046 | −0.002 | − 2 51 15.3 | −19.48 | +0.109 | −0.02 |
| 657 | B.A.C. 4382 | 6½ | 12 58 32.49 | +3.156 | +0.0109 | 0.000 | −14 6 41.9 | −19.40 | +0.116 | 0.00 |
| 658 | g Virginis | 6 | 13 0 2.60 | +3.137 | +0.0086 | +0.006 | − 9 56 13.7 | −19.40 | +0.118 | −0.03 |
| 659 | B.A.C. 4394 | 5½ | 13 0 43.47 | +3.121 | +0.0076 | | − 8 10 48.4 | −19.36 | +0.119 | |
| 660 | 50 Virginis | 6 | 13 1 54.61 | +3.135 | +0.0083 | +0.004 | − 9 31 41.2 | −19.38 | +0.122 | −0.05 |

| No. | LOGARITHMS OF *a* | *b* | *c* | *d* | *a'* | *b'* | *c'* | *d'* | No. B.A.C. | No. T.Y.C. |
|---|---|---|---|---|---|---|---|---|---|---|
| 601 | +0.4945 | −7.9632 | −8.8118 | +8.2601 | −1.2858 | −9.4318 | +9.5925 | −9.1349 | 3788 | 934 |
| 602 | +0.4896 | −7.4930 | −8.8090 | +8.2427 | −1.2868 | −9.4183 | +9.6241 | −8.6685 | 3798 | 936 |
| 603 | +0.4868 | +6.7692 | −8.8097 | +8.2257 | −1.2880 | −9.4017 | +9.6397 | +7.9452 | 3816 | |
| 604 | +0.4878 | −6.9258 | −8.8118 | +8.1914 | −1.2901 | −9.3674 | +9.6344 | −8.1019 | 3832 | 938 |
| 605 | +0.4896 | −7.5412 | −8.8125 | +8.1913 | −1.2901 | −9.3667 | +9.6241 | −8.7167 | 3836 | |
| 606 | +0.4941 | −8.0057 | −8.8171 | +8.1955 | −1.2902 | −9.3663 | +9.5943 | −9.1765 | 3837 | 940 |
| 607 | +0.4978 | −8.2134 | −8.8260 | +8.1892 | −1.2910 | −9.3520 | +9.5634 | −9.3762 | 3843 | 941 |
| 608 | +0.4974 | −8.1986 | −8.8252 | +8.1875 | −1.2910 | −9.3511 | +9.5667 | −9.3622 | 3845 | |
| 609 | +0.4852 | +7.5075 | −8.8136 | +8.1679 | −1.2914 | −9.3435 | +9.6477 | +8.6830 | 3848 | 942 |
| 610 | +0.4893 | −7.5081 | −8.8138 | +8.1634 | −1.2916 | −9.3390 | +9.6259 | −8.6836 | 3850 | 943 |
| 611 | +0.4889 | −7.4493 | −8.8144 | +8.1491 | −1.2923 | −9.3248 | +9.6279 | −8.6250 | 3857 | |
| 612 | +0.4918 | −7.8946 | −8.8180 | +8.1322 | −1.2932 | −9.3052 | +9.6094 | −9.0676 | 3862 | 948 |
| 613 | +0.4944 | −8.1187 | −8.8245 | +8.1121 | −1.2942 | −9.2796 | +9.5888 | −9.2862 | 3877 | 949 |
| 614 | +0.4886 | −7.4065 | −8.8163 | +8.1015 | −1.2943 | −9.2772 | +9.6296 | −8.5823 | 3879 | 950 |
| 615 | +0.4948 | −8.1532 | −8.8263 | +8.1026 | −1.2946 | −9.2687 | +9.5851 | −9.3192 | 3882 | |
| 616 | +0.4893 | −7.6259 | −8.8182 | +8.0621 | −1.2957 | −9.2372 | +9.6253 | −8.8011 | 3900 | 955 |
| 617 | +0.4861 | +7.3979 | −8.8184 | +8.0344 | −1.2964 | −9.2102 | +9.6434 | +8.5737 | 3916 | 959 |
| 618 | +0.4891 | −7.6321 | −8.8203 | +7.9858 | −1.2976 | −9.1609 | +9.6266 | −8.8272 | 3930 | |
| 619 | +0.4872 | −4.6517 | −8.8200 | +7.9500 | −1.2983 | −9.1261 | +9.6375 | −5.8278 | 3946 | 964 |
| 620 | +0.4910 | −8.0183 | −8.8257 | +7.9344 | −1.2987 | −9.1052 | +9.6115 | −9.1891 | 3954 | |
| 621 | +0.4852 | +7.8317 | −8.8238 | +7.8407 | −1.2999 | −9.0146 | +9.6456 | +9.0055 | 3975 | |
| 622 | +0.4902 | −8.0260 | −8.8273 | +7.8197 | −1.3001 | −8.9903 | +9.6160 | −9.1966 | 3979 | |
| 623 | +0.4896 | −7.9337 | −8.8255 | +7.8061 | −1.3002 | −8.9786 | +9.6214 | −9.1062 | 3982 | 970 |
| 624 | +0.4898 | −8.0258 | −8.8278 | +7.7651 | −1.3006 | −8.9357 | +9.6179 | −9.1964 | 3989 | |
| 625 | +0.4888 | −7.8461 | −8.8249 | +7.7346 | −1.3008 | −8.9083 | +9.6264 | −9.0198 | 3996 | |
| 626 | +0.4879 | −7.4816 | −8.8232 | +7.6972 | −1.3010 | −8.8728 | +9.6336 | −8.6572 | 4002 | 975 |
| 627 | +0.4862 | +7.7187 | −8.8241 | +7.6855 | −1.3011 | −8.8603 | +9.6418 | +8.8935 | 4006 | |
| 628 | +0.4889 | −8.0364 | −8.8290 | +7.5712 | −1.3016 | −8.7415 | +9.6226 | −9.2068 | 4027 | |
| 629 | +0.4874 | −7.2008 | −8.8237 | +7.3993 | −1.3019 | −8.5752 | +9.6364 | −8.3768 | 4043 | |
| 630 | +0.4877 | −7.7187 | −8.8250 | +7.3533 | −1.3020 | −8.5280 | +9.6335 | −8.8935 | 4049 | 983 |
| 631 | +0.4880 | −7.9403 | −8.8274 | +7.3006 | −1.3020 | −8.4730 | +9.6298 | −9.1127 | 4052 | 984 |
| 632 | +0.4871 | −7.5039 | −8.8244 | −6.7657 | −1.3022 | +7.9413 | +9.6374 | −8.6795 | 4094 | |
| 633 | +0.4870 | −7.8900 | −8.8268 | −6.8491 | −1.3022 | +8.0222 | +9.6358 | −9.0632 | 4096 | |
| 634 | +0.4869 | −7.7560 | −8.8254 | −7.0666 | −1.3022 | +8.2411 | +9.6374 | −8.9305 | 4104 | 996* |
| 635 | +0.4872 | −5.7369 | −8.8234 | −7.5043 | −1.3017 | +8.6804 | +9.6375 | −6.9130 | 4137 | 1000 |
| 636 | +0.4872 | −6.2885 | −8.8233 | −7.5510 | −1.3016 | +8.7271 | +9.6377 | −7.4646 | 4145 | 1002 |
| 637 | +0.4865 | −7.6838 | −8.8244 | −7.5696 | −1.3016 | +8.7445 | +9.6403 | −8.8587 | 4151 | 1005 |
| 638 | +0.4859 | −7.8547 | −8.8255 | −7.6393 | −1.3013 | +8.8129 | +9.6420 | −9.0283 | 4168 | |
| 639 | +0.4883 | +7.6427 | −8.8232 | −7.7687 | −1.3005 | +8.9438 | +9.6306 | +8.8179 | 4200 | |
| 640 | +0.4887 | +7.6899 | −8.8227 | −7.8431 | −1.2999 | +9.0180 | +9.6285 | +8.8649 | 4225 | |
| 641 | +0.4905 | +8.0019 | −8.8260 | −7.8834 | −1.2994 | +9.0546 | +9.6150 | +9.1731 | 4230 | 1013 |
| 642 | +0.4893 | +7.7629 | −8.8221 | −7.9276 | −1.2987 | +9.1021 | +9.6246 | +8.9373 | 4247 | |
| 643 | +0.4888 | +7.6122 | −8.8208 | −7.9548 | −1.2982 | +9.1300 | +9.6282 | +8.7875 | 4255 | |
| 644 | +0.4905 | +7.9194 | −8.8232 | −7.9643 | −1.2981 | +9.1369 | +9.6165 | +9.0921 | 4257 | |
| 645 | +0.4905 | +7.9216 | −8.8232 | −7.9661 | −1.2981 | +9.1387 | +9.6162 | +9.0943 | 4259 | |
| 646 | +0.4875 | +6.8577 | −8.8191 | −7.9944 | −1.2974 | +9.1705 | +9.6358 | +8.0337 | 4268 | 1020 |
| 647 | +0.4905 | +7.8873 | −8.8220 | −7.9992 | −1.2974 | +9.1724 | +9.6167 | +9.0604 | 4269 | |
| 648 | +0.4876 | +6.9347 | −8.8186 | −8.0174 | −1.2969 | +9.1934 | +9.6354 | +8.1108 | 4277 | |
| 649 | +0.4904 | +7.7993 | −8.8193 | −8.0635 | −1.2956 | +9.2376 | +9.6186 | +8.9734 | 4294 | |
| 650 | +0.4932 | +8.0406 | −8.8220 | −8.1064 | −1.2943 | +9.2765 | +9.5985 | +9.2107 | 4312 | |
| 651 | +0.4848 | −7.6465 | −8.8169 | −8.1053 | −1.2942 | +9.2804 | +9.6402 | −8.8216 | 4314 | |
| 652 | +0.4890 | +7.4947 | −8.8158 | −8.1195 | −1.2936 | +9.2951 | +9.6275 | +8.6703 | 4323 | 1029 |
| 653 | +0.4930 | +8.0008 | −8.8199 | −8.1338 | −1.2932 | +9.3048 | +9.6002 | +9.1718 | 4330 | 1031 |
| 654 | +0.4895 | +7.5321 | −8.8133 | −8.1761 | −1.2910 | +9.3516 | +9.6249 | +8.7076 | 4352 | |
| 655 | +0.4892 | +7.4627 | −8.8127 | −8.1836 | −1.2906 | +9.3592 | +9.6267 | +8.6383 | 4358 | |
| 656 | +0.4895 | +7.5085 | −8.8113 | −8.2095 | −1.2890 | +9.3850 | +9.6246 | +8.6840 | 4373 | |
| 657 | +0.4991 | +8.2100 | −8.2229 | −8.2398 | −1.2879 | +9.4026 | +9.5555 | +9.3727 | 4382 | |
| 658 | +0.4957 | +8.0524 | −8.8154 | −8.2438 | −1.2871 | +9.4133 | +9.5830 | +9.2219 | 4391 | 1047 |
| 659 | +0.4943 | +7.9661 | −8.8129 | −8.2464 | −1.2868 | +9.4181 | +9.5936 | +9.1377 | 4394 | |
| 660 | +0.4956 | +8.0328 | −8.8139 | −8.2562 | −1.2862 | +9.4263 | +9.5841 | +9.2028 | 4397 | |

| No. | Name. | Mag. | Mean Right Ascension 1850.0. | Annual Variation. | Secular Variation. | Proper Motion. | Mean Declination 1850.0. | Annual Variation. | Secular Variation. | Proper Motion. |
|---|---|---|---|---|---|---|---|---|---|---|
| | | | h m s | s | s | s | ° ′ ″ | ″ | ″ | ″ |
| 661 | θ Virginis *tr.* | 4½ | 13 2 11.25 | +3.101 | +0.0058 | +0.001 | − 4 44 12.9 | −19.37 | +0.121 | −0.05 |
| 662 | 53 Virginis | 5 | 13 4 4.86 | +3.181 | +0.0119 | +0.009 | −15 23 17.1 | −19.57 | +0.128 | −0.29 |
| 663 | B.A.C. 4441 | 6 | 13 9 34.33 | +3.176 | +0.0118 | | −14 45 11.1 | −19.14 | +0.138 | |
| 664 | 58 Virginis | 6 | 13 9 35.99 | +3.136 | +0.0088 | −0.003 | − 9 45 19.2 | −19.18 | +0.137 | −0.04 |
| 665 | 65 Virginis | 6 | 13 15 32.72 | +3.102 | +0.0061 | 0.000 | − 4 8 14.9 | −19.00 | +0.146 | −0.02 |
| 666 | 66 Virginis | 6 | 13 16 44.98 | +3.116 | +0.0063 | +0.012 | − 4 22 40.1 | −18.96 | +0.149 | −0.02 |
| 667 | α Virginis | 1 | 13 17 17.78 | +3.152 | +0.0095 | 0.000 | −10 22 36.6 | −18.98 | +0.152 | −0.05 |
| 668 | B.A.C. 4488 | 6½ | 13 18 4.27 | +3.201 | +0.0129 | +0.002 | −16 4 39.9 | −18.83 | +0.156 | +0.07 |
| 669 | *i* Virginis | 5 | 13 18 48.23 | +3.161 | +0.0104 | −0.005 | −11 55 30.5 | −18.92 | +0.156 | −0.04 |
| 670 | 69 Virginis | 5½ | 13 19 27.43 | +3.190 | +0.0124 | −0.004 | −15 11 39.6 | −18.91 | +0.158 | −0.05 |
| 671 | *l* Virginis | 5 | 13 24 10.30 | +3.116 | +0.0071 | −0.001 | − 5 28 46.7 | −18.77 | +0.163 | −0.05 |
| 672 | 75 Virginis | 6 | 13 24 51.19 | +3.196 | +0.0122 | −0.001 | −14 35 24.5 | −18.80 | +0.169 | −0.10 |
| 673 | *h* Virginis | 5 | 13 25 4.38 | +3.151 | +0.0092 | 0.000 | − 9 23 25.4 | −18.73 | +0.167 | −0.04 |
| 674 | B.A.C. 4531 | 6 | 13 26 42.84 | +3.182 | +0.0110 | +0.002 | −12 26 36.1 | −18.70 | +0.171 | −0.06 |
| 675 | 80 Virginis | 6 | 13 27 43.33 | +3.114 | +0.0068 | +0.003 | − 4 37 50.1 | −18.55 | +0.170 | +0.05 |
| 676 | *m* Virginis | 6 | 13 33 44.63 | +3.141 | +0.0087 | −0.004 | − 7 56 39.8 | −18.39 | +0.182 | +0.01 |
| 677 | 83 Virginis | 6 | 13 36 24.75 | +3.225 | +0.0131 | +0.004 | −15 25 24.3 | −18.37 | +0.192 | −0.06 |
| 678 | 85 Virginis | 6 | 13 37 30.95 | +3.219 | +0.0128 | 0.000 | −15 0 48.1 | −18.38 | +0.194 | −0.11 |
| 679 | 86 Virginis | 6 | 13 37 57.13 | +3.186 | +0.0109 | +0.001 | −11 40 22.3 | −18.25 | +0.193 | 0.00 |
| 680 | 87 Virginis | 6 | 13 39 16.36 | +3.248 | +0.0142 | +0.005 | −17 6 25.7 | −18.27 | +0.199 | −0.07 |
| 681 | B.A.C. 4591 | 6 | 13 39 17.94 | +3.159 | +0.0095 | | − 8 57 20.8 | −18.20 | +0.193 | |
| 682 | B.A.C. 4604 | 6½ | 13 40 54.54 | +3.102 | +0.0060 | +0.011 | − 2 5 26.8 | −18.18 | +0.192 | −0.04 |
| 683 | 89 Virginis | 5½ | 13 41 43.75 | +3.246 | +0.0144 | −0.004 | −17 23 5.7 | −18.16 | +0.204 | −0.05 |
| 684 | B.A.C. 4679 | 6½ | 13 56 20.29 | +3.239 | +0.0129 | +0.003 | −14 14 51.4 | −17.56 | +0.229 | −0.03 |
| 685 | 94 Virginis | 6 | 13 58 21.57 | +3.167 | +0.0095 | +0.002 | − 8 10 24.3 | −17.42 | +0.228 | +0.02 |
| 686 | 95 Virginis | 6 | 13 58 47.21 | +3.164 | +0.0097 | −0.007 | − 8 35 41.6 | −17.40 | +0.229 | +0.02 |
| 687 | 96 Virginis | 6½ | 14 1 1.51 | +3.188 | +0.0103 | +0.003 | − 9 37 17.3 | −17.32 | +0.234 | 0.00 |
| 688 | B.A.C. 4700 | 5½ | 14 2 39.31 | +3.256 | +0.0137 | −0.005 | −15 35 28.6 | −17.31 | +0.243 | −0.06 |
| 689 | κ Virginis | 4½ | 14 4 54.01 | +3.195 | +0.0104 | +0.007 | − 9 34 24.1 | −17.14 | +0.241 | +0.01 |
| 690 | B.A.C. 4720 | 6½ | 14 6 32.93 | +3.120 | +0.0083 | −0.015 | − 5 14 54.2 | −17.06 | +0.240 | +0.02 |
| 691 | B.A.C. 4722 | 6 | 14 7 8.80 | +3.301 | +0.0150 | +0.008 | −17 29 52.2 | −17.06 | +0.253 | −0.01 |
| 692 | ι Virginis | 4 | 14 8 9.33 | +3.142 | +0.0083 | +0.006 | − 5 16 55.1 | −17.41 | +0.243 | −0.41 |
| 693 | B.A.C. 4739 | 6 | 14 10 20.41 | +3.305 | +0.0153 | | −18 1 5.4 | −16.90 | +0.260 | |
| 694 | λ Virginis | 4½ | 14 11 0.01 | +3.237 | +0.0121 | +0.004 | −12 40 41.0 | −16.84 | +0.255 | +0.03 |
| 695 | 2 Libræ | 6 | 14 15 21.65 | +3.217 | +0.0113 | +0.001 | −11 1 34.9 | −16.75 | +0.261 | −0.09 |
| 696 | 106 Virginis | 6 | 14 20 47.38 | +3.156 | +0.0089 | +0.001 | − 6 13 25.3 | −16.44 | +0.265 | −0.05 |
| 697 | 5 Libræ | 6 | 14 37 41.91 | +3.297 | +0.0134 | +0.002 | −14 49 27.9 | −15.52 | +0.305 | −0.03 |
| 698 | B.A.C. 4888 | 6½ | 14 40 39.54 | +3.448 | +0.0188 | | −23 37 23.6 | −15.33 | +0.324 | |
| 699 | α¹ Libræ | 6 | 14 42 23.90 | +3.307 | +0.0136 | −0.003 | −15 22 12.9 | −15.30 | +0.314 | −0.07 |
| 700 | α² Libræ | 2½ | 14 42 35.30 | +3.309 | +0.0136 | −0.002 | −15 24 54.8 | −15.29 | +0.315 | −0.07 |
| 701 | B.A.C. 4896 | 6 | 14 43 11.93 | +3.335 | +0.0146 | −0.005 | −17 9 46.2 | −15.35 | +0.318 | −0.17 |
| 702 | 12 Libræ | 6 | 14 45 38.02 | +3.467 | +0.0190 | +0.002 | −24 1 27.8 | −15.07 | +0.334 | −0.03 |
| 703 | ξ¹ Libræ | 6 | 14 46 14.60 | +3.245 | +0.0114 | −0.003 | −11 17 0.5 | −15.06 | +0.314 | −0.05 |
| 704 | ξ² Libræ | 6 | 14 48 38.12 | +3.245 | +0.0112 | +0.003 | −10 48 4.4 | −14.90 | +0.317 | −0.03 |
| 705 | B.A.C. 4923 | 6 | 14 48 42.76 | +3.478 | +0.0167 | +0.068 | −20 44 3.1 | −16.54 | +0.334 | −1.68 |
| 706 | 18 Libræ | 6½ | 14 50 47.37 | +3.239 | +0.0110 | 0.000 | −10 32 15.1 | −14.86 | +0.320 | −0.12 |
| 707 | 20 Libræ | 3½ | 14 55 18.10 | +3.496 | +0.0192 | 0.000 | −24 41 19.5 | −14.50 | +0.353 | −0.03 |
| 708 | ν¹ Libræ | 5 | 14 58 16.19 | +3.335 | +0.0135 | +0.001 | −15 40 16.8 | −14.32 | +0.341 | −0.03 |
| 709 | ν² Libræ | 6½ | 14 58 27.15 | +3.335 | +0.0136 | −0.003 | −15 53 59.0 | −14.29 | +0.342 | −0.01 |
| 710 | B.A.C. 4984 | 6 | 15 1 7.21 | +3.488 | +0.0180 | +0.006 | −23 24 27.5 | −14.15 | +0.361 | −0.04 |
| 711 | ι¹ Libræ | 4½ | 15 3 40.81 | +3.407 | +0.0153 | +0.002 | −19 13 13.0 | −13.97 | +0.357 | −0.02 |
| 712 | ι² Libræ | 6½ | 15 4 47.11 | +3.404 | +0.0152 | 0.000 | −19 4 30.2 | −13.78 | +0.358 | +0.10 |
| 713 | B.A.C. 5006 | 6 | 15 5 0.92 | +3.524 | +0.0194 | −0.010 | −25 37 36.0 | −13.71 | +0.372 | +0.16 |
| 714 | B.A.C. 5008 | 6½ | 15 5 6.45 | +3.257 | +0.0107 | +0.008 | −10 26 22.0 | −13.96 | +0.342 | −0.10 |
| 715 | B.A.C. 5023 | 6 | 15 7 41.81 | +3.453 | +0.0167 | −0.009 | −21 50 26.0 | −13.79 | +0.369 | −0.09 |
| 716 | 28 Libræ | 6 | 15 12 23.92 | +3.390 | +0.0141 | +0.003 | −17 36 36.2 | −13.46 | +0.368 | −0.07 |
| 717 | ο¹ Libræ | 6 | 15 12 38.61 | +3.343 | +0.0127 | +0.005 | −15 0 12.9 | −13.31 | +0.363 | +0.07 |
| 718 | ο² Libræ | 6 | 15 14 40.25 | +3.333 | +0.0125 | +0.001 | −14 35 41.6 | −13.24 | +0.365 | +0.01 |
| 719 | B.A.C. 5070 | 6 | 15 15 38.78 | +3.279 | +0.0111 | −0.003 | −11 49 49.5 | −13.27 | +0.361 | −0.09 |
| 720 | ζ¹ Libræ | 4 | 15 19 48.27 | +3.374 | +0.0130 | +0.006 | −16 11 22.9 | −12.94 | +0.376 | −0.04 |

| No. | Logarithms of a | b | c | d | a′ | b′ | c′ | d′ | No. B.A.C. | No. T.Y.C. |
|---|---|---|---|---|---|---|---|---|---|---|
| 661 | +0.4914 | +7.7261 | −8.8092 | −8.2536 | −1.2860 | +9.4282 | +9.6132 | +8.9007 | 4401 | 1049 |
| 662 | +0.5014 | +8.2464 | −8.8226 | −8.2807 | −1.2850 | +9.4409 | +9.5381 | +9.4066 | 4418 | 1052 |
| 663 | +0.5019 | +8.2241 | −8.8181 | −8.3140 | −1.2819 | +9.4756 | +9.5361 | +9.3856 | 4441 | |
| 664 | +0.4968 | +8.0389 | −8.8099 | −8.3060 | −1.2819 | +9.4757 | +9.5763 | +9.2087 | 4442 | |
| 665 | +0.4916 | +7.6593 | −8.8010 | −8.3352 | −1.2782 | +9.5101 | +9.6122 | +8.8342 | 4477 | |
| 666 | +0.4920 | +7.6831 | −8.8004 | −8.3419 | −1.2774 | +9.5168 | +9.6102 | +8.8579 | 4478 | |
| 667 | +0.4985 | +8.0615 | −8.8059 | −8.3508 | −1.2770 | +9.5197 | +9.5650 | +9.2304 | 4480 | 1061 |
| 668 | +0.5051 | +8.2579 | −8.8155 | −8.3651 | −1.2765 | +9.5239 | +9.5112 | +9.4167 | 4488 | |
| 669 | +0.5005 | +8.1224 | −8.8072 | −8.3612 | −1.2760 | +9.5278 | +9.5501 | +9.2890 | 4492 | |
| 670 | +0.5043 | +8.2312 | −8.8127 | −8.3706 | −1.2756 | +9.5312 | +9.5181 | +9.3918 | 4494 | 1065 |
| 671 | +0.4937 | +7.7759 | −8.7959 | −8.3811 | −1.2723 | +9.5552 | +9.5996 | +8.9500 | 4516 | 1070 |
| 672 | +0.5047 | +8.2089 | −8.8077 | −8.3967 | −1.2718 | +9.5585 | +9.5169 | +9.3708 | 4520 | |
| 673 | +0.4984 | +8.0118 | −8.7991 | −8.3894 | −1.2716 | +9.5596 | +9.5669 | +9.1820 | 4521 | 1072 |
| 674 | +0.5024 | +8.1358 | −8.8024 | −8.4017 | −1.2704 | +9.5675 | +9.5368 | +9.3015 | 4531 | |
| 675 | +0.4929 | +7.6998 | −8.7927 | −8.3976 | −1.2696 | +9.5723 | +9.6046 | +8.8744 | 4535 | |
| 676 | +0.4976 | +7.9312 | −8.7907 | −8.4277 | −1.2648 | +9.5996 | +9.5738 | +9.1031 | 4565 | 1082 |
| 677 | +0.5080 | +8.2250 | −8.8002 | −8.4509 | −1.2626 | +9.6111 | +9.4909 | +9.3852 | 4574 | |
| 678 | +0.5077 | +8.2118 | −8.7984 | −8.4547 | −1.2617 | +9.6157 | +9.4946 | +9.3728 | 4582 | |
| 679 | +0.5031 | +8.0981 | −8.7921 | −8.4505 | −1.2613 | +9.6175 | +9.5329 | +9.2651 | 4585 | 1091 |
| 680 | +0.5110 | +8.2701 | −8.8015 | −8.4665 | −1.2601 | +9.6230 | +9.4643 | +9.4265 | 4590 | |
| 681 | +0.4996 | +7.9793 | −8.7871 | −8.4523 | −1.2601 | +9.6231 | +9.5604 | +9.1500 | 4591 | 1093 |
| 682 | +0.4902 | +7.3428 | −8.7807 | −8.4538 | −1.2587 | +9.6296 | +9.6213 | +8.5186 | 4604 | |
| 683 | +0.5119 | +8.2753 | −8.8000 | −8.4771 | −1.2580 | +9.6329 | +9.4561 | +9.4311 | 4608 | 1102 |
| 684 | +0.5100 | +8.1701 | −8.7789 | −8.5242 | −1.2437 | +9.6867 | +9.4786 | +9.3326 | 4679 | |
| 685 | +0.5004 | +7.9204 | −8.7677 | −8.5219 | −1.2415 | +9.6935 | +9.5556 | +9.0921 | 4688 | 1122 |
| 686 | +0.5012 | +7.9422 | −8.7677 | −8.5238 | −1.2411 | +9.6950 | +9.5504 | +9.1133 | 4690 | |
| 687 | +0.5031 | +7.9895 | −8.7665 | −8.5324 | −1.2386 | +9.7023 | +9.5362 | +9.1595 | 4698 | |
| 688 | +0.5133 | +8.2042 | −8.7748 | −8.5478 | −1.2368 | +9.7076 | +9.4486 | +9.3640 | 4700 | |
| 689 | +0.5035 | +7.9830 | −8.7620 | −8.5447 | −1.2343 | +9.7147 | +9.5336 | +9.1530 | 4716 | 1131 |
| 690 | +0.4962 | +7.7172 | −8.7559 | −8.5455 | −1.2324 | +9.7198 | +9.5846 | +8.8914 | 4720 | |
| 691 | +0.5175 | +8.2520 | −8.7739 | −8.5661 | −1.2317 | +9.7216 | +9.4074 | +9.4075 | 4722 | |
| 692 | +0.4964 | +7.7181 | −8.7540 | −8.5504 | −1.2305 | +9.7247 | +9.5835 | +8.8923 | 4727 | 1135 |
| 693 | +0.5191 | +8.2618 | −8.7714 | −8.5770 | −1.2278 | +9.7312 | +9.3911 | +9.4160 | 4739 | |
| 694 | +0.5097 | +8.1008 | −8.7594 | −8.5678 | −1.2270 | +9.7332 | +9.4839 | +9.2662 | 4743 | 1146 |
| 695 | +0.5073 | +8.0330 | −8.7514 | −8.5778 | −1.2216 | +9.7458 | +9.5045 | +9.2010 | 4765 | 1151 |
| 696 | +0.4989 | +7.7739 | −8.7388 | −8.5872 | −1.2145 | +9.7607 | +9.5669 | +8.9474 | 4795 | |
| 697 | +0.5179 | +8.1345 | −8.7265 | −8.6414 | −1.1901 | +9.8028 | +9.4099 | +9.2959 | 4868 | 1181 |
| 698 | +0.5376 | +8.3481 | −8.7452 | −8.6715 | −1.1854 | +9.8096 | +9.1430 | +9.4862 | 4888 | |
| 699 | +0.5198 | +8.1435 | −8.7201 | −8.6532 | −1.1826 | +9.8134 | +9.3908 | +9.3037 | 4894 | 1191 |
| 700 | +0.5199 | +8.1445 | −8.7199 | −8.6537 | −1.1823 | +9.8139 | +9.3897 | +9.3047 | 4895 | 1192 |
| 701 | +0.5238 | +8.1927 | −8.7228 | −8.6589 | −1.1813 | +9.8152 | +9.3460 | +9.3490 | 4896 | |
| 702 | +0.5397 | +8.3481 | −8.7383 | −8.6837 | −1.1773 | +9.8205 | +9.1042 | +9.4848 | 4913 | |
| 703 | +0.5116 | +7.9980 | −8.7064 | −8.6542 | −1.1763 | +9.8218 | +9.4710 | +9.1656 | 4915 | |
| 704 | +0.5108 | +7.9744 | −8.7017 | −8.6585 | −1.1722 | +9.8269 | +9.4778 | +9.1428 | 4922 | 1201 |
| 705 | +0.5328 | +8.2719 | −8.7228 | −8.6800 | −1.1721 | +9.8270 | +9.2258 | +9.4189 | 4923 | 1202 |
| 706 | +0.5105 | +7.9507 | −8.6976 | −8.6626 | −1.1685 | +9.8313 | +9.4809 | +9.1284 | 4935 | |
| 707 | +0.5436 | +8.3446 | −8.7237 | −8.7059 | −1.1604 | +9.8404 | +9.0216 | +9.4791 | 4950 | 1212 |
| 708 | +0.5229 | +8.1247 | −8.6931 | −8.6865 | −1.1550 | +9.8462 | +9.3583 | +9.2843 | 4970 | |
| 709 | +0.5235 | +8.1309 | −8.6933 | −8.6874 | −1.1546 | +9.8465 | +9.3522 | +9.2901 | 4971 | |
| 710 | +0.5418 | +8.3077 | −8.7086 | −8.7128 | −1.1496 | +9.8516 | +9.0641 | +9.4464 | 4984 | |
| 711 | +0.5322 | +8.2087 | −8.6912 | −8.7052 | −1.1446 | +9.8564 | +9.2388 | +9.3598 | 4995 | 1225 |
| 712 | +0.5320 | +8.2030 | −8.6887 | −8.7068 | −1.1424 | +9.8584 | +9.2411 | +9.3545 | 5003 | |
| 713 | +0.5483 | +8.3446 | −8.7087 | −8.7277 | −1.1420 | +9.8588 | +8.8971 | +9.4758 | 5006 | |
| 714 | +0.5117 | +7.9289 | −8.6708 | −8.6901 | −1.1418 | +9.8590 | +9.4711 | +9.0977 | 5008 | |
| 715 | +0.5393 | +8.2612 | −8.6907 | −8.7199 | −1.1366 | +9.8636 | +9.1176 | +9.4050 | 5023 | |
| 716 | +0.5208 | +8.1502 | −8.6694 | −8.7165 | −1.1269 | +9.8718 | +9.2751 | +9.3054 | 5055 | 1238 |
| 717 | +0.5234 | +8.0762 | −8.6631 | −8.7111 | −1.1264 | +9.8722 | +9.3547 | +9.2372 | 5057 | 1239 |
| 718 | +0.5227 | +8.0594 | −8.6580 | −8.7137 | −1.1220 | +9.8756 | +9.3632 | +9.2212 | 5063 | |
| 719 | +0.5161 | +7.9627 | −8.6509 | −8.7104 | −1.1199 | +9.8772 | +9.4319 | +9.1205 | 5070 | |
| 720 | +0.5273 | +8.0953 | −8.6500 | −8.7254 | −1.1107 | +9.8839 | +9.3084 | +9.2538 | 5089 | 1251 |

| No. | Name. | Mag. | Mean Right Ascension 1850.0. | Annual Variation. | Secular Variation. | Proper Motion. | Mean Declination 1850.0. | Annual Variation. | Secular Variation. | Proper Motion. |
|---|---|---|---|---|---|---|---|---|---|---|
| | | | h m s | s | s | s | ° ′ ″ | ″ | ″ | ″ |
| 721 | ξ² Libræ | 7 | 15 21 6.31 | +3.382 | +0.0134 | −0.001 | −16 55 0.5 | −12.79 | +0.380 | +0.03 |
| 722 | B A.C. 5099 | 7 | 15 21 42.49 | +3.381 | +0.0133 | | −16 44 2.3 | −12.78 | +0.380 | |
| 723 | ξ³ Libræ | 6 | 15 22 13.21 | +3.372 | +0.0129 | +0.004 | −16 5 28.5 | −12.77 | +0.379 | −0.03 |
| 724 | B.A.C. 5109 | 6½ | 15 24 0.07 | +3.423 | +0.0144 | −0.000 | −19 9 16.5 | −12.70 | +0.389 | −0.08 |
| 725 | ζ⁴ Libræ | 6 | 15 24 27.24 | +3.380 | +0.0129 | +0.004 | −16 20 24.2 | −12.58 | +0.383 | +0.01 |
| 726 | γ Libræ | 4½ | 15 27 8.46 | +3.344 | +0.0118 | −0.006 | −14 17 6.7 | −12.39 | +0.383 | +0.02 |
| 727 | 41 Libræ | 6 | 15 30 16.87 | +3.443 | +0.0139 | +0.011 | −18 48 10.8 | −12.22 | +0.398 | −0.03 |
| 728 | 42 Libræ | 5½ | 15 31 25.36 | +3.531 | +0.0163 | +0.001 | −23 19 33.3 | −12.11 | +0.410 | 0.00 |
| 729 | κ Libræ | 5 | 15 33 18.74 | +3.445 | +0.0140 | +0.001 | −19 11 18.2 | −12.06 | +0.403 | −0.08 |
| 730 | η Libræ | 6 | 15 35 38.48 | +3.371 | +0.0118 | +0.007 | −15 11 27.0 | −11.86 | +0.397 | −0.05 |
| 731 | B.A.C. 5197 | 6 | 15 36 54.91 | +3.559 | +0.0165 | | −24 14 21.0 | −11.73 | +0.421 | |
| 732 | b Scorpii | 5 | 15 41 58.00 | +3.592 | +0.0167 | +0.001 | −25 17 26.3 | −11.40 | +0.432 | −0.04 |
| 733 | A Scorpii | 5 | 15 44 37.01 | +3.587 | +0.0163 | +0.001 | −24 52 29.2 | −11.19 | +0.434 | −0.02 |
| 734 | λ Libræ | 6 | 15 44 38.15 | +3.471 | +0.0135 | +0.002 | −19 42 50.7 | −11.19 | +0.420 | −0.02 |
| 735 | B.A.C. 5253 | 6 | 15 44 56.77 | +3.560 | +0.0158 | +0.002 | −24 4 54.3 | −11.15 | +0.433 | 0.00 |
| 736 | B.A.C. 5254 | 6 | 15 45 0.90 | +3.556 | +0.0155 | +0.001 | −23 31 32.1 | −11.14 | +0.431 | 0.00 |
| 737 | B.A.C. 5255 | 6 | 15 45 12.19 | +3.588 | +0.0163 | | −24 57 37.5 | −11.13 | +0.435 | |
| 738 | θ Libræ | 4½ | 15 45 17.47 | +3.410 | +0.0118 | +0.014 | −16 17 5.3 | −10.99 | +0.412 | +0.13 |
| 739 | 3 Scorpii | 6 | 15 45 39.69 | +3.588 | +0.0162 | +0.003 | −24 47 42.1 | −11.28 | +0.436 | −0.19 |
| 740 | 4 Scorpii | 6 | 15 46 26.74 | +3.612 | +0.0167 | +0.001 | −25 49 11.5 | −11.18 | +0.440 | −0.14 |
| 741 | B.A.C. 5281 | 6 | 15 49 14.12 | +3.492 | +0.0136 | | −20 32 30.1 | −10.83 | +0.429 | |
| 742 | B.A.C. 5286 | 6½ | 15 49 15.65 | +6.582 | +0.0156 | | −24 23 37.8 | −10.81 | +0.440 | |
| 743 | π Scorpii | 3 | 15 49 47.14 | +3.615 | +0.0164 | +0.003 | −25 40 39.2 | −10.85 | +0.444 | −0.06 |
| 744 | 48 Libræ | 4½ | 15 49 47.75 | +3.349 | +0.0106 | +0.001 | −13 50 32.5 | −10.78 | +0.412 | +0.01 |
| 745 | 49 Libræ | 5½ | 15 51 54.72 | +3 357 | +0.0114 | −0.041 | −16 5 13.9 | −10.99 | +0.420 | −0.36 |
| 746 | B.A.C. 5314 | 6 | 15 54 17.35 | +3.607 | +0.0158 | −0.006 | −25 26 34.7 | −10.59 | +0.450 | −0.13 |
| 747 | β¹ Scorpii | 2 | 15 56 43.31 | +3.478 | +0.0125 | +0.003 | −19 23 26.2 | −10.30 | +0.435 | −0.02 |
| 748 | β² Scorpii | 5½ | 15 56 43.83 | +3.470 | +0.0125 | −0.005 | −19 23 13.3 | −10.36 | +0.435 | −0.09 |
| 749 | B.A.C. 5335 | 6½ | 15 57 10.28 | +3.563 | +0.0144 | | −23 11 33.9 | −10.24 | +0.447 | |
| 750 | ω¹ Scorpii | 4½ | 15 58 2.51 | +3.502 | +0.0129 | +0.006 | −20 15 27.2 | −10.17 | +0.439 | +0.01 |
| 751 | ω² Scorpii | 4½ | 15 58 36.90 | +3.508 | +0.0129 | +0.007 | −20 27 31.1 | −10.15 | +0.441 | −0.02 |
| 752 | B.A.C. 5347 | 5 | 15 58 59.55 | +3.642 | +0.0156 | +0.010 | −25 55 13.3 | −10.17 | +0.458 | −0.07 |
| 753 | B.A.C. 5354 | 6½ | 15 59 46.77 | +3.560 | +0.0142 | | −23 16 47.7 | −10.04 | +0.451 | |
| 754 | c¹ Scorpii | 6 | 16 3 0.44 | +3.692 | +0.0164 | +0.001 | −28 1 17.1 | − 9.84 | +0.470 | −0.04 |
| 755 | c² Scorpii | 5 | 16 3 4.47 | +3.689 | +0.0161 | +0.010 | −27 31 55.1 | − 9.80 | +0.468 | −0.01 |
| 756 | ν¹ Scorpii | 7 | 16 3 16.01 | +3.482 | +0.0119 | +0.008 | −19 3 21.9 | − 9.89 | +0.442 | −0.11 |
| 757 | ν² Scorpii | 4 | 16 3 17 04 | +3.478 | +0.0119 | +0.004 | −19 3 58.7 | − 9.75 | +0.442 | +0.03 |
| 758 | B.A.C. 5395 | 6 | 16 4 51.94 | +3.519 | +0.0126 | −0.002 | −21 0 46.6 | − 9.71 | +0.450 | −0.05 |
| 759 | B.A.C. 5408 | 6½ | 16 6 0.40 | +3.456 | +0.0113 | | −18 8 37.1 | − 9.57 | +0.443 | |
| 760 | B.A.C. 5429 | 5½ | 16 9 0.37 | +3.703 | +0.0150 | −0.003 | −28 14 8.4 | − 9.53 | +0.478 | −0.19 |
| 761 | 19 Scorpii | 5½ | 16 11 37.11 | +3.596 | +0.0133 | 0.000 | −23 48 6.0 | − 9.15 | +0.467 | −0.02 |
| 762 | σ Scorpii | 3½ | 16 12 4.71 | +3.634 | +0.0139 | +0.002 | −25 13 40.0 | − 9.10 | +0.470 | 0.00 |
| 763 | B.A.C. 5464 | 6 | 16 15 15.15 | +3.753 | +0.0158 | +0.008 | −29 20 53.7 | − 9.02 | +0.490 | −0.17 |
| 764 | ψ Ophiuchi | 5 | 16 15 19.86 | +3.501 | +0.0112 | +0.001 | −19 40 53.4 | − 8.90 | +0.458 | −0.06 |
| 765 | ρ Ophiuchi | 5 | 16 16 35.90 | +3 586 | +0.0125 | +0.002 | −23 5 44.8 | − 8.72 | +0.470 | +0.02 |
| 766 | χ Ophiuchi | 6 | 16 18 20.16 | +3.468 | +0.0103 | +0.002 | −18 6 40.2 | − 8.60 | +0.457 | +0.01 |
| 767 | υ Ophiuchi | 1½ | 16 20 13.03 | +3.668 | +0.0136 | +0.004 | −26 5 38.9 | − 8.49 | +0.485 | −0.03 |
| 768 | 22 Scorpii | 5 | 16 21 6.05 | +3.635 | +0.0128 | +0.004 | −24 46 44.8 | − 8.40 | +0.481 | −0.01 |
| 769 | φ Ophiuchi | 5 | 16 22 33.61 | +3.430 | +0.0093 | +0.004 | −16 16 50.0 | − 8.30 | +0.455 | −0.03 |
| 770 | ω Ophiuchi | 5 | 16 23 15.10 | +3.546 | +0.0111 | +0.004 | −21 8 28.2 | − 8.14 | +0.471 | +0.08 |
| 771 | τ Scorpii | 3½ | 16 26 33.16 | +3.725 | +0.0137 | +0.005 | −27 53 58.4 | − 7.94 | +0.498 | +0.01 |
| 772 | 24 Scorpii | 5 | 16 32 54.17 | +3.461 | +0.0088 | 0.000 | −17 26 48.8 | − 7.41 | +0.460 | +0.03 |
| 773 | B.A.C. 5603 | 6½ | 16 35 37.69 | +3.734 | +0.0126 | −0.006 | −28 13 28.7 | − 7.22 | +0.509 | 0.00 |
| 774 | 25 Scorpii | 6 | 16 37 40.73 | +3.667 | +0.0111 | +0.006 | −25 15 3.5 | − 7.29 | +0.500 | −0.24 |
| 775 | 18 Ophiuchi | 6 | 16 40 36.81 | +3.639 | +0.0104 | −0.001 | −24 22 11.5 | − 6.83 | +0.490 | −0.02 |
| 776 | B.A.C. 5641 | 6½ | 16 42 12.71 | +3.647 | +0.0103 | | −24 34 15.2 | − 6.68 | +0.502 | |
| 777 | B.A.C. 5663 | 6½ | 16 44 34.11 | +3.526 | +0.0086 | −0.009 | −20 9 41.1 | − 6.63 | +0.488 | −0.15 |
| 778 | 22 Ophiuchi | 6½ | 16 45 47.28 | +3.617 | +0.0094 | +0.002 | −23 15 36.6 | − 6.43 | +0.500 | −0.05 |
| 779 | B.A.C. 5695 | 6 | 16 47 22.63 | +3.457 | +0.0073 | +0.000 | −16 33 41.5 | − 6.15 | +0.478 | +0.10 |
| 780 | 24 Ophiuchi | 6½ | 16 47 45.68 | +3.611 | +0.0091 | +0.003 | −22 54 24.1 | − 6.29 | +0.500 | −0.07 |

| No. | Logarithms of a | b | c | d | a′ | b′ | c′ | d′ | No. B.A.C. | No. T.Y.C. |
|---|---|---|---|---|---|---|---|---|---|---|
| 721 | +0.5294 | +8.1126 | −8.6487 | −8.7291 | −1.1078 | +9.8860 | +9.2819 | +9.2695 | 5096 | 1254 |
| 722 | +0.5290 | +8.1062 | −8.6469 | −8.7296 | −1.1064 | +9.8870 | +9.2869 | +9.2635 | 5099 | 1256 |
| 723 | +0.5274 | +8.0870 | −8.6443 | −8.7290 | −1.1052 | +9.8878 | +9.3075 | +9.2458 | 5100 | |
| 724 | +0.5355 | +8.1636 | −8.6475 | −8.7392 | −1.1011 | +9.8905 | +9.1901 | +9.3149 | 5109 | |
| 725 | +0.5284 | +8.0888 | −8.6396 | −8.7330 | −1.1000 | +9.8912 | +9.2954 | +9.2470 | 5112 | 1260 |
| 726 | +0.5235 | +8.0212 | −8.6290 | −8.7328 | −1.0936 | +9.8953 | +9.3553 | +9.1837 | 5134 | 1264 |
| 727 | +0.5356 | +8.1397 | −8.6315 | −8.7476 | −1.0860 | +9.8999 | +9.1901 | +9.2920 | 5161 | 1274 |
| 728 | +0.5478 | +8.2395 | −8.6419 | −8.7625 | −1.0831 | +9.9015 | +8.9186 | +9.3786 | 5166 | 1276 |
| 729 | +0.5370 | +8.1416 | −8.6249 | −8.7529 | −1.0784 | +9.9042 | +9.1652 | +9.2929 | 5176 | 1279 |
| 730 | +0.5269 | +8.0278 | −8.6095 | −8.7468 | −1.0724 | +9.9075 | +9.3162 | +9.1885 | 5190 | 1283 |
| 731 | +0.5513 | +8.2443 | −8.6309 | −8.7732 | −1.0691 | +9.9092 | +8.7966 | +9.3803 | 5197 | |
| 732 | +0.5552 | +8.2515 | −8.6209 | −8.7836 | −1.0554 | +9.9160 | +8.6064 | +9.3839 | 5232 | 1291 |
| 733 | +0.5546 | +8.2359 | −8.6120 | −8.7856 | −1.0480 | +9.9194 | +8.6464 | +9.3697 | 5250 | 1295 |
| 734 | +0.5401 | +8.1240 | −8.5959 | −8.7695 | −1.0480 | +9.9194 | +9.1082 | +9.2738 | 5251 | 1296 |
| 735 | +0.5524 | +8.2190 | −8.6083 | −8.7832 | −1.0471 | +9.9198 | +8.7559 | +9.3556 | 5253 | 1297 |
| 736 | +0.5508 | +8.2074 | −8.6063 | −8.7815 | −1.0469 | +9.9199 | +8.8195 | +9.3459 | 5254 | |
| 737 | +0.5549 | +8.2360 | −8.6107 | −8.7866 | −1.0464 | +9.9201 | +8.6263 | +9.3695 | 5255 | |
| 738 | +0.5309 | +8.0334 | −8.5856 | −8.7619 | −1.0461 | +9.9202 | +9.2629 | +9.1917 | 5257 | 1298 |
| 739 | +0.5545 | +8.2314 | −8.6088 | −8.7866 | −1.0451 | +9.9207 | +8.6484 | +9.3655 | 5260 | 1299 |
| 740 | +0.5576 | +8.2492 | −8.6102 | −8.7913 | −1.0428 | +9.9217 | +8.4298 | +9.3796 | 5265 | 1301 |
| 741 | +0.5431 | +8.1301 | −8.5849 | −8.7775 | −1.0347 | +9.9251 | +9.0457 | +9.2777 | 5281 | |
| 742 | +0.5541 | +8.2121 | −8.5960 | −8.7901 | −1.0336 | +9.9255 | +8.6730 | +9.3475 | 5286 | |
| 743 | +0.5578 | +8.2367 | −8.5999 | −8.7948 | −1.0331 | +9.9258 | +8.4133 | +9.3676 | 5289 | 1307 |
| 744 | +0.5248 | +7.9464 | −8.5675 | −8.7625 | −1.0330 | +9.9258 | +9.3418 | +9.1697 | 5290 | 1308 |
| 745 | +0.5312 | +8.0084 | −8.5657 | −8.7696 | −1.0267 | +9.9283 | +9.2603 | +9.1671 | 5304 | 1313 |
| 746 | +0.5579 | +8.2185 | −8.5854 | −8.7993 | −1.0194 | +9.9311 | +8.4031 | +9.3503 | 5314 | |
| 747 | +0.5409 | +8.0800 | −8.5588 | −8.7832 | −1.0118 | +9.9339 | +9.0941 | +9.2307 | 5329 | 1318 |
| 748 | +0.5409 | +8.0799 | −8.5588 | −8.7832 | −1.0118 | +9.9339 | +9.0945 | +9.2306 | 5330 | 1319 |
| 749 | +0.5518 | +8.1641 | −8.5687 | −8.7949 | −1.0104 | +9.9344 | +8.7796 | +9.3035 | 5335 | |
| 750 | +0.5436 | +8.0964 | −8.5570 | −8.7870 | −1.0076 | +9.9354 | +9.0362 | +9.2447 | 5337 | |
| 751 | +0.5442 | +8.0992 | −8.5557 | −8.7882 | −1.0057 | +9.9360 | +9.0212 | +9.2470 | 5342 | 1324 |
| 752 | +0.5601 | +8.2128 | −8.5722 | −8.8064 | −1.0045 | +9.9364 | +8.1038 | +9.3429 | 5347 | |
| 753 | +0.5525 | +8.1575 | −8.5605 | −8.7981 | −1.0019 | +9.9373 | +8.7513 | +9.2[illegible]67 | 5354 | |
| 754 | +0.5672 | +8.2389 | −8.5670 | −8.8188 | −0.9912 | +9.9408 | −8.4281 | +9.3609 | 5380 | |
| 755 | +0.5657 | +8.2207 | −8.5648 | −8.8170 | −0.0000 | +9.9408 | −8.2695 | +9.3536 | 5381 | 1329 |
| 756 | +0.5408 | +8.0503 | −8.5364 | −8.7895 | −0.9902 | +9.9411 | +9.0973 | +9.2019 | 5383 | 1330 |
| 757 | +0.5408 | +8.0505 | −8.5364 | −8.7895 | −0.9902 | +9.9411 | +9.0969 | +9.2021 | 5382 | 1331 |
| 758 | +0.5466 | +8.0910 | −8.5364 | −8.7965 | −0.9848 | +9.9427 | +8.9581 | +9.2372 | 5395 | |
| 759 | +0.5385 | +8.0180 | −8.5247 | −8.7900 | −0.9809 | +9.9439 | +9.1421 | +9.1720 | 5408 | |
| 760 | +0.5689 | +8.2219 | −8.5469 | −8.8259 | −0.9702 | +9.9469 | −8.5611 | +9.3430 | 5429 | |
| 761 | +0.5558 | +8.1269 | −8.5210 | −8.8120 | −0.9607 | +9.9495 | +8.5775 | +9.2644 | 5445 | |
| 762 | +0.5602 | +8.1538 | −8.5242 | −8.8174 | −0.9590 | +9.9500 | +8.1072 | +9.2864 | 5447 | 1346 |
| 763 | +0.5735 | +8.2186 | −8.5283 | −8.8365 | −0.9470 | +9.9530 | −8.7889 | +9.3350 | 5464 | |
| 764 | +0.5440 | +8.0218 | −8.4945 | −8.8031 | −0.9467 | +9.9530 | +9.0265 | +9.1718 | 5467 | 1349 |
| 765 | +0.5543 | +8.0933 | −8.4997 | −8.8144 | +0.9417 | +9.9542 | +8.6646 | +9.2331 | 5477 | |
| 766 | +0.5398 | +7.9712 | −8.4786 | −8.8018 | −0.9349 | +9.9558 | +9.1196 | +9.1252 | 5489 | 1354 |
| 767 | +0.5640 | +8.1390 | −8.4957 | −8.8281 | −0.9273 | +9.9575 | −7.9500 | +9.2684 | 5498 | 1356 |
| 768 | +0.5691 | +8.1097 | −8.4873 | −8.8241 | −0.9237 | +9.9582 | +8.1239 | +9.2438 | 5501 | 1358 |
| 769 | +0.5348 | +7.9048 | −8.4571 | −8.8012 | −0.9176 | +9.9595 | +9.2074 | +9.0631 | 5516 | 1365 |
| 770 | +0.5493 | +8.0237 | −8.4667 | −8.8143 | −0.9147 | +9.9601 | +8.8797 | +9.1696 | 5519 | 1366 |
| 771 | +0.5706 | +8.1460 | −8.4759 | −8.8404 | −0.9005 | +9.9629 | −8.6637 | +9.2684 | 5539 | 1371 |
| 772 | +0.5392 | +7.8905 | −8.4137 | −8.8122 | −0.8715 | +9.9679 | +9.1323 | +9.0462 | 5579 | 1386 |
| 773 | +0.5729 | +8.1099 | −8.4351 | −8.8488 | −0.8584 | +9.9699 | −8.7604 | +9.2310 | 5603 | |
| 774 | +0.5636 | +8.0435 | −8.4135 | −8.8389 | −0.8482 | +9.9714 | −7.8389 | +9.1760 | 5614 | 1394 |
| 775 | +0.5611 | +8.0109 | −8.3953 | −8.8379 | −0.8331 | +9.9734 | +7.8573 | +9.1464 | 5633 | |
| 776 | +0.5619 | +8.0064 | −8.3875 | −8.8396 | −0.8246 | +9.9745 | +7.4150 | +9.1412 | 5641 | |
| 777 | +0.5484 | +7.8983 | −8.3609 | −8.8274 | −0.8117 | +9.9760 | +8.9096 | +9.0469 | 5663 | |
| 778 | +0.5582 | +7.9599 | −8.3634 | −8.8376 | −0.8049 | +9.9768 | +8.3856 | +9.0992 | 5680 | |
| 779 | +0.5376 | +7.7908 | −8.3359 | −8.8201 | −0.7958 | +9.9778 | +9.1617 | +8.9485 | 5695 | |
| 780 | +0.5572 | +7.9412 | −8.3510 | −8.8376 | −0.7936 | +9.9781 | +8.4713 | +9.0816 | 5698 | |

| No. | Name. | Mag. | Mean Right Ascension 1850.0. | Annual Variation. | Secular Variation. | Proper Motion. | Mean Declination 1850.0 | Annual Variation. | Secular Variation. | Proper Motion. |
|---|---|---|---|---|---|---|---|---|---|---|
| | | | h m s | s | s | s | ° ′ ″ | ″ | ″ | ″ |
| 781 | B.A.C. 5700 | 6½ | 16 48 15.32 | +3.510 | +0.0080 | −0.006 | −19 17 50.7 | −6.21 | +0.488 | −0.03 |
| 782 | B.A.C. 5709 | 6 | 16 50 46.88 | +3.662 | +0.0094 | 0.000 | −24 51 39.0 | −6.13 | +0.510 | −0.16 |
| 783 | 26 Ophiuchi | 6 | 16 50 58.60 | +3.660 | +0.0094 | +0.001 | −24 45 23.0 | −6.09 | +0.510 | −0.14 |
| 784 | 29 Ophiuchi | 6 | 16 53 4.98 | +3.502 | +0.0073 | −0.001 | −18 39 32.0 | −5.76 | +0.485 | +0.01 |
| 785 | B.A.C. 5758 | 6 | 16 57 14.76 | +3.575 | +0.0076 | +0.001 | −21 21 2.4 | −5.50 | +0.502 | −0.08 |
| 786 | B.A.C. 5768 | 6½ | 16 59 12.63 | +3.821 | +0.0101 | | −30 11 26.7 | −5.26 | +0.538 | |
| 787 | B.A.C. 5771 | 6½ | 16 59 32.46 | +3.472 | +0.0064 | −0.003 | −17 24 25.7 | −5.38 | +0.489 | −0.15 |
| 788 | η Ophiuchi | 2½ | 17 1 46.75 | +3.435 | +0.0057 | +0.005 | −15 32 2.4 | −4.92 | +0.484 | +0.12 |
| 789 | 29 Scorpii | 6½ | 17 4 53.94 | +3.725 | +0.0082 | −0.002 | −26 47 56.7 | −4.90 | +0.528 | −0.12 |
| 790 | $A^1$ Ophiuchi | 5½ | 17 6 7.65 | +3.683 | +0.0079 | −0.032 | −26 22 37.3 | −5.81 | +0.527 | −1.14 |
| 791 | $A^2$ Ophiuchi | 6 | 17 6 7.87 | +3.683 | +0.0079 | −0.032 | −26 22 33.5 | −5.81 | +0.527 | −1.14 |
| 792 | B.A.C. 5809 | 6½ | 17 6 16.94 | +3.822 | +0.0089 | | −30 1 51.7 | −4.66 | +0.542 | |
| 793 | 38 Ophiuchi | 6½ | 17 8 20.60 | +3.718 | +0.0075 | −0.001 | −26 27 28.4 | −4.57 | +0.529 | −0.09 |
| 794 | 39 Ophiuchi | 6 | 17 8 52.05 | +3.654 | +0.0069 | 0.000 | −24 7 5.2 | −4.44 | +0.520 | 0.00 |
| 795 | B.A.C. 5831 | 6 | 17 8 57.63 | +3.657 | +0.0069 | +0.008 | −23 54 7.3 | −4.55 | +0.519 | −0.12 |
| 796 | B.A.C. 5839 | 6½ | 17 11 9.55 | +3.486 | +0.0053 | +0.001 | −17 35 40.6 | −4.27 | +0.497 | −0.03 |
| 797 | ξ Ophiuchi | 5 | 17 12 1.04 | +3.592 | +0.0058 | +0.021 | −20 56 47.9 | −4.36 | +0.510 | −0.19 |
| 798 | θ Ophiuchi | 3½ | 17 12 47.98 | +3.670 | +0.0066 | +0.003 | −24 50 39.4 | −4.15 | +0.525 | −0.05 |
| 799 | 43 Ophiuchi | 6 | 17 13 55.54 | +3.770 | +0.0072 | +0.003 | −27 59 26.4 | −4.01 | +0.538 | 0.00 |
| 800 | B.A.C. 5866 | 6 | 17 15 43.78 | +3.571 | +0.0054 | −0.011 | −21 17 46.1 | −3.93 | +0.513 | −0.08 |
| 801 | *b* Ophiuchi | 5 | 17 17 12.69 | +3.660 | +0.0057 | +0.004 | −24 1 54.4 | −3.80 | +0.524 | −0.08 |
| 802 | *d* Ophiuchi | 4 | 17 17 46.77 | +3.819 | +0.0070 | −0.002 | −29 43 32.9 | −3.87 | +0.548 | −0.20 |
| 803 | B.A.C. 5884 | 6½ | 17 18 4.07 | +3.821 | +0.0069 | +0.004 | −29 35 33.3 | −4.01 | +0.547 | −0.36 |
| 804 | $c^2$ Ophiuchi | 5 | 17 22 15.92 | +3.660 | +0.0051 | +0.007 | −23 50 27.5 | −3.31 | +0.526 | −0.02 |
| 805 | B.A.C. 5909 | 6½ | 17 22 25.71 | +3.717 | +0.0055 | −0.001 | −26 8 58.0 | −3.36 | +0.535 | −0.09 |
| 806 | B.A.C. 5948 | 6½ | 17 28 59.87 | +3.428 | +0.0031 | −0.009 | −15 28 28.3 | −2.78 | +0.497 | −0.07 |
| 807 | ξ Serpentis | 3½ | 17 28 59.96 | +3.433 | +0.0031 | 0.000 | −15 17 55.9 | −2.75 | +0.496 | −0.05 |
| 808 | B.A.C. 5954 | 6 | 17 29 44.27 | +3.603 | +0.0038 | +0.002 | −21 49 3.5 | −2.56 | +0.521 | +0.08 |
| 809 | 58 Ophiuchi | 5 | 17 34 26.60 | +3.594 | +0.0032 | −0.003 | −21 36 16.5 | −2.16 | +0.521 | +0.07 |
| 810 | 3 Sagittarii | 5 | 17 38 7.11 | +3.767 | +0.0034 | −0.004 | −27 46 4.6 | −1.91 | +0.548 | 0.00 |
| 811 | B.A.C. 6024 | 6½ | 17 40 58.34 | +3.751 | +0.0029 | +0.001 | −27 0 25.9 | −1.69 | +0.545 | −0.03 |
| 812 | 63 Ophiuchi | 6½ | 17 45 40.33 | +3.693 | +0.0020 | +0.004 | −24 51 12.1 | −1.42 | +0.537 | −0.17 |
| 813 | B.A.C. 6060 | 6½ | 17 47 5.71 | +3.518 | +0.0015 | −0.006 | −18 46 10.7 | −1.15 | +0.513 | −0.62 |
| 814 | B.A.C. 6063 | 6½ | 17 47 14.76 | +3.782 | +0.0020 | | −28 2 13.6 | −1.12 | +0.551 | |
| 815 | B.A.C. 6065 | 6 | 17 47 41.34 | +3.442 | +0.0013 | −0.006 | −15 46 54.6 | −1.27 | +0.502 | −0.19 |
| 816 | B.A.C. 6072 | 6½ | 17 49 7.89 | +3.803 | +0.0018 | | −28 43 57.8 | −0.95 | +0.554 | |
| 817 | B.A.C. 6074 | 5 | 17 49 27.22 | +3.852 | +0.0018 | +0.003 | −30 13 55.7 | −1.00 | +0.561 | −0.08 |
| 818 | 4 Sagittarii | 5 | 17 50 38.11 | +3.661 | +0.0012 | +0.001 | −23 47 48.3 | −0.83 | +0.533 | −0.01 |
| 819 | B.A.C. 6081 | 6½ | 17 51 4.84 | +3.564 | +0.0011 | −0.001 | −20 19 25.6 | −0.92 | +0.520 | −0.14 |
| 820 | 6 Sagittarii | 6 | 17 52 40.26 | +3.482 | +0.0008 | −0.001 | −17 8 44.8 | −0.64 | +0.508 | 0.00 |
| 821 | B.A.C. 6088 | 6 | 17 52 40.21 | +3.628 | +0.0010 | −0.004 | −22 46 16.1 | −0.71 | +0.529 | −0.08 |
| 822 | 7 Sagittarii | 6 | 17 53 39.58 | +3.672 | +0.0008 | −0.001 | −24 16 33.4 | −0.58 | +0.536 | −0.02 |
| 823 | B.A.C. 6098 | 6 | 17 53 40.39 | +3.574 | +0.0008 | −0.003 | −20 43 52.8 | −0.70 | +0.521 | −0.15 |
| 824 | 9 Sagittarii | 4½ | 17 54 40.59 | +3.676 | +0.0008 | 0.000 | −24 21 20.2 | −0.48 | +0.536 | −0.01 |
| 825 | $\gamma^1$ Sagittarii | 4 | 17 55 26.54 | +3.840 | +0.0007 | +0.011 | −29 34 53.0 | −0.48 | +0.558 | −0.08 |
| 826 | $\gamma^2$ Sagittarii | 3½ | 17 56 10.56 | +3.858 | +0.0007 | +0.002 | −30 25 12.4 | −0.57 | +0.562 | −0.23 |
| 827 | B.A.C. 6120 | 6½ | 17 57 17.17 | +3.808 | +0.0004 | +0.015 | −28 22 8.2 | −0.18 | +0.553 | +0.16 |
| 828 | B.A.C. 6127 | 5 | 17 58 34.97 | +3.795 | +0.0002 | −0.001 | −28 28 2.9 | −0.23 | +0.554 | −0.11 |
| 829 | B.A.C. 6145 | 6 | 18 0 25.57 | +3.867 | +0.0000 | +0.001 | −30 44 51.7 | −0.09 | +0.564 | −0.13 |
| 830 | B.A.C. 6161 | 6 | 18 2 34.11 | +3.658 | −0.0004 | 0.000 | −23 43 31.1 | +0.16 | +0.534 | −0.07 |
| 831 | $\mu^1$ Sagittarii | 4 | 18 4 47.56 | +3.587 | −0.0006 | +0.001 | −21 5 33.9 | +0.43 | +0.523 | +0.01 |
| 832 | 15 Sagittarii | 5 | 18 6 15.86 | +3.578 | −0.0008 | +0.001 | −20 46 5.3 | +0.59 | +0.522 | +0.04 |
| 833 | 16 Sagittarii | 6 | 18 6 17.63 | +3.574 | −0.0008 | +0.006 | −20 25 38.7 | +0.58 | +0.520 | −0.03 |
| 834 | B.A.C. 6190 | 6½ | 18 7 52.87 | +3.802 | −0.0013 | | −28 41 44.8 | +0.69 | +0.554 | |
| 835 | B.A.C. 6191 | 6½ | 18 7 53.63 | +3.805 | −0.0013 | +0.014 | −28 19 43.0 | +0.50 | +0.553 | −0.19 |
| 836 | B.A.C. 6194 | 5½ | 18 8 30.99 | +3.759 | −0.0013 | +0.005 | −27 5 29.8 | +0.70 | +0.547 | −0.06 |
| 837 | δ Sagittarii | 3½ | 18 11 23.43 | +3.842 | −0.0020 | +0.004 | −29 53 10.5 | +0.94 | +0.559 | −0.06 |
| 838 | B.A.C. 6210 | 6 | 18 11 30.76 | +3.458 | −0.0012 | +0.007 | −15 53 17.7 | +1.01 | +0.503 | |
| 839 | B.A.C. 6217 | 6½ | 18 12 17.56 | +3.693 | −0.0017 | | −24 58 33.1 | +1.08 | +0.538 | |
| 840 | B.A.C. 6220 | 6½ | 18 12 30.77 | +3.795 | −0.0020 | | −28 29 43.7 | +1.09 | +0.553 | |

| No. | Logarithms of a | b | c | d | a′ | b′ | c′ | d′ | No. B.A.C. | No. T.Y.C. |
|---|---|---|---|---|---|---|---|---|---|---|
| 781 | +0.5461 | +7.8567 | −8.3275 | −8.8274 | −0.7907 | +9.9784 | +8.9786 | +9.0076 | 5700 | |
| 782 | +0.5637 | +7.9632 | −8.3395 | −8.8460 | −0.7756 | +9.9799 | −7.8865 | +9.0971 | 5709 | |
| 783 | +0.5634 | +7.9600 | −8.3380 | −8.8458 | −0.7745 | +9.9800 | −7.7634 | +9.0942 | 5711 | |
| 784 | +0.5444 | +7.8116 | −8.3065 | −8.8286 | −0.7614 | +9.9812 | +9.0204 | +8.9642 | 5723 | |
| 785 | +0.5531 | +7.8480 | −8.2868 | −8.8383 | −0.7342 | +9.9835 | +8.7300 | +8.9932 | 5758 | |
| 786 | +0.5822 | +8.0072 | −8.3058 | −8.8718 | −0.7208 | +9.9845 | −9.0422 | +9.1200 | 5768 | |
| 787 | +0.5410 | +7.7364 | −8.2605 | −8.8290 | −0.7185 | +9.9847 | +9.0980 | +8.8921 | 5771 | |
| 788 | +0.5353 | +7.6681 | −8.2403 | −8.8259 | −0.7024 | +9.9858 | +9.2011 | +8.8280 | 5781 | 1442 |
| 789 | +0.5713 | +7.9041 | −8.2501 | −8.8606 | −0.6790 | +9.9873 | −8.7042 | +9.0308 | 5800 | 1450 |
| 790 | +0.5700 | +7.8864 | −8.2388 | −8.8595 | −0.6694 | +9.9879 | −8.6365 | +9.0148 | 5808 | 1452 |
| 791 | +0.5700 | +7.8864 | −8.2388 | −8.8595 | −0.6694 | +9.9879 | −8.6365 | +9.0148 | 5808 | 1453 |
| 792 | +0.5823 | +7.9518 | −8.2525 | −8.8744 | −0.6682 | +9.9880 | −9.0453 | +9.0653 | 5809 | |
| 793 | +0.5704 | +7.8701 | −8.2212 | −8.8608 | −0.6515 | +9.9889 | −8.6609 | +8.9981 | 5822 | |
| 794 | +0.5628 | +7.8198 | −8.2085 | −8.8527 | −0.6471 | +9.9891 | −7.3802 | +8.9562 | 5827 | 1463 |
| 795 | +0.5621 | +7.8146 | −8.2070 | −8.8520 | −0.6463 | +9.9891 | +7.1761 | +8.9517 | 5831 | 1465 |
| 796 | +0.5422 | +7.6504 | −8.1700 | −8.8348 | −0.6275 | +9.9901 | +9.0730 | +8.8057 | 5839 | 1467 |
| 797 | +0.5528 | +7.7246 | −8.1713 | −8.8440 | −0.6199 | +9.9904 | +8.7451 | +8.8710 | 5844 | 1471 |
| 798 | +0.5655 | +7.8002 | −8.1768 | −8.8568 | −0.6129 | +9.9907 | −8.2430 | +8.9341 | 5851 | 1474 |
| 799 | +0.5760 | +7.8498 | −8.1783 | −8.8691 | −0.6026 | +9.9912 | −8.8848 | +8.9718 | 5857 | |
| 800 | +0.5541 | +7.6980 | −8.1379 | −8.8465 | −0.5854 | +9.9919 | +8.6803 | +8.8434 | 5866 | |
| 801 | +0.5631 | +7.7417 | −8.1319 | −8.8557 | −0.5708 | +9.9924 | −7.5798 | +8.8784 | 5876 | 1482 |
| 802 | +0.5822 | +7.8434 | −8.1481 | −8.8778 | −0.5651 | +9.9926 | −9.0438 | +8.9582 | 5881 | |
| 803 | +0.5817 | +7.8381 | −8.1446 | −8.8773 | −0.5622 | +9.9927 | −9.0342 | +8.9535 | 5884 | |
| 804 | +0.5627 | +7.6838 | −8.0772 | −8.8567 | −0.5168 | +9.9941 | −7.2553 | +8.8211 | 5907 | 1496 |
| 805 | +0.5703 | +7.7277 | −8.0835 | −8.8649 | −0.5149 | +9.9941 | −8.6561 | +8.8569 | 5909 | |
| 806 | +0.5362 | +7.3961 | −7.9699 | −8.8360 | −0.4321 | +9.9960 | +9.1870 | +8.5561 | 5948 | 1510 |
| 807 | +0.5357 | +7.3908 | −7.9694 | −8.8356 | −0.4321 | +9.9960 | +9.1965 | +8.5512 | 5949 | 1509 |
| 808 | +0.5564 | +7.5458 | −7.9757 | −8.8524 | −0.4217 | +9.9962 | +8.5378 | +8.6886 | 5954 | |
| 809 | +0.5559 | +7.4680 | −7.9019 | −8.8528 | −0.3486 | +9.9973 | +8.5752 | +8.6125 | 5987 | 1522 |
| 810 | +0.5765 | +7.5245 | −7.8562 | −8.8751 | −0.2814 | +9.9980 | −8.9620 | +8.6475 | 6008 | 1527 |
| 811 | +0.5740 | +7.4409 | −7.7928 | −8.8726 | −0.2209 | +9.9985 | −8.8189 | +8.5759 | 6024 | |
| 812 | +0.5669 | +7.2854 | −7.6618 | −8.8653 | −0.0979 | +9.9992 | −8.4099 | +8.4193 | 6053 | |
| 813 | +0.5471 | +7.1055 | −7.5980 | −8.8470 | −0.0526 | +9.9993 | +8.9523 | +8.2579 | 6060 | |
| 814 | +0.5777 | +7.2955 | −7.6234 | −8.8775 | −0.0475 | +9.9993 | −8.9360 | +8.4174 | 6063 | |
| 815 | +0.5376 | +7.0050 | −7.5705 | −8.8400 | −0.0321 | +9.9994 | +9.1644 | +8.1644 | 6065 | |
| 816 | +0.5801 | +7.2387 | −7.5568 | −8.8805 | −9.9781 | +9.9995 | −8.9987 | +8.3577 | 6072 | |
| 817 | +0.5863 | +7.2590 | −7.5500 | −8.8860 | −9.9649 | +9.9995 | −9.1076 | +8.3646 | 6074 | 1540 |
| 818 | +0.5634 | +7.0795 | −7.4737 | −8.8621 | −9.9134 | +9.9996 | −7.7782 | +8.2170 | 6077 | 1541 |
| 819 | +0.5521 | +6.9826 | −7.4419 | −8.8515 | −9.8922 | +9.9997 | +8.7767 | +8.1308 | 6081 | |
| 820 | +0.5419 | +6.8181 | −7.3486 | −8.8434 | −9.8071 | +9.9998 | +9.0792 | +7.9745 | 6086 | 1547 |
| 821 | +0.5601 | +6.9429 | −7.3552 | −8.8589 | −9.7982 | +9.9998 | +8.1206 | +8.0838 | 6088 | 1548 |
| 822 | +0.5651 | +6.9199 | −7.3059 | −8.8640 | −9.7440 | +9.9998 | −8.1875 | +8.0558 | 6097 | 1556 |
| 823 | +0.5535 | +6.8430 | −7.2940 | −8.8528 | −9.7432 | +9.9998 | +8.7160 | +7.9900 | 6098 | 1557 |
| 824 | +0.5653 | +6.8456 | −7.2303 | −8.8643 | −9.6681 | +9.9999 | −8.2305 | +7.9812 | 6102 | 1559 |
| 825 | +0.5831 | +6.8765 | −7.1831 | −8.8845 | −9.6008 | +9.9999 | −9.0652 | +7.9920 | 6107 | |
| 826 | +0.5861 | +6.8149 | −7.1105 | −8.8882 | −9.5245 | +9.9999 | −9.1200 | +7.9267 | 6115 | 1562 |
| 827 | +0.5789 | +6.6296 | −6.9528 | −8.8794 | −9.3755 | +0.0000 | −8.9699 | +7.7501 | 6120 | |
| 828 | +0.5793 | +6.3492 | −6.6710 | −8.8799 | −9.0933 | +0.0000 | −8.9786 | +7.4693 | 6127 | |
| 829 | +0.5873 | −5.8683 | +6.1596 | −8.8897 | +8.5721 | +0.0000 | −0.1408 | −6.9786 | 6145 | |
| 830 | +0.5633 | −6.5164 | +6.9118 | −8.8622 | +9.3518 | +0.0000 | −7.6990 | −7.6542 | 6161 | |
| 831 | +0.5546 | −6.7307 | +7.1746 | −8.8539 | +9.6227 | +9.9999 | +8.6542 | −7.8767 | 6168 | 1578 |
| 832 | +0.5536 | −6.8397 | +7.2900 | −8.8529 | +9.7392 | +9.9998 | +8.7110 | −7.9866 | 6179 | 1582 |
| 833 | +0.5525 | −6.8336 | +7.2908 | −8.8520 | +9.7409 | +9.9998 | +8.7619 | −7.9815 | 6180 | |
| 834 | +0.5800 | −7.0985 | +7.4171 | −8.8806 | +9.8385 | +9.9997 | −8.9965 | −8.2177 | 6190 | |
| 835 | +0.5787 | −7.0926 | +7.4163 | −8.8791 | +9.8392 | +9.9997 | −8.9647 | −8.2133 | 6191 | |
| 836 | +0.5745 | −7.1104 | +7.4520 | −8.8741 | +9.8798 | +9.9997 | −8.8370 | −8.2360 | 6194 | |
| 837 | +0.5841 | −7.2796 | +7.5821 | −8.8854 | +9.9084 | +9.9995 | −9.0846 | −8.3937 | 6209 | 1587 |
| 838 | +0.5379 | −6.9760 | +7.5416 | −8.8403 | +0.0030 | +9.9995 | +9.1584 | −8.1382 | 6210 | |
| 839 | +0.5673 | −7.2218 | +7.5962 | −8.8659 | +0.0318 | +9.9994 | −8.4518 | −8.3552 | 6217 | |
| 840 | +0.5793 | −7.2954 | +7.6168 | −8.8793 | +0.0390 | +9.9994 | −8.9777 | −8.4154 | 6220 | |

| No. | Name. | Mag. | Mean Right Ascension 1850.0. | Annual Variation. | Secular Variation. | Proper Motion. | Mean Declination 1850.0. | Annual Variation. | Secular Variation. | Proper Motion. |
|---|---|---|---|---|---|---|---|---|---|---|
| | | | h m s | s | s | s | ° ' " | " | " | " |
| 841 | B.A.C. 6239 | 6 | 18 15 23.15 | +3.863 | −0.0027 | −0.004 | −30 49 39.8 | +1.20 | +0.563 | −0.15 |
| 842 | 21 Sagittarii | 5 | 18 16 24.94 | +3.574 | −0.0020 | +0.002 | −20 37 0.1 | +1.42 | +0.520 | −0.02 |
| 843 | B.A.C. 6249 | 6½ | 18 17 3.27 | +3.855 | −0.0029 | | −30 28 16.9 | +1.49 | +0.561 | |
| 844 | B.A.C. 6260 | 6½ | 18 18 13.88 | +3.837 | −0.0031 | | −29 54 4.1 | +1.59 | +0.558 | |
| 845 | λ Sagittarii | 3 | 18 18 43.17 | +3.707 | −0.0027 | +0.001 | −25 29 57.3 | +1.41 | +0.530 | −0.23 |
| 846 | B.A.C. 6267 | 6 | 18 19 11.92 | +3.501 | −0.0021 | | −17 53 11.0 | +1.68 | +0.509 | |
| 847 | B A.C. 6287 | 6 | 18 21 22.63 | +3.519 | −0.0024 | −0.005 | −18 49 3.9 | +1.78 | +0.512 | −0.09 |
| 848 | B.A.C. 6292 | 6 | 18 22 31.03 | +3.513 | −0.0026 | −0.016 | −18 59 54.0 | +1.70 | +0.512 | −0.27 |
| 849 | B A.C. 6293 | 6½ | 18 22 37.06 | +3.529 | −0.0025 | +0.017 | −18 21 37.1 | +1.96 | +0.510 | −0.62 |
| 850 | B.A.C. 6294 | 6 | 18 22 38.88 | +3.509 | −0.0025 | −0.007 | −18 30 1.6 | +1.89 | +0.510 | −0.09 |
| 851 | B.A.C. 6310 | 6½ | 18 24 37.12 | +3.869 | −0.0043 | | −30 59 17.5 | +2.15 | +0.561 | |
| 852 | 24 Sagittarii | 6 | 18 24 43.74 | +3.668 | −0.0034 | +0.002 | −24 8 17.0 | +2.16 | +0.532 | 0.00 |
| 853 | B.A.C. 6336 | 6½ | 18 28 55.60 | +3.593 | −0.0036 | −0.001 | −21 31 0.0 | +2.38 | +0.520 | −0.14 |
| 854 | B.A.C. 6343 | 6 | 18 29 23.20 | +3.654 | −0.0040 | +0.003 | −23 37 38.9 | +2.59 | +0.525 | +0.03 |
| 855 | B.A.C. 6347 | 6½ | 18 29 56.71 | +3.588 | −0.0037 | +0.004 | −21 10 15.4 | +2.27 | +0.518 | −0.34 |
| 856 | 26 Sagittarii | 6 | 18 32 42.60 | +3.666 | −0.0044 | +0.007 | −23 58 4.5 | +2.84 | +0.528 | −0.01 |
| 857 | B.A.C. 6369 | 6 | 18 35 36.34 | +3.696 | −0.0050 | +0.005 | −25 9 29.8 | +2.82 | +0.532 | −0.28 |
| 858 | φ Sagittarii | 3½ | 18 36 16.97 | +3.758 | −0.0055 | +0.011 | −27 8 22.8 | +3.13 | +0.540 | −0.03 |
| 859 | 28 Sagittarii | 6 | 18 37 17.93 | +3.624 | −0.0048 | +0.006 | −22 32 35.4 | +3.26 | +0.521 | +0.01 |
| 860 | 29 Sagittarii | 6 | 18 40 45.91 | +3.565 | −0.0049 | +0.003 | −20 29 23.5 | +3.55 | +0.511 | 0.00 |
| 861 | 30 Sagittarii | 6 | 18 41 49.48 | +3.612 | −0.0053 | +0.001 | −22 19 42.7 | +3.61 | +0.518 | −0.03 |
| 862 | B.A.C. 6414 | 6½ | 18 43 5.87 | +3.857 | −0.0074 | | −30 54 20.7 | +3.75 | +0.553 | |
| 863 | 31 Sagittarii | 6 | 18 43 7.77 | +3.609 | −0.0055 | +0.005 | −22 5 31.3 | +3.73 | +0.516 | −0.02 |
| 864 | 33 Sagittarii | 6 | 18 45 2.21 | +3.594 | −0.0056 | +0.006 | −21 32 14.0 | +3.96 | +0.513 | +0.04 |
| 865 | ν¹ Sagittarii | 5 | 18 45 6.64 | +3.627 | −0.0058 | +0.002 | −22 55 25.9 | +3.93 | +0.519 | +0.01 |
| 866 | α Sagittarii | 2½ | 18 45 57.77 | +3.729 | −0.0068 | +0.006 | −26 28 38.8 | +3.92 | +0.532 | −0.08 |
| 867 | ν² Sagittarii | 5 | 18 46 2.95 | +3.632 | −0.0060 | +0.009 | −22 51 9.8 | +4.02 | +0.518 | +0.02 |
| 868 | B.A.C. 6447 | 6 | 18 46 52.53 | +3.460 | −0.0048 | | −16 33 13.1 | +4.08 | +0.494 | |
| 869 | B.A.C. 6448 | 6 | 18 46 55.82 | +3.643 | −0.0062 | +0.007 | −23 21 29.0 | +4.11 | +0.519 | +0.03 |
| 870 | ξ¹ Sagittarii | 6 | 18 48 25.59 | +3.569 | −0.0059 | +0.001 | −20 50 48.9 | +4.21 | +0.509 | 0.00 |
| 871 | ξ² Sagittarii · | | 18 48 46.65 | +3.583 | −0.0060 | +0.003 | −21 17 55.0 | +4.24 | +0.510 | 0.00 |
| 872 | B.A.C. 6485 | 6½ | 18 52 34.97 | +3.612 | −0.0068 | −0.009 | −22 54 0.8 | +4.57 | +0.514 | +0.01 |
| 873 | ζ Sagittarii | 3½ | 18 53 3.77 | +3.928 | −0.0088 | +0.003 | −30 5 20.5 | +4.57 | +0.543 | −0.03 |
| 874 | B.A.C. 6490 | 6½ | 18 53 16.73 | +3.678 | −0.0075 | −0.001 | −25 2 59.4 | +4.32 | +0.522 | −0.30 |
| 875 | o Sagittarii | 4 | 18 55 41.44 | +3.600 | −0.0069 | +0.006 | −21 57 20.9 | +4.80 | +0.509 | −0.03 |
| 876 | B.A.C. 6519 | 6 | 18 57 5.78 | +3.439 | −0.0057 | | −15 52 52.1 | +4.95 | +0.486 | |
| 877 | τ Sagittarii | 3½ | 18 57 34.27 | +3.755 | −0.0088 | −0.001 | −27 53 2.6 | +4.76 | +0.531 | −0.23 |
| 878 | B.A.C. 6524 | 6½ | 18 57 56.72 | +3.606 | −0.0074 | −0.007 | −22 43 21.1 | +4.98 | +0.510 | −0.04 |
| 879 | B.A.C. 6536 | 6 | 18 59 27.80 | +3.535 | −0.0067 | +0.006 | −19 31 12.4 | +5.15 | +0.497 | |
| 880 | B.A.C. 6539 | 6 | 18 59 38.68 | +3.572 | −0.0072 | | −21 13 4.7 | +5.16 | +0.503 | |
| 881 | π Sagittarii | 3 | 19 0 50.33 | +3.575 | −0.0073 | +0.002 | −21 15 24.6 | +5.27 | +0.503 | +0.01 |
| 882 | B.A.C. 6549 | 6½ | 19 0 54.14 | +3.823 | −0.0101 | | −30 14 22.8 | +5.27 | +0.538 | |
| 883 | B.A.C. 6554 | 6½ | 19 1 48.66 | +3.806 | −0.0100 | | −29 44 24.4 | +5.34 | +0.535 | |
| 884 | B.A.C. 6561 | 6 | 19 3 29.95 | +3.581 | −0.0078 | −0.007 | −21 54 5.1 | +5.45 | +0.503 | −0.04 |
| 885 | B.A.C. 6562 | 6½ | 19 3 59.14 | +3.694 | −0.0092 | −0.008 | −26 9 13.1 | +5.37 | +0.519 | −0.16 |
| 886 | B.A.C. 6569 | 6 | 19 5 10.97 | +3.796 | −0.0105 | | −29 29 22.3 | +5.63 | +0.531 | |
| 887 | ψ Sagittarii | 5 | 19 6 20.44 | +3.687 | −0.0093 | +0.005 | −25 30 33.8 | +5.74 | +0.515 | +0.01 |
| 888 | B.A.C. 6576 | 6 | 19 6 24.61 | +3.655 | −0.0089 | +0.002 | −24 25 51.1 | +5.50 | +0.511 | −0.23 |
| 889 | d Sagittarii | 5 | 19 8 51.27 | +3.519 | −0.0076 | −0.003 | −19 12 53.2 | +5.98 | +0.490 | +0.04 |
| 890 | B.A.C. 6590 | 6 | 19 10 26.84 | +3.417 | −0.0069 | −0.014 | −15 47 34.4 | +5.63 | +0.477 | −0.44 |
| 891 | B.A.C. 6607 | 6 | 19 11 38.49 | +3.594 | −0.0090 | −0.008 | −22 40 38.5 | +6.10 | +0.500 | −0.07 |
| 892 | υ¹ Sagittarii | 4 | 19 12 57.99 | +3.489 | −0.0078 | +0.003 | −18 7 28.7 | +6.34 | +0.483 | +0.06 |
| 893 | υ² Sagittarii | 5½ | 19 13 5.77 | +3.508 | −0.0079 | +0.011 | −18 34 53.0 | +6.26 | +0.484 | −0.03 |
| 894 | υ Sagittarii | 4½ | 19 13 8.01 | +3.446 | −0.0073 | +0.006 | −16 13 55.0 | +6.25 | +0.476 | −0.04 |
| 895 | B.A.C. 6628 | 6 | 19 15 8.09 | +3.753 | −0.0114 | +0.005 | −28 8 59.7 | +6.47 | +0.518 | +0.01 |
| 896 | B.A.C. 6631 | 6½ | 19 15 36.72 | +3.780 | −0.0121 | | −29 35 35.1 | +6.50 | +0.523 | |
| 897 | χ¹ Sagittarii | 6 | 19 16 8.46 | +3.659 | −0.0103 | +0.004 | −24 47 39.9 | +6.46 | +0.504 | −0.08 |
| 898 | χ² Sagittarii | 6½ | 19 16 15.33 | +3.654 | −0.0102 | +0.002 | −24 42 6.3 | +6.39 | +0.503 | −0.16 |
| 899 | χ³ Sagittarii | 6 | 19 16 24.71 | +3.642 | −0.0100 | +0.002 | −24 15 2.8 | +6.60 | +0.502 | +0.04 |
| 900 | 50 Sagittarii | 6 | 19 17 22.25 | +3.587 | −0.0094 | +0.005 | −22 4 21.3 | +6.49 | +0.493 | −0.15 |

| No. | LOGARITHMS OF a | b | c | d | a′ | b′ | c′ | d′ | No. B.A.C. | No. T.Y.C. |
|---|---|---|---|---|---|---|---|---|---|---|
| 841 | +0.5873 | -7.4263 | +7.7167 | -8.8891 | +0.1288 | +9.9990 | -9.1418 | -8.5363 | 6239 | |
| 842 | +0.5530 | -7.2541 | +7.7074 | -8.8515 | +0.1570 | +9.9989 | +8.74[illegible]4 | -8.4014 | 6247 | 1598 |
| 843 | +0.5860 | -7.4648 | +7.7597 | -8.8873 | +0.1735 | +9.9988 | -9.1196 | -8.5764 | 6249 | |
| 844 | +0.5840 | -7.4835 | +7.7859 | -8.8845 | +0.2022 | +9.9986 | -9.0814 | -8.5976 | 6260 | |
| 845 | +0.5689 | -7.4139 | +7.7799 | -8.8670 | +0.2137 | +9.9986 | -8.5729 | -8.5455 | 6263 | 1602 |
| 846 | +0.5441 | -7.2551 | +7.7678 | -8.8439 | +0.2246 | +9.9985 | +9.0290 | -8.4097 | 6267 | 1603 |
| 847 | +0.5471 | -7.3255 | +7.8169 | -8.8459 | +0.2714 | +9.9981 | +8.9523 | -8.4778 | 6287 | |
| 848 | +0.5476 | -7.3525 | +7.8399 | -8.8461 | +0.2939 | +9.9979 | +8.9360 | -8.5043 | 6292 | |
| 849 | +0.5456 | -7.3385 | +7.8402 | -8.8445 | +0.2958 | +9.9979 | +8.9930 | -8.4919 | 6293 | |
| 850 | +0.5460 | -7.3426 | +7.8411 | -8.8448 | +0.2963 | +9.9979 | +8.9809 | -8.4956 | 6294 | 1611 |
| 851 | +0.5876 | -7.6327 | +7.9210 | -8.8883 | +0.3325 | +9.9975 | -9.1457 | -8.7419 | 6310 | |
| 852 | +0.5642 | -7.5075 | +7.8958 | -8.8611 | +0.3344 | +9.9975 | -8.0253 | -8.6438 | 6312 | |
| 853 | +0.5555 | -7.5196 | +7.9552 | -8.8518 | +0.4022 | +9.9965 | +8.5999 | -8.6644 | 6336 | 1624 |
| 854 | +0.5624 | -7.5716 | +7.9687 | -8.8584 | +0.4090 | +9.9964 | +6.0000 | -8.7097 | 6343 | 1627 |
| 855 | +0.5544 | -7.5269 | +7.9692 | -8.8506 | +0.4172 | +9.9963 | +8.6684 | -8.6726 | 6347 | 1628 |
| 856 | +0.5634 | -7.6249 | +8.0161 | -8.8586 | +0.4553 | +9.9956 | -7.7482 | -8.7618 | 6356 | 1635 |
| 857 | +0.5671 | -7.6853 | +8.0568 | -8.8619 | +0.4918 | +9.9947 | -8.4346 | -8.8181 | 6369 | |
| 858 | +0.5737 | -7.7314 | +8.0723 | -8.8691 | +0.5000 | +9.9945 | -8.8082 | -8.8569 | 6371 | 1637 |
| 859 | +0.5585 | -7.6517 | +8.0680 | -8.8527 | +0.5118 | +9.9942 | +8.3522 | -8.7932 | 6380 | |
| 860 | +0.5517 | -7.6443 | +8.1001 | -8.8454 | +0.5501 | +9.9931 | +8.7924 | -8.7920 | 6399 | 1649 |
| 861 | +0.5576 | -7.6963 | +8.1166 | -8.8505 | +0.5611 | +9.9927 | +8.4440 | -8.8385 | 6407 | |
| 862 | +0.5862 | -7.8728 | +8.1621 | -8.8827 | +0.5739 | +9.9923 | -9.1212 | -8.9823 | 6414 | |
| 863 | +0.5567 | -7.7043 | +8.1290 | -8.8493 | +0.5742 | +9.9923 | +8.5132 | -8.8473 | 6415 | 1650 |
| 864 | +0.5549 | -7.7107 | +8.1459 | -8.8469 | +0.5928 | +9.9916 | +8.6405 | -8.8554 | 6432 | |
| 865 | +0.5593 | -7.7415 | +8.1510 | -8.8512 | +0.5935 | +9.9915 | +8.2480 | -8.8818 | 6434 | 1654 |
| 866 | +0.5709 | -7.8205 | +8.1714 | -8.8632 | +0.6015 | +9.9912 | -8.6857 | -8.9485 | 6440 | 1655 |
| 867 | +0.5590 | -7.7488 | +8.1595 | -8.8506 | +0.6023 | +9.9912 | +8.2878 | -8.8893 | 6441 | 1656 |
| 868 | +0.5390 | -7.6050 | +8.1504 | -8.8331 | +0.6103 | +9.9908 | +9.1370 | -8.7627 | 6447 | |
| 869 | +0.5606 | -7.7675 | +8.1693 | -8.8519 | +0.6105 | +9.9908 | +8.0086 | -8.9065 | 6448 | |
| 870 | +0.5525 | -7.7263 | +8.1750 | -8.8436 | +0.6239 | +9.9902 | +8.7604 | -8.8730 | 6454 | |
| 871 | +0.5539 | -7.7396 | +8.1794 | -8.8447 | +0.6270 | +9.9901 | +8.6929 | -8.8849 | 6461 | 1661 |
| 872 | +0.5588 | -7.8065 | +8.2164 | -8.8480 | +0.6591 | +9.9885 | +8.3202 | -8.9469 | 6485 | |
| 873 | +0.5826 | -7.9477 | +8.2475 | -8.8750 | +0.6630 | +9.9883 | -9.0512 | -9.0609 | 6489 | 1671 |
| 874 | +0.5657 | -7.8560 | +8.2293 | -8.8550 | +0.6647 | +9.9882 | -8.2765 | -8.9802 | 6490 | |
| 875 | +0.5555 | -7.8107 | +8.2379 | -8.8437 | +0.6835 | +9.9871 | +8.5977 | -8.9541 | 6507 | 1674 |
| 876 | +0.5365 | -7.6700 | +8.2328 | -8.8272 | +0.6942 | +9.9864 | +9.1824 | -8.8202 | 6519 | |
| 877 | +0.5747 | -7.9429 | +8.2730 | -8.8637 | +0.6977 | +9.9862 | -8.8414 | -9.0654 | 6521 | 1679 |
| 878 | +0.5578 | -7.8441 | +8.2572 | -8.8450 | +0.7004 | +9.9860 | +8.4200 | -8.9851 | 6524 | |
| 879 | +0.5476 | -7.7827 | +8.2588 | -8.8348 | +0.7114 | +9.9852 | +8.9345 | -8.9331 | 6536 | 1686 |
| 880 | +0.5529 | -7.8235 | +8.2649 | -8.8395 | +0.7127 | +9.9851 | +8.7388 | -8.9691 | 6539 | |
| 881 | +0.5530 | -7.8328 | +8.2734 | -8.8390 | +0.7211 | +9.9845 | +8.7372 | -8.9783 | 6548 | 1687 |
| 882 | +0.5824 | -8.0088 | +8.3067 | -8.8719 | +0.7215 | +9.9845 | -9.0453 | -9.1214 | 6549 | |
| 883 | +0.5805 | -8.0062 | +8.3108 | -8.8692 | +0.7278 | +9.9840 | -9.0043 | -9.1210 | 6554 | |
| 884 | +0.5548 | -7.8652 | +8.2935 | -8.8396 | +0.7392 | +9.9831 | +8.6415 | -9.0087 | 6561 | |
| 885 | +0.5684 | -7.9553 | +8.3111 | -8.8537 | +0.7425 | +9.9829 | -8.5340 | -9.0845 | 6562 | |
| 886 | +0.5794 | -8.0245 | +8.3323 | -8.8664 | +0.7503 | +9.9822 | -8.9768 | -9.1403 | 6569 | |
| 887 | +0.5661 | -7.9581 | +8.3240 | -8.8500 | +0.7577 | +9.9816 | -8.3222 | -9.0897 | 6575 | |
| 888 | +0.5626 | -7.9372 | +8.3206 | -8.8462 | +0.7582 | +9.9815 | -7.1139 | -9.0725 | 6576 | |
| 889 | +0.5460 | -7.8374 | +8.3200 | -8.8280 | +0.7734 | +9.9801 | +8.9796 | -8.9866 | 6584 | 1694 |
| 890 | +0.5354 | -7.7563 | +8.3214 | -8.8198 | +0.7830 | +9.9792 | +9.1992 | -8.9157 | 6590 | 1701 |
| 891 | +0.5566 | -7.9328 | +8.3467 | -8.8373 | +0.7901 | +9.9784 | +8.5250 | -9.0740 | 6607 | |
| 892 | +0.5424 | -7.8345 | +8.3416 | -8.8236 | +0.7978 | +9.9776 | +9.0682 | -8.9865 | 6619 | 1716 |
| 893 | +0.5438 | -7.8468 | +8.3435 | -8.8247 | +0.7986 | +9.9775 | +9.0362 | -8.9996 | 6620 | 1717 |
| 894 | +0.5366 | -7.7846 | +8.3382 | -8.8191 | +0.7988 | +9.9775 | +9.1798 | -8.9430 | 6621 | 1718 |
| 895 | +0.5738 | -8.0603 | +8.3865 | -8.8548 | +0.8102 | +9.9762 | -8.8062 | -9.1817 | 6628 | |
| 896 | +0.5785 | -8.0886 | +8.3951 | -8.8605 | +0.8127 | +9.9759 | -8.9528 | -9.2040 | 6631 | |
| 897 | +0.5628 | -8.0019 | +8.3793 | -8.8415 | +0.8156 | +9.9756 | -7.3979 | -9.1360 | 6633 | 1723 |
| 898 | +0.5625 | -8.0007 | +8.3796 | -8.8411 | +0.8163 | +9.9755 | -6.9031 | -9.1351 | 6634 | |
| 899 | +0.5611 | -7.9925 | +8.3789 | -8.8394 | +0.8171 | +9.9754 | +7.8808 | -9.1285 | 6636 | |
| 900 | +0.5542 | -7.9520 | +8.3771 | -8.8317 | +0.8223 | +9.9748 | +8.6776 | -9.0951 | 6638 | |

| No. | Name. | Mag. | Mean Right Ascension 1850.0. | Annual Variation. | Secular Variation. | Proper Motion. | Mean Declination 1850.0. | Annual Variation. | Secular Variation. | Proper Motion |
|---|---|---|---|---|---|---|---|---|---|---|
| | | | h  m  s | s | s | s | ° ' " | " | " | " |
| 901 | B.A.C. 6639 | G | 19 17 27.38 | +3.804 | −0.0125 | +0.004 | −30 2 6.8 | + 6.46 | +0.523 | −0.19 |
| 902 | B.A.C. 6643 | G | 19 17 38.74 | +3.414 | −0.0074 | −0.003 | −15 20 46.1 | + 6.56 | +0.470 | −0.11 |
| 903 | B.A.C. 6658 | G | 19 19 21.51 | +3.495 | −0.0085 | | −18 39 26.4 | + 6.81 | +0.480 | |
| 904 | B.A.C. 6666 | 6 | 19 20 34.99 | +3.712 | −0.0117 | −0.006 | −27 17 16.9 | + 6.78 | +0.509 | −0.13 |
| 905 | B.A.C. 6671 | G | 19 21 59.45 | +3.558 | −0.0097 | −0.009 | −21 37 8.3 | + 6.92 | +0.487 | −0.10 |
| 906 | B.A.C. 6699 | 6½ | 19 26 37.41 | +3.611 | −0.0110 | −0.003 | −23 37 54.1 | + 7.41 | +0.490 | +0.01 |
| 907 | h¹ Sagittarii | 6 | 19 26 54.88 | +3.655 | −0.0115 | +0.004 | −25 2 33.2 | + 7.41 | +0.495 | −0.02 |
| 908 | h² Sagittarii | 4½ | 19 27 34.38 | +3.663 | −0.0117 | +0.008 | −25 12 33.9 | + 7.48 | +0.495 | 0.00 |
| 909 | B.A.C. 6727 | 6½ | 19 31 5.90 | +3.618 | −0.0115 | +0.005 | −23 45 57.7 | + 7.85 | +0.486 | +0.09 |
| 910 | e¹ Sagittarii | G | 19 32 7.42 | +3.445 | −0.0090 | +0.007 | −16 37 56.5 | + 7.85 | +0.460 | 0.00 |
| 911 | e² Sagittarii | 5 | 19 33 56.10 | +3.440 | −0.0091 | +0.007 | −16 28 13.8 | + 8.03 | +0.459 | +0.04 |
| 912 | B.A.C. 6746 | 6 | 19 34 59.79 | +3.420 | −0.0090 | +0.003 | −15 48 49.5 | + 7.81 | +0.456 | −0.27 |
| 913 | f Sagittarii | 5 | 19 37 36.49 | +3.508 | −0.0107 | −0.009 | −20 7 0.8 | + 8.26 | +0.467 | −0.03 |
| 914 | B.A.C. 6776 | 6½ | 19 39 37.07 | +3.372 | −0.0088 | −0.003 | −14 4 4.1 | + 8.37 | +0.446 | −0.08 |
| 915 | 57 Sagittarii | 5½ | 19 43 28.69 | +3.498 | −0.0109 | +0.003 | −19 25 17.3 | + 8.69 | +0.459 | −0.06 |
| 916 | ω Sagittarii | 5 | 19 46 38.65 | +3.680 | −0.0146 | +0.018 | −26 41 33.8 | + 9.10 | +0.470 | +0.10 |
| 917 | b Sagittarii | 5 | 19 47 44.09 | +3.696 | −0.0152 | +0.003 | −27 33 44.7 | + 9.09 | +0.480 | +0.01 |
| 918 | g Sagittarii | 5½ | 19 49 26.41 | +3.411 | −0.0100 | +0.002 | −15 53 7.2 | + 9.17 | +0.442 | −0.05 |
| 919 | A Sagittarii | 5 | 19 49 48.36 | +3.667 | −0.0140 | +0.002 | −26 35 49.1 | + 9.29 | +0.474 | +0.04 |
| 920 | B.A.C. 6864 | G | 19 52 28.63 | +3.578 | −0.0134 | +0.003 | −23 8 40.3 | + 9.39 | +0.460 | −0.06 |
| 921 | c Sagittarii | 5 | 19 53 25.59 | +3.705 | −0.0161 | +0.006 | −28 7 19.0 | + 9.58 | +0.475 | +0.05 |
| 922 | 63 Sagittarii | 5 | 19 53 34.22 | +3.368 | −0.0097 | +0.003 | −14 2 51.0 | + 9.61 | +0.432 | +0.07 |
| 923 | B.A.C. 6878 | 6½ | 19 54 50.47 | +3.558 | −0.0136 | −0.011 | −23 0 40.3 | + 9.62 | +0.457 | −0.01 |
| 924 | B.A.C. 6889 | G | 19 56 8.19 | +3.537 | −0.0131 | +0.005 | −21 43 57.6 | + 9.68 | +0.451 | −0.05 |
| 925 | 65 Sagittarii | G | 19 57 5.69 | +3.342 | −0.0095 | 0.000 | −13 5 1.9 | + 9.84 | +0.425 | +0.03 |
| 926 | ζ¹ Capricorni | 6 | 20 3 39.00 | +3.333 | −0.0098 | +0.001 | −12 49 57.7 | +10.30 | +0.417 | 0.00 |
| 927 | ζ² Capricorni | 6 | 20 4 4.20 | +3.332 | −0.0099 | +0.016 | −13 3 5.7 | +10.18 | +0.417 | −0.15 |
| 928 | B.A.C. 6947 | 6 | 20 5 55.42 | +3.757 | −0.0171 | +0.003 | −27 28 28.8 | +10.31 | +0.456 | −0.16 |
| 929 | 3 Capricorni | 6½ | 20 8 4.37 | +3.332 | −0.0100 | +0.004 | −12 47 27.8 | +10.69 | +0.412 | +0.06 |
| 930 | 4 Capricorni | 6 | 20 9 12.34 | +3.539 | −0.0144 | +0.006 | −22 16 6.9 | +10.67 | +0.436 | −0.05 |
| 931 | a¹ Capricorni | 3½ | 20 9 19.77 | +3.334 | −0.0102 | +0.003 | −12 58 4.1 | +10.75 | +0.410 | +0.02 |
| 932 | a² Capricorni | 3½ | 20 9 43.67 | +3.339 | −0.0102 | +0.008 | −13 0 20.7 | +10.79 | +0.410 | +0.03 |
| 933 | σ Capricorni | 5½ | 20 10 43.96 | +3.477 | −0.0132 | +0.006 | −19 34 55.8 | +10.86 | +0.426 | +0.03 |
| 934 | ν Capricorni | 5 | 20 12 20.30 | +3.337 | −0.0105 | +0.003 | −13 13 36.7 | +10.94 | +0.407 | −0.01 |
| 935 | B.A.C. 6992 | 6½ | 20 12 20.65 | +3.379 | −0.0113 | +0.003 | −15 15 14.0 | +10.94 | +0.413 | −0.01 |
| 936 | β Capricorni | 3 | 20 12 34.70 | +3.380 | −0.0113 | +0.004 | −15 15 3.4 | +11.01 | +0.412 | +0.04 |
| 937 | π Capricorni | 5 | 20 18 43.78 | +3.446 | −0.0132 | +0.003 | −18 41 57.1 | +11.46 | +0.413 | +0.05 |
| 938 | ϱ Capricorni | 5 | 20 20 17.89 | +3.433 | −0.0131 | 0.000 | −18 18 19.4 | +11.55 | +0.410 | +0.03 |
| 939 | B.A.C. 7043 | 6½ | 20 20 26.24 | +3.421 | −0.0130 | −0.003 | −17 55 32.0 | +11.53 | +0.409 | 0.00 |
| 940 | B.A.C. 7049 | 6 | 20 20 42.83 | +3.531 | −0.0156 | −0.001 | −22 53 2.9 | +11.51 | +0.421 | −0.04 |
| 941 | o Capricorni | 6 | 20 21 17.67 | +3.450 | −0.0136 | +0.002 | −19 4 30.0 | +11.58 | +0.410 | −0.02 |
| 942 | B.A.C. 7063 | G | 20 22 39.77 | +3.373 | −0.0119 | | −15 33 9.7 | +11.70 | +0.400 | |
| 943 | B.A.C. 7077 | G | 20 23 55.77 | +3.574 | −0.0173 | −0.011 | −25 26 49.0 | +11.66 | +0.423 | −0.12 |
| 944 | B.A.C. 7097 | 6 | 20 27 2.75 | +3.397 | −0.0120 | −0.002 | −17 2 14.0 | +11.88 | +0.397 | −0.12 |
| 945 | B.A.C. 7108 | 6½ | 20 28 55.78 | +3.581 | −0.0178 | | −25 37 37.0 | +12.13 | +0.416 | |
| 946 | τ¹ Capricorni | G | 20 28 56.19 | +3.374 | −0.0124 | +0.005 | −15 39 46.2 | +12.15 | +0.391 | +0.01 |
| 947 | τ² Capricorni | 5 | 20 30 52.75 | +3.365 | −0.0123 | +0.002 | −15 28 38.5 | +12.24 | +0.388 | −0.03 |
| 948 | υ Capricorni | 5½ | 20 31 30.27 | +3.426 | −0.0139 | −0.001 | −18 39 46.1 | +12.36 | +0.395 | +0.05 |
| 949 | B.A.C. 7145 | 6½ | 20 32 6.39 | +3.379 | −0.0130 | −0.007 | −16 39 14.0 | +12.35 | +0.389 | 0.00 |
| 950 | B.A.C. 7147 | 6½ | 20 32 26.33 | +3.596 | −0.0187 | | −26 31 37.6 | +12.38 | +0.413 | |
| 951 | ψ Capricorni | 4½ | 20 37 12.31 | +3.570 | −0.0185 | −0.001 | −25 48 22.0 | +12.55 | +0.403 | −0.15 |
| 952 | 17 Capricorni | G | 20 37 27.89 | +3.495 | −0.0161 | +0.006 | −22 3 19.0 | +12.72 | +0.393 | 0.00 |
| 953 | B.A.C. 7197 | 6 | 20 39 36.09 | +3.513 | −0.0170 | +0.001 | −23 16 49.9 | +12.68 | +0.393 | −0.18 |
| 954 | B.A.C. 7202 | 6 | 20 39 53.23 | +3.418 | −0.0143 | | −18 44 51.2 | +12.80 | +0.382 | |
| 955 | B.A.C. 7205 | 6 | 20 40 22.71 | +3.573 | −0.0191 | −0.004 | −26 19 52.1 | +12.80 | +0.397 | −0.12 |
| 956 | B.A.C. 7209 | 6½ | 20 40 49.52 | +3.411 | −0.0143 | −0.003 | −18 35 6.3 | +12.86 | +0.380 | −0.09 |
| 957 | B.A.C. 7221 | 6½ | 20 42 25.44 | +3.322 | −0.0117 | +0.015 | −13 5 46.6 | +12.96 | +0.366 | −0.09 |
| 958 | B.A.C. 7237 | 6 | 20 44 12.85 | +3.538 | −0.0180 | +0.011 | −24 20 28.8 | +13.06 | +0.388 | −0.11 |
| 959 | B.A.C. 7242 | 6 | 20 44 52.94 | +3.326 | −0.0112 | −0.001 | −12 8 14.3 | +13.20 | +0.361 | −0.02 |
| 960 | 19 Capricorni | 6 | 20 46 19.05 | +3.495 | −0.0145 | 0.000 | −18 29 13.4 | +13.35 | +0.372 | +0.04 |

| No. | Logarithms of |  |  |  |  |  |  |  | No. B.A.C. | No. T.Y.C. |
|---|---|---|---|---|---|---|---|---|---|---|
|  | *a* | *b* | *c* | *d* | *a'* | *b'* | *c'* | *d'* |  |  |
| 901 | +0.5798 | −8.1066 | +8.4071 | −8.8613 | +0.8228 | +9.9747 | −8.9845 | −9.2200 | 6639 | 1727 |
| 902 | +0.5336 | −7.7840 | +8.3613 | −8.8143 | +0.8238 | +9.9746 | +9.2276 | −8.9443 | 6643 | 1728 |
| 903 | +0.5435 | −7.8831 | +8.3781 | −8.8208 | +0.8329 | +9.9734 | +9.0426 | −9.0357 | 6658 |  |
| 904 | +0.5703 | −8.0735 | +8.4122 | −8.8477 | +0.8303 | +9.9726 | −8.6509 | −9.1984 | 6666 |  |
| 905 | +0.5523 | −7.9662 | +8.3999 | −8.8272 | +0.8465 | +9.9716 | +8.7657 | −9.1106 | 6671 |  |
| 906 | +0.5580 | −8.0320 | +8.4290 | −8.8302 | +0.8693 | +9.9682 | +8.3979 | −9.1701 | 6699 |  |
| 907 | +0.5624 | −8.0619 | +8.4352 | −8.8348 | +0.8707 | +9.9680 | −6.0000 | −9.1951 | 6704 | 1750 |
| 908 | +0.5628 | −8.0683 | +8.4390 | −8.8349 | +0.8738 | +9.9675 | −7.4150 | −9.2009 | 6706 | 1751 |
| 909 | +0.5579 | −8.0555 | +8.4502 | −8.8271 | +0.8901 | +9.9648 | +8.4082 | −9.1931 | 6727 |  |
| 910 | +0.5363 | −7.8916 | +8.4349 | −8.8064 | +0.8947 | +9.9639 | +9.1830 | −9.0491 | 6733 | 1758 |
| 911 | +0.5357 | −7.8951 | +8.4425 | −8.8046 | +0.9027 | +9.9625 | +9.1937 | −9.0530 | 6742 | 1763 |
| 912 | +0.5337 | −7.8811 | +8.4457 | −8.8022 | +0.9072 | +9.9610 | +9.2256 | −9.0404 | 6746 |  |
| 913 | +0.5461 | −8.0038 | +8.4673 | −8.8106 | +0.9183 | +9.9594 | +8.9745 | −9.1526 | 6760 | 1766 |
| 914 | +0.5282 | −7.8473 | +8.4615 | −8.7947 | +0.9266 | +9.9576 | +9.3021 | −9.0101 | 6776 |  |
| 915 | +0.5434 | −8.0110 | +8.4892 | −8.8035 | +0.9420 | +9.9541 | +9.0418 | −9.1616 | 6803 | 1775 |
| 916 | +0.5648 | −8.1773 | +8.5248 | −8.8240 | +0.9542 | +9.9512 | −8.1367 | −9.3044 | 6823 | 1780 |
| 917 | +0.5673 | −8.1976 | +8.5323 | −8.8264 | +0.9583 | +9.9501 | −8.4440 | −9.3214 | 6832 | 1783 |
| 918 | +0.5326 | −7.9405 | +8.5032 | −8.7893 | +0.9646 | +9.9485 | +9.2413 | −9.0996 | 6840 | 1786 |
| 919 | +0.5640 | −8.1872 | +8.5362 | −8.8206 | +0.9659 | +9.9481 | −7.9685 | −9.3147 | 6842 | 1787 |
| 920 | +0.5532 | −8.1281 | +8.5337 | −8.8058 | +0.9755 | +9.9455 | +8.7185 | −9.2678 | 6864 |  |
| 921 | +0.5681 | −8.2285 | +8.5551 | −8.8230 | +0.9789 | +9.9445 | −8.5065 | −9.3500 | 6870 | 1792 |
| 922 | +0.5270 | −7.8994 | +8.5143 | −8.7814 | +0.9794 | +9.9443 | +9.3170 | −9.0623 | 6871 |  |
| 923 | +0.5525 | −8.1336 | +8.5415 | −8.8030 | +0.9838 | +9.9430 | +8.7521 | −9.2737 | 6878 |  |
| 924 | +0.5486 | −8.1105 | +8.5420 | −8.7976 | +0.9883 | +9.9417 | +8.8093 | −9.2546 | 6889 |  |
| 925 | +0.5240 | −7.8795 | +8.5246 | −8.7760 | +0.9915 | +9.9407 | +9.3526 | −9.0441 | 6894 |  |
| 926 | +0.5227 | −7.8922 | +8.5456 | −8.7684 | +1.0130 | +9.9335 | +9.3664 | −9.0573 | 6935 |  |
| 927 | +0.5233 | −7.9011 | +8.5473 | −8.7683 | +1.0143 | +9.9330 | +9.3604 | −9.0658 | 6938 |  |
| 928 | +0.5639 | −8.2578 | +8.5937 | −8.8067 | +1.0201 | +9.9309 | −7.9294 | −9.3819 | 6947 |  |
| 929 | +0.5222 | −7.9044 | +8.5593 | −8.7632 | +1.0267 | +9.9283 | +9.3720 | −9.0696 | 6956 |  |
| 930 | +0.5482 | −8.1640 | +8.5854 | −8.7846 | +1.0301 | +9.9270 | +8.9101 | −9.3064 | 6971 |  |
| 931 | +0.5225 | −7.9144 | +8.5634 | −8.7620 | +1.0304 | +9.9268 | +9.3679 | −9.0792 | 6972 | 1814 |
| 932 | +0.5226 | −7.9169 | +8.5646 | −8.7616 | +1.0316 | +9.9264 | +9.3672 | −9.0817 | 6974 | 1816 |
| 933 | +0.5404 | −8.1074 | +8.5822 | −8.7749 | +1.0346 | +9.9251 | +9.1031 | −9.2577 | 6981 | 1818 |
| 934 | +0.5230 | −7.9322 | +8.5727 | −8.7588 | +1.0393 | +9.9232 | +9.3631 | −9.0966 | 6991 | 1820 |
| 935 | +0.5284 | −7.9967 | +8.5766 | −8.7627 | +1.0393 | +9.9232 | +9.2073 | −9.1572 | 6992 | 1821 |
| 936 | +0.5284 | −7.9973 | +8.5773 | −8.7624 | +1.0400 | +9.9229 | +9.2078 | −9.1578 | 6995 | 1822 |
| 937 | +0.5369 | −8.1086 | +8.6026 | −8.7625 | +1.0574 | +9.9150 | +9.1688 | −9.2611 | 7031 | 1831 |
| 938 | +0.5356 | −8.1090 | +8.6059 | −8.7954 | +1.0616 | +9.9130 | +9.1903 | −9.2564 | 7042 | 1833 |
| 939 | +0.5346 | −8.0935 | +8.6053 | −8.7583 | +1.0620 | +9.9128 | +9.2071 | −9.2480 | 7043 |  |
| 940 | +0.5480 | −8.2098 | +8.6200 | −8.7719 | +1.0627 | +9.9124 | +8.9138 | −9.3503 | 7049 |  |
| 941 | +0.5375 | −8.1248 | +8.6105 | −8.7601 | +1.0643 | +9.9116 | +9.1569 | −9.2764 | 7054 |  |
| 942 | +0.5280 | −8.0342 | +8.6059 | −8.7498 | +1.0680 | +9.9097 | +9.3017 | −9.1941 | 7063 |  |
| 943 | +0.5545 | −8.2704 | +8.6373 | −8.7763 | +1.0713 | +9.9081 | +8.6454 | −9.4022 | 7077 |  |
| 944 | +0.5313 | −8.0873 | +8.6204 | −8.7471 | +1.0793 | +9.9037 | +9.2558 | −9.2439 | 7097 | 1837 |
| 945 | +0.5540 | −8.2866 | +8.6506 | −8.7699 | +1.0840 | +9.9010 | +8.6721 | −9.4177 | 7108 |  |
| 946 | +0.5275 | −8.0535 | +8.6222 | −8.7414 | +1.0840 | +9.9010 | +9.3075 | −9.2131 | 7110 |  |
| 947 | +0.5268 | −8.0529 | +8.6266 | −8.7381 | +1.0888 | +9.8982 | +9.3162 | −9.2129 | 7127 | 1847 |
| 948 | +0.5349 | −8.1406 | +8.6355 | −8.7446 | +1.0904 | +9.8973 | +9.2000 | −9.2933 | 7134 | 1848 |
| 949 | +0.5296 | −8.0894 | +8.6321 | −8.7389 | +1.0918 | +9.8964 | +9.2788 | −9.2469 | 7145 |  |
| 950 | +0.5558 | −8.3125 | +8.6626 | −8.7681 | +1.0926 | +9.8959 | +8.5682 | −9.4403 | 7147 | 1851 |
| 951 | +0.5528 | −8.3100 | +8.6712 | −8.7582 | +1.1039 | +9.8886 | +8.7308 | −9.4405 | 7177 | 1857 |
| 952 | +0.5428 | −8.2338 | +8.6592 | −8.7452 | +1.1045 | +9.8882 | +9.0488 | −9.3769 | 7179 |  |
| 953 | +0.5455 | −8.2648 | +8.6680 | −8.7457 | +1.1094 | +9.8849 | +8.9796 | −9.4040 | 7197 |  |
| 954 | +0.5338 | −8.1624 | +8.6554 | −8.7320 | +1.1100 | +9.8844 | +9.2164 | −9.3149 | 7202 |  |
| 955 | +0.5535 | −8.3274 | +8.6804 | −8.7551 | +1.1111 | +9.8837 | +8.6955 | −9.4559 | 7205 |  |
| 956 | +0.5333 | −8.1605 | +8.6571 | −8.7301 | +1.1122 | +9.8829 | +9.2251 | −9.3133 | 7209 |  |
| 957 | +0.5194 | −8.0041 | +8.6439 | −8.7157 | +1.1157 | +9.8804 | +9.3992 | −9.1687 | 7221 | 1867 |
| 958 | +0.5474 | −8.2968 | +8.6818 | −8.7418 | +1.1196 | +9.8774 | +8.9274 | −9.4325 | 7237 |  |
| 959 | +0.5168 | −7.9753 | +8.6526 | −8.7101 | +1.1211 | +9.8763 | +9.4252 | −9.1416 | 7242 |  |
| 960 | +0.5321 | −8.1700 | +8.6689 | −8.7208 | +1.1242 | +9.8739 | +9.2416 | −9.3231 | 7249 |  |

| No. | Name. | Mag. | Mean Right Ascension 1850.0 | Annual Variation. | Secular Variation. | Proper Motion. | Mean Declination 1850 0 | Annual Varia- tion. | Secular Varia- tion. | Proper Motion. |
|---|---|---|---|---|---|---|---|---|---|---|
| | | | h m s | s | s | s | ° ′ ″ | ″ | ″ | ″ |
| 961 | 7 Aquarii | 6 | 20 48 47.35 | +3.251 | —0.0105 | +0.001 | —10 16 11.6 | +13.46 | +0.351 | —0.01 |
| 962 | 20 Capricorni | 6 | 20 51 4.49 | +3.426 | —0.0153 | +0.006 | —19 36 50.7 | +13.57 | +0.366 | —0.05 |
| 963 | 8 Aquarii | 6 | 20 51 39.96 | +3.307 | —0.0122 | —0.001 | —13 37 48.0 | +13.73 | +0.353 | +0.07 |
| 964 | 21 Capricorni | 6 | 20 52 24.89 | +3.390 | —0.0146 | 0.000 | —18 6 42.6 | +13.73 | +0.361 | +0.03 |
| 965 | 9 Aquarii | 6 | 20 52 51.93 | +3.318 | —0.0125 | +0.002 | —14 6 44.2 | +13.79 | +0.352 | +0.06 |
| 966 | η Capricorni | 5½ | 20 55 51.59 | +3.430 | —0.0160 | +0.001 | —20 26 40.7 | +13.90 | +0.360 | —0.02 |
| 967 | θ Capricorni | 4 | 20 57 30.54 | +3.387 | —0.0146 | +0.009 | —17 49 30.0 | +14.00 | +0.352 | —0.03 |
| 968 | γ Capricorni | 6 | 20 59 57.60 | +3.453 | —0.0170 | +0.004 | —21 47 33.5 | +14.20 | +0.356 | +0.02 |
| 969 | 27 Capricorni | 6 | 21 0 58.07 | +3.447 | —0.0167 | +0.012 | —21 9 16.7 | +14.15 | +0.353 | +0.09 |
| 970 | ι Aquarii | 4½ | 21 1 25.03 | +3.276 | —0.0116 | +0.006 | —11 58 32.8 | +14.28 | +0.335 | +0.01 |
| 971 | φ Capricorni | 6 | 21 7 5.28 | +3.428 | —0.0170 | +0.001 | —21 16 12.4 | +14.68 | +0.342 | +0.07 |
| 972 | 29 Capricorni | 6 | 21 7 26.34 | +3.334 | —0.0137 | +0.005 | —15 47 29.3 | +14.66 | +0.332 | +0.03 |
| 973 | 30 Capricorni | 6 | 21 9 32.90 | +3.377 | —0.0153 | +0.002 | —18 36 32.0 | +14.83 | +0.333 | +0.07 |
| 974 | 31 Capricorni | 6½ | 21 9 51.71 | +3.371 | —0.0151 | +0.005 | —18 5 12.9 | +14.86 | +0.332 | +0.08 |
| 975 | ι Capricorni | 4½ | 21 13 53.46 | +3.357 | —0.0148 | +0.007 | —17 28 10.2 | +15.07 | +0.324 | +0.06 |
| 976 | B.A.C. 7413 | 6 | 21 14 24.21 | +3.461 | —0.0184 | +0.009 | —23 18 19.2 | +15.05 | +0.333 | +0.01 |
| 977 | 17 Aquarii | 6 | 21 14 53.69 | +3.222 | —0.0107 | —0.003 | — 9 57 23.5 | +15.02 | +0.310 | —0.05 |
| 978 | 33 Capricorni | 6 | 21 15 38.76 | +3.416 | —0.0173 | —0.001 | —21 29 7.2 | +15.05 | +0.328 | —0.07 |
| 979 | 18 Aquarii | 6 | 21 15 59.53 | +3.291 | —0.0126 | +0.009 | —13 31 3.1 | +15.20 | +0.314 | +0.06 |
| 980 | 19 Aquarii | 6 | 21 17 9.12 | +3.231 | —0.0110 | +0.001 | —10 23 3.6 | +15.03 | +0.307 | —0.17 |
| 981 | ι Capricorni | 4 | 21 18 5.65 | +3.443 | —0.0184 | +0.003 | —23 3 27.7 | +15.31 | +0.326 | +0.05 |
| 982 | 35 Capricorni | 6 | 21 18 44.25 | +3.419 | —0.0176 | +0.002 | —21 50 28.7 | +15.30 | +0.322 | +0.01 |
| 983 | b Capricorni | 5½ | 21 20 9.89 | +3.439 | —0.0181 | +0.013 | —22 27 22.2 | +15.41 | +0.321 | +0.04 |
| 984 | B.A.C. 7487 | 6½ | 21 26 5.62 | +3.291 | —0.0130 | +0.011 | —14 8 47.7 | +15.73 | +0.298 | +0.03 |
| 985 | 37 Capricorni | 6 | 21 26 25.33 | +3.387 | —0.0170 | +0.002 | —20 44 59.6 | +15.76 | +0.307 | +0.04 |
| 986 | ι Capricorni | 4½ | 21 28 40.45 | +3.375 | —0.0166 | +0.004 | —20 8 6.5 | +15.86 | +0.302 | +0.02 |
| 987 | ξ Aquarii | 4½ | 21 30 45.78 | +3.202 | —0.0101 | +0.009 | — 8 31 26.7 | +15.89 | +0.284 | —0.01 |
| 988 | γ Capricorni | 3½ | 21 31 46.39 | +3.341 | —0.0149 | +0.019 | —17 20 13.2 | +16.02 | +0.292 | +0.01 |
| 989 | 42 Capricorni | 6 | 21 33 23.23 | +3.273 | —0.0134 | —0.007 | —14 42 47.3 | +15.83 | +0.286 | —0.26 |
| 990 | κ Capricorni | 5 | 21 34 16.48 | +3.364 | —0.0163 | +0.011 | —19 32 49.8 | +16.16 | +0.290 | +0.02 |
| 991 | B.A.C. 7550 | 6 | 21 34 49.53 | +3.359 | —0.0160 | —0.004 | —20 18 14.5 | +16.01 | +0.290 | —0.15 |
| 992 | 44 Capricorni | 6 | 21 34 53.11 | +3.287 | —0.0136 | +0.003 | —15 4 59.8 | +16.20 | +0.283 | +0.03 |
| 993 | 45 Capricorni | 6 | 21 35 49.30 | +3.287 | —0.0138 | —0.001 | —15 26 7.8 | +16.04 | +0.282 | —0.18 |
| 994 | c¹ Capricorni | 6 | 21 37 0.25 | +3.208 | —0.0107 | +0.003 | — 9 46 9.7 | +16.29 | +0.273 | +0.01 |
| 995 | c² Capricorni | 6½ | 21 38 15.89 | +3.209 | —0.0108 | +0.002 | — 9 57 56.3 | +16.34 | +0.271 | 0.00 |
| 996 | λ Capricorni | 5½ | 21 38 27.34 | +3.240 | —0.0119 | +0.004 | —12 3 18.5 | +16.37 | +0.273 | +0.02 |
| 997 | δ Capricorni | 3 | 21 38 45.30 | +3.323 | —0.0146 | +0.019 | —16 48 18.6 | +16.12 | +0.279 | —0.25 |
| 998 | μ Capricorni | 5 | 21 45 6.74 | +3.285 | —0.0131 | +0.026 | —14 15 18.1 | +16.72 | +0.264 | +0.04 |
| 999 | B.A.C. 7620 | 6 | 21 45 35.00 | +3.215 | —0.0113 | | —11 0 52.4 | +16.70 | +0.260 | |
| 1000 | B.A.C. 7650 | 6½ | 21 50 21.49 | +3.150 | —0.0088 | +0.002 | — 6 8 0.0 | +16.80 | +0.246 | —0.13 |
| 1001 | 29 Aquarii | 6 | 21 54 13.64 | +3.205 | —0.0151 | +0.002 | —17 41 3.2 | +17.19 | +0.251 | +0.08 |
| 1002 | 30 Aquarii | 5½ | 21 55 22.88 | +3.167 | —0.0091 | +0.008 | — 7 14 42.0 | +17.18 | +0.238 | +0.02 |
| 1003 | ι Aquarii | 4 | 21 58 19.76 | +3.252 | —0.0132 | +0.005 | —14 35 42.3 | +17.25 | +0.240 | —0.05 |
| 1004 | 35 Aquarii | 6 | 22 0 45.04 | +3.304 | —0.0160 | +0.001 | —19 15 3.4 | +17.42 | +0.240 | +0.02 |
| 1005 | ε¹ Aquarii | 6 | 22 2 31.38 | +3.208 | —0.0114 | +0.003 | —11 33 23.4 | +17.53 | +0.229 | +0.05 |
| 1006 | ε² Aquarii | 6 | 22 2 36.21 | +3.229 | —0.0117 | +0.008 | —12 17 59.6 | +17.52 | +0.230 | +0.04 |
| 1007 | B.A.C. 7726 | 6½ | 22 2 44.25 | +3.129 | —0.0079 | +0.001 | — 5 0 16.2 | +17.28 | +0.223 | —0.21 |
| 1008 | 42 Aquarii | 6 | 22 4 45.73 | +3.221 | —0.0124 | 0.000 | —13 34 35.1 | +17.78 | +0.219 | +0.04 |
| 1009 | θ Aquarii | 4½ | 22 8 54.84 | +3.175 | —0.0096 | +0.011 | — 8 31 41.4 | +17.75 | +0.215 | 0.00 |
| 1010 | B.A.C. 7774 | 6 | 22 8 57.22 | +3.175 | —0.0102 | —0.003 | — 9 47 9.1 | +17.73 | +0.216 | —0.02 |
| 1011 | 44 Aquarii | 6 | 22 9 16.49 | +3.137 | —0.0083 | 0.000 | — 6 8 3.2 | +17.81 | +0.213 | +0.05 |
| 1012 | 45 Aquarii | 6 | 22 10 57.56 | +3.233 | —0.0126 | +0.009 | —14 3 10.4 | +17.88 | +0.215 | +0.05 |
| 1013 | ρ Aquarii | 5½ | 22 12 18.17 | +3.165 | —0.0095 | +0.003 | — 8 34 19.6 | +17.93 | +0.209 | +0.05 |
| 1014 | 51 Aquarii | 6 | 22 16 17.89 | +3.130 | —0.0079 | +0.002 | — 5 35 38.8 | +18.02 | +0.199 | —0.02 |
| 1015 | 50 Aquarii | 6 | 22 16 24.63 | +3.223 | —0.0126 | +0.004 | —14 17 15.6 | +18.08 | +0.205 | +0.04 |
| 1016 | B.A.C. 7818 | 6½ | 22 18 25.06 | +3.271 | —0.0145 | +0.020 | —17 30 7.2 | +18.17 | +0.203 | +0.05 |
| 1017 | 53 Aquarii | 6 | 22 18 25.47 | +3.267 | —0.0145 | +0.016 | —17 30 10.0 | +18.16 | +0.203 | +0.04 |
| 1018 | B.A.C. 7835 | 6½ | 22 21 59.98 | +3.217 | —0.0121 | +0.011 | —13 40 49.7 | +18.25 | +0.194 | |
| 1019 | 56 Aquarii | 6 | 22 22 14.68 | +3.227 | —0.0131 | +0.004 | —15 21 2.6 | +18.25 | +0.194 | —0.01 |
| 1020 | σ Aquarii | 4½ | 22 22 42.21 | +3.184 | —0.0108 | +0.002 | —11 26 37.3 | +18.36 | +0.191 | +0.08 |

| No. | LOGARITHMS OF | | | | | | | | No. B.A.C. | No. T.Y.C. |
|---|---|---|---|---|---|---|---|---|---|---|
| | *a* | *b* | *c* | *d* | *a'* | *b'* | *c'* | *d'* | | |
| 961 | +0.5119 | −7.9092 | +8.6581 | −8.7007 | +1.1204 | +9.8607 | +9.4697 | −9.0783 | 7261 | |
| 962 | +0.5341 | −8.2077 | +8.6818 | −8.7156 | +1.1341 | +9.8658 | +9.2106 | −9.3578 | 7270 | |
| 963 | +0.5196 | −8.0417 | +8.6694 | −8.7010 | +1.1353 | +9.8647 | +9.3964 | −9.2054 | 7279 | |
| 964 | +0.5302 | −8.1732 | +8.6806 | −8.7004 | +1.1368 | +9.8604 | +9.2683 | −9.3272 | 7282 | |
| 965 | +0.5206 | −8.0598 | +8.6728 | −8.6998 | +1.1378 | +9.8626 | +9.3860 | −9.2226 | 7288 | |
| 966 | +0.5352 | −8.2369 | +8.6937 | −8.7094 | +1.1437 | +9.8572 | +9.1909 | −9.3847 | 7305 | 1881 |
| 967 | +0.5287 | −8.1759 | +8.6900 | −8.6994 | +1.1469 | +9.8542 | +9.2885 | −9.3306 | 7322 | 1882 |
| 968 | +0.5376 | −8.2752 | +8.7055 | −8.7057 | +1.1516 | +9.8496 | +9.1471 | −9.4191 | 7335 | 1885 |
| 969 | +0.5350 | −8.2629 | +8.7055 | −8.7019 | +1.1535 | +9.8476 | +9.1778 | −9.4087 | 7343 | |
| 970 | +0.5145 | −8.0026 | +8.6856 | −8.6803 | +1.1544 | +9.8468 | +9.4451 | −9.1692 | 7344 | 1888 |
| 971 | +0.5349 | −8.2767 | +8.7171 | −8.6902 | +1.1647 | +9.8356 | +9.1929 | −9.4221 | 7371 | |
| 972 | +0.5223 | −8.1386 | +8.7038 | −8.6755 | +1.1654 | +9.8349 | +9.3646 | −9.2979 | 7374 | 1892 |
| 973 | +0.5283 | −8.2180 | +8.7141 | −8.6779 | +1.1690 | +9.8306 | +9.2905 | −9.3708 | 7390 | |
| 974 | +0.5271 | −8.2053 | +8.7133 | −8.6759 | +1.1696 | +9.8300 | +9.3066 | −9.3594 | 7391 | |
| 975 | +0.5250 | −8.1961 | +8.7187 | −8.6659 | +1.1765 | +9.8215 | +9.3322 | −9.3517 | 7407 | 1900 |
| 976 | +0.5380 | −8.3333 | +8.7360 | −8.6813 | +1.1774 | +9.8204 | +9.1367 | −9.4724 | 7413 | |
| 977 | +0.5086 | −7.9443 | +8.7065 | −8.6498 | +1.1782 | +9.8193 | +9.4960 | −9.1138 | 7415 | |
| 978 | +0.5336 | −8.2962 | +8.7324 | −8.6729 | +1.1794 | +9.8177 | +9.2125 | −9.4410 | 7425 | |
| 979 | +0.5161 | −8.0826 | +8.7139 | −8.6531 | +1.1800 | +9.8170 | +9.4289 | −9.2465 | 7427 | |
| 980 | +0.5093 | −7.9666 | +8.7108 | −8.6455 | +1.1819 | +9.8144 | +9.4904 | −9.1356 | 7435 | |
| 981 | +0.5366 | −8.3342 | +8.7413 | −8.6724 | +1.1834 | +9.8123 | +9.1617 | −9.4741 | 7445 | 1902 |
| 982 | +0.5337 | −8.3091 | +8.7385 | −8.6672 | +1.1845 | +9.8109 | +9.2098 | −9.4528 | 7447 | |
| 983 | +0.5347 | −8.3247 | +8.7427 | −8.6659 | +1.1867 | +9.8077 | +9.1926 | −9.4666 | 7460 | |
| 984 | +0.5159 | −8.1191 | +8.7310 | −8.6312 | +1.1959 | +9.7939 | +9.4203 | −9.2818 | 7487 | |
| 985 | +0.5296 | −8.2966 | +8.7472 | −8.6462 | +1.1964 | +9.7931 | +9.2691 | −9.4435 | 7490 | 1913 |
| 986 | +0.5278 | −8.2857 | +8.7488 | −8.6390 | +1.1998 | +9.7877 | +9.2929 | −9.4344 | 7506 | 1922 |
| 987 | +0.5042 | −7.8988 | +8.7279 | −8.6138 | +1.2013 | +9.7850 | +9.5299 | −9.0701 | 7514 | 1923 |
| 988 | +0.5214 | −8.2203 | +8.7461 | −8.6241 | +1.2042 | +9.7800 | +9.3705 | −9.3762 | 7525 | 1926 |
| 989 | +0.5159 | −8.1475 | +8.7427 | −8.6143 | +1.2065 | +9.7760 | +9.4283 | −9.3091 | 7537 | |
| 990 | +0.5254 | −8.2798 | +8.7553 | −8.6234 | +1.2078 | +9.7737 | +9.3228 | −9.4301 | 7543 | 1931 |
| 991 | +0.5268 | −8.2984 | +8.7581 | −8.6240 | +1.2086 | +9.7723 | +9.3045 | −9.4467 | 7550 | |
| 992 | +0.5164 | −8.1609 | +8.7456 | −8.6113 | +1.2086 | +9.7721 | +9.4233 | −9.3218 | 7551 | |
| 993 | +0.5169 | −8.1727 | +8.7476 | −8.6095 | +1.2099 | +9.7697 | +9.4178 | −9.3328 | 7556 | |
| 994 | +0.5058 | −7.9692 | +8.7396 | −8.5968 | +1.2116 | +9.7666 | +9.5167 | −9.1390 | 7563 | |
| 995 | +0.5061 | −7.9797 | +8.7416 | −8.5938 | +1.2133 | +9.7633 | +9.5147 | −9.1492 | 7573 | |
| 996 | +0.5100 | −8.0647 | +8.7449 | −8.5963 | +1.2135 | +9.7627 | +9.4822 | −9.2311 | 7577 | 1941 |
| 997 | +0.5190 | −8.2156 | +8.7546 | −8.6048 | +1.2139 | +9.7619 | +9.3950 | −9.3728 | 7580 | 1942 |
| 998 | +0.5131 | −8.1488 | +8.7575 | −8.5819 | +1.2222 | +9.7444 | +9.4532 | −9.3113 | 7618 | 1952 |
| 999 | +0.5071 | −8.0337 | +8.7526 | −8.5751 | +1.2228 | +9.7431 | +9.5056 | −9.2017 | 7620 | |
| 1000 | +0.4980 | −7.7816 | +8.7529 | −8.5556 | +1.2287 | +9.7292 | +9.5731 | −8.9552 | 7650 | |
| 1001 | +0.5176 | −8.2585 | +8.7760 | −8.5623 | +1.2333 | +9.7174 | +9.4065 | −9.4136 | 7666 | |
| 1002 | +0.4995 | −7.8605 | +8.7598 | −8.5412 | +1.2346 | +9.7138 | +9.5627 | −9.0331 | 7670 | 1964 |
| 1003 | +0.5115 | −8.1752 | +8.7739 | −8.5426 | +1.2379 | +9.7044 | +9.4660 | −9.3371 | 7691 | 1969 |
| 1004 | +0.5189 | −8.3054 | +8.7873 | −8.5454 | +1.2406 | +9.6965 | +9.3906 | −9.4565 | 7711 | 1973 |
| 1005 | +0.5058 | −8.0748 | +8.7731 | −8.5234 | +1.2425 | +9.6906 | +9.5144 | −9.2420 | 7719 | |
| 1006 | +0.5070 | −8.1028 | +8.7743 | −8.5243 | +1.2426 | +9.6903 | +9.5046 | −9.2688 | 7722 | |
| 1007 | +0.4953 | −7.7067 | +8.7661 | −8.5154 | +1.2427 | +9.6899 | +9.5906 | −8.8812 | 7726 | |
| 1008 | +0.5080 | −8.1535 | +8.7829 | −8.5051 | +1.2489 | +9.6689 | +9.4946 | −9.3173 | 7771 | |
| 1009 | +0.5002 | −7.9467 | +8.7756 | −8.4971 | +1.2491 | +9.6683 | +9.5564 | −9.1180 | 7773 | 1993 |
| 1010 | +0.5022 | −8.0075 | +8.7772 | −8.4985 | +1.2491 | +9.6682 | +9.5421 | −9.1773 | 7774 | |
| 1011 | +0.4966 | −7.8024 | +8.7736 | −8.4934 | +1.2494 | +9.6670 | +9.5820 | −8.9760 | 7776 | |
| 1012 | +0.5084 | −8.1713 | +8.7860 | −8.4980 | +1.2511 | +9.6609 | +9.4911 | −9.3342 | 7781 | |
| 1013 | +0.5000 | −7.9523 | +8.7790 | −8.4847 | +1.2524 | +9.6559 | +9.5582 | −9.1235 | 7784 | 1997 |
| 1014 | +0.4953 | −7.7689 | +8.7799 | −8.4667 | +1.2562 | +9.6407 | +9.5903 | −8.9420 | 7805 | 2003 |
| 1015 | +0.5078 | −8.1839 | +8.7916 | −8.4778 | +1.2563 | +9.6403 | +9.4951 | −9.3464 | 7806 | |
| 1016 | +0.5121 | −8.2785 | +8.8004 | −8.4768 | +1.2581 | +9.6323 | +9.4547 | −9.4340 | 7818 | 2007 |
| 1017 | +0.5121 | −8.2786 | +8.8004 | −8.4768 | +1.2581 | +9.6323 | +9.4547 | −9.4341 | 7819 | 2008 |
| 1018 | +0.5059 | −8.1693 | +8.7954 | −8.4541 | +1.2612 | +9.6177 | +9.5100 | −9.3329 | 7835 | |
| 1019 | +0.5082 | −8.2217 | +8.7989 | −8.4564 | +1.2615 | +9.6167 | +9.4900 | −9.3820 | 7836 | |
| 1020 | +0.5027 | −8.0898 | +8.7923 | −8.4474 | +1.2619 | +9.6148 | +9.5361 | −9.2572 | 7840 | 2018 |

| No. | Name. | Mag. | Mean Right Ascension 1850.0. | Annual Variation. | Secular Variation. | Proper Motion. | Mean Declination 1850.0. | Annual Variation. | Secular Variation. | Proper Motion. |
|---|---|---|---|---|---|---|---|---|---|---|
| | | | h m s | s | s | s | ° ′ ″ | ″ | ″ | ″ |
| 1021 | 58 Aquarii | 6 | 22 23 43.99 | +3.189 | —0.0108 | +0.006 | —11 40 18.4 | +18.32 | +0.189 | +0.01 |
| 1022 | 60 Aquarii | 6½ | 22 26 18.99 | +3.097 | —0.0058 | +0.005 | — 2 20 38.7 | +18.42 | +0.179 | +0.02 |
| 1023 | 61 Aquarii | 6½ | 22 27 43.89 | +3.242 | —0.0148 | —0.001 | —18 13 56.9 | +18.44 | +0.185 | —0.01 |
| 1024 | κ Aquarii | 5 | 22 29 59.08 | +3.114 | —0.0070 | —0.001 | — 5 0 0.6 | +18.44 | +0.174 | —0.09 |
| 1025 | 64 Aquarii | 6½ | 22 31 22.33 | +3.168 | —0.0101 | +0.001 | —10 48 22.4 | +18.59 | +0.174 | +0.02 |
| 1026 | 67 Aquarii | 6 | 22 35 24.07 | +3.136 | —0.0084 | 0.000 | — 7 44 45.2 | +18.75 | +0.165 | +0.05 |
| 1027 | $\tau^1$ Aquarii | 6 | 22 39 44.65 | +3.194 | —0.0122 | +0.002 | —14 50 44.7 | +18.85 | +0.160 | +0.01 |
| 1028 | 70 Aquarii | 6 | 22 40 36.43 | +3.168 | —0.0101 | +0.006 | —11 20 45.7 | +18.90 | +0.157 | +0.04 |
| 1029 | $\tau^2$ Aquarii | 4 | 22 41 38.70 | +3.187 | —0.0119 | +0.001 | —14 22 58.2 | +18.90 | +0.156 | +0.01 |
| 1030 | λ Aquarii | 4 | 22 44 47.09 | +3.133 | —0.0083 | —0.001 | — 8 22 34.8 | +19.05 | +0.147 | +0.06 |
| 1031 | 74 Aquarii | 6 | 22 45 34.67 | +3.169 | —0.0105 | +0.004 | —12 24 43.7 | +19.04 | +0.147 | +0.03 |
| 1032 | 78 Aquarii | 6 | 22 46 45.46 | +3.130 | —0.0081 | 0.000 | — 7 59 58.0 | +19.06 | +0.143 | +0.02 |
| 1033 | 1 Piscium | 6 | 22 47 19.00 | +3.076 | —0.0038 | +0.007 | + 0 16 0.4 | +19.03 | +0.140 | —0.03 |
| 1034 | 2 Piscium | 6½ | 22 51 46.27 | +3.078 | —0.0035 | +0.008 | + 0 9 42.8 | +19.05 | +0.131 | —0.12 |
| 1035 | 3 Piscium | 6 | 22 52 56.28 | +3.080 | —0.0039 | +0.005 | — 0 37 5.7 | +19.22 | +0.129 | +0.02 |
| 1036 | 81 Aquarii | 6 | 22 53 35.85 | +3.125 | —0.0076 | +0.002 | — 7 51 50.8 | +19.28 | +0.130 | +0.06 |
| 1037 | 82 Aquarii | 6 | 22 54 45.15 | +3.120 | —0.0074 | +0.001 | — 7 22 38.1 | +19.26 | +0.128 | +0.01 |
| 1038 | $h^1$ Aquarii | 6 | 22 57 20.49 | +3.138 | —0.0079 | +0.013 | — 8 30 5.6 | +19.37 | +0.123 | +0.06 |
| 1039 | $h^2$ Aquarii | 7 | 22 57 30.43 | +3.133 | —0.0078 | +0.008 | — 8 33 42.6 | +19.38 | +0.123 | +0.07 |
| 1040 | $h^3$ Aquarii | 7 | 22 58 4.21 | +3.130 | —0.0079 | +0.004 | — 8 44 40.6 | +19.37 | +0.122 | +0.04 |
| 1041 | $h^4$ Aquarii | 7½ | 22 59 24.11 | +3.133 | —0.0078 | +0.010 | — 8 30 3.0 | +19.40 | +0.119 | +0.04 |
| 1042 | A Piscium | 5½ | 23 0 59.97 | +3.074 | —0.0025 | +0.011 | + 1 18 46.7 | +19.54 | +0.114 | +0.15 |
| 1043 | φ Aquarii | 4½ | 23 6 33.14 | +3.114 | —0.0065 | +0.006 | — 6 51 24.3 | +19.35 | +0.105 | —0.16 |
| 1044 | B.A.C. 8094 | 6 | 23 7 50.77 | +3.093 | —0.0051 | | — 4 18 42.3 | +19.54 | +0.102 | |
| 1045 | $\psi^1$ Aquarii | 4½ | 23 8 1.59 | +3.151 | —0.0081 | +0.028 | — 9 54 15.0 | +19.54 | +0.102 | 0.00 |
| 1046 | χ Aquarii | 5½ | 23 9 4.33 | +3.115 | —0.0073 | 0.000 | — 8 32 34.7 | +19.60 | +0.100 | +0.04 |
| 1047 | γ Piscium | 4 | 23 9 23.35 | +3.110 | —0.0016 | +0.052 | + 2 27 48.9 | +19.61 | +0.098 | +0.04 |
| 1048 | $\psi^2$ Aquarii | 4½ | 23 10 6.54 | +3.128 | —0.0080 | +0.006 | —10 0 2.8 | +19.56 | +0.098 | —0.02 |
| 1049 | $\psi^3$ Aquarii | 5 | 23 11 9.28 | +3.128 | —0.0083 | +0.005 | —10 25 47.8 | +19.62 | +0.096 | +0.02 |
| 1050 | 96 Aquarii | 5½ | 23 11 37.19 | +3.116 | —0.0058 | +0.016 | — 5 56 35.4 | +19.64 | +0.095 | +0.03 |
| 1051 | B.A.C. 8134 | 6½ | 23 13 37.58 | +3.096 | —0.0054 | | — 5 29 33.0 | +19.65 | +0.091 | |
| 1052 | B.A.C. 8152 | 6½ | 23 15 50.03 | +3.066 | —0.0027 | —0.007 | — 0 31 56.6 | +19.60 | +0.086 | —0.08 |
| 1053 | κ Piscium | 4½ | 23 19 14.61 | +3.079 | —0.0021 | +0.010 | + 0 26 6.2 | +19.64 | +0.079 | —0.10 |
| 1054 | 9 Piscium | 6 | 23 19 33.74 | +3.072 | —0.0020 | +0.003 | + 0 17 57.6 | +19.69 | +0.079 | —0.05 |
| 1055 | 11 Piscium | 6½ | 23 21 45.01 | +3.081 | —0.0034 | 0.000 | — 2 36 56.9 | +19.79 | +0.075 | +0.01 |
| 1056 | 14 Piscium | 6½ | 23 26 26.21 | +3.085 | —0.0030 | +0.007 | — 2 4 31.4 | +19.85 | +0.066 | +0.01 |
| 1057 | B.A.C. 8214 | 6½ | 23 27 47.62 | +3.088 | —0.0061 | —0.010 | — 8 17 38.1 | +19.82 | +0.063 | —0.04 |
| 1058 | 15 Piscium | 6½ | 23 27 48.60 | +3.068 | —0.0016 | —0.001 | + 0 29 3.4 | +19.81 | +0.063 | —0.05 |
| 1059 | 16 Piscium | 6 | 23 28 44.14 | +3.064 | —0.0011 | —0.003 | + 1 16 13.6 | +19.97 | +0.061 | +0.10 |
| 1060 | λ Piscium | 5 | 23 34 23.56 | +3.064 | —0.0009 | —0.004 | + 0 57 17.5 | +19.80 | +0.050 | —0.13 |
| 1061 | 19 Piscium | 6 | 23 38 43.87 | +3.067 | +0.0002 | +0.002 | + 2 39 20.3 | +19.99 | +0.041 | +0.02 |
| 1062 | 20 Piscium | 6 | 23 40 13.75 | +3.085 | —0.0030 | +0.007 | — 3 35 43.0 | +20.00 | +0.039 | +0.02 |
| 1063 | B.A.C. 8274 | 6½ | 23 40 49.63 | +3.100 | —0.0049 | —0.015 | — 7 12 46.6 | +19.91 | +0.038 | —0.08 |
| 1064 | B.A.C. 8276 | 6½ | 23 41 8.63 | +3.058 | —0.0004 | —0.010 | + 1 22 59.5 | +19.97 | +0.037 | —0.02 |
| 1065 | 21 Piscium | 6 | 23 41 46.76 | +3.073 | —0.0009 | +0.003 | + 0 14 32.0 | +19.91 | +0.036 | —0.08 |
| 1066 | 22 Piscium | 6 | 23 44 17.30 | +3.071 | +0.0002 | +0.004 | + 2 5 50.8 | +20.03 | +0.031 | +0.02 |
| 1067 | 24 Piscium | 6½ | 23 45 13.32 | +3.086 | —0.0029 | +0.009 | — 3 59 14.6 | +20.03 | +0.029 | +0.02 |
| 1068 | 25 Piscium | 6½ | 23 45 23.81 | +3.070 | —0.0001 | +0.001 | + 1 15 26.3 | +20.03 | +0.029 | +0.02 |
| 1069 | B.A.C. 8311 | 6½ | 23 47 5.85 | +3.058 | —0.0011 | —0.014 | — 0 43 30.2 | +19.96 | +0.025 | —0.06 |
| 1070 | 26 Piscium | 6 | 23 47 27.56 | +3.068 | +0.0025 | +0.005 | + 6 14 15.5 | +20.05 | +0.024 | +0.02 |
| 1071 | 27 Piscium | 5½ | 23 50 59.55 | +3.072 | —0.0028 | —0.003 | — 4 23 18.1 | +19.92 | +0.018 | —0.12 |
| 1072 | ω Piscium | 4 | 23 51 36.63 | +3.080 | +0.0026 | +0.015 | + 6 1 58.1 | +19.96 | +0.016 | —0.08 |
| 1073 | 29 Piscium | 5½ | 23 54 8.17 | +3.075 | —0.0023 | +0.002 | — 3 51 44.5 | +20.07 | +0.012 | +0.02 |
| 1074 | 30 Piscium | 5 | 23 54 15.96 | +3.082 | —0.0039 | +0.007 | — 6 50 52.0 | +20.03 | +0.011 | —0.02 |
| 1075 | $c^1$ Piscium | 6 | 23 54 43.37 | +3.065 | +0.0040 | —0.001 | + 8 7 18.7 | +20.04 | +0.010 | —0.01 |
| 1076 | $c^2$ Piscium | 6 | 23 54 49.95 | +3.065 | +0.0037 | —0.002 | + 7 39 9.2 | +20.02 | +0.010 | —0.03 |
| 1077 | B.A.C. 8365 | 6½ | 23 57 22.47 | +3.076 | —0.0008 | +0.005 | — 1 20 9.7 | +19.97 | +0.005 | —0.08 |
| 1078 | 33 Piscium | 5 | 23 57 39.38 | +3.076 | —0.0035 | +0.004 | — 6 32 48.8 | +20.10 | +0.005 | +0.05 |

| No. | Logarithms of a | b | c | d | a′ | b′ | c′ | d′ | No. B.A.C. | No. T.Y.C. |
|---|---|---|---|---|---|---|---|---|---|---|
| 1021 | +0.5029 | −8.0995 | +8.7935 | −8.4434 | +1.2627 | +9.6105 | +9.5347 | −9.2665 | 7849 | |
| 1022 | +0.4903 | −7.3987 | +8.7869 | −8.4236 | +1.2649 | +9.5993 | +9.6205 | −8.5744 | 7863 | |
| 1023 | +0.5110 | −8.3055 | +8.8101 | −8.4394 | +1.2660 | +9.5931 | +9.4618 | −9.4592 | 7870 | |
| 1024 | +0.4935 | −7.7315 | +8.7912 | −8.4085 | +1.2678 | +9.5829 | +9.6009 | −8.9059 | 7884 | 2027 |
| 1025 | +0.5006 | −8.0713 | +8.7984 | −8.4082 | +1.2680 | +9.5765 | +9.5510 | −9.2397 | 7890 | |
| 1026 | +0.4964 | −7.9272 | +8.7976 | −8.3852 | +1.2719 | +9.5573 | +9.5814 | −9.0993 | 7921 | |
| 1027 | +0.5041 | −8.2201 | +8.8115 | −8.3740 | +1.2750 | +9.5354 | +9.5206 | −9.3814 | 7949 | |
| 1028 | +0.4999 | −8.0998 | +8.8059 | −8.3634 | +1.2756 | +9.5309 | +9.5547 | −9.2673 | 7952 | |
| 1029 | +0.5032 | −8.2070 | +8.8119 | −8.3631 | +1.2763 | +9.5254 | +9 5278 | −9.3693 | 7954 | 2046 |
| 1030 | +0.4961 | −7.9681 | +8.8048 | −8.3369 | +1.2784 | +9.5083 | +9.5824 | −9.1396 | 7970 | 2054 |
| 1031 | +0.5003 | −8.1432 | +8.8109 | −8.3380 | +1.2789 | +9.5039 | +9.5505 | −9.3090 | 7974 | |
| 1032 | +0.4955 | −7.9491 | +8.8056 | −8.3253 | +1.2797 | +9.4972 | +9.5866 | −9.1210 | 7981 | |
| 1033 | +0.4870 | +6.4682 | +8.8017 | −8.3179 | +1.2800 | +9.4939 | +9.6389 | +7.6443 | 7985 | 2058 |
| 1034 | +0.4871 | +6.2556 | +8.8044 | −8.2913 | +1.2827 | +9.4674 | +9.6383 | +7.4317 | 8005 | |
| 1035 | +0.4878 | −6.8384 | +8.8051 | −8.2840 | +1.2834 | +9.4601 | +9.6343 | −8.0144 | 8012 | 2067 |
| 1036 | +0.4946 | −7.9457 | +8.8095 | −8.2839 | +1.2837 | +9.4559 | +9.5920 | −9.1177 | 8016 | |
| 1037 | +0.4941 | −7.9183 | +8.8097 | −8.2760 | +1.2844 | +9.4485 | +9.5958 | −9.0907 | 8020 | |
| 1038 | +0.4948 | −7.9821 | +8.8123 | −8.2601 | +1.2858 | +9.4314 | +9.5903 | −9.1534 | 8035 | |
| 1039 | +0.4948 | −7.9853 | +8.8124 | −8.2590 | +1.2859 | +9.4303 | +9.5900 | −9.1565 | 8038 | |
| 1040 | +0.4949 | −7.9949 | +8.8129 | −8.2554 | +1.2862 | +9.4264 | +9.5892 | −9.1659 | 8041 | |
| 1041 | +0.4945 | −7.9831 | +8.8134 | −8.2459 | +1.2869 | +9.4172 | +9.5917 | −9.1544 | 8050 | |
| 1042 | +0.4861 | +7.1696 | +8.8095 | −8.2299 | +1.2877 | +9.4059 | +9.6432 | +8.3456 | 8060 | |
| 1043 | +0.4925 | −7.8921 | +8.8151 | −8.1908 | +1.2903 | +9.3638 | +9.6056 | −9.0650 | 8085 | 2086 |
| 1044 | +0.4904 | −7.6899 | +8.8138 | −8.1785 | +1.2909 | +9.3533 | +9.6188 | −8.8648 | 8094 | |
| 1045 | +0.4946 | −8.0547 | +8.8192 | −8.1823 | +1.2910 | +9.3518 | +9.5897 | −9.2243 | 8095 | 2087 |
| 1046 | +0.4935 | −7.9898 | +8.8180 | −8.1720 | +1.2914 | +9.3432 | +9.5981 | −9.1611 | 8102 | |
| 1047 | +0.4854 | +7.4471 | +8.8136 | −8.1648 | +1.2915 | +9.3405 | +9.6464 | +8.6228 | 8105 | 2088 |
| 1048 | +0.4944 | −8.0599 | +8.8202 | −8.1650 | +1.2919 | +9.3344 | +9.5910 | −9.2294 | 8109 | 2089 |
| 1049 | +0.4945 | −8.0790 | +8.8212 | −8.1565 | +1.2923 | +9.3253 | +9.5894 | −9.2478 | 8116 | 2092 |
| 1050 | +0.4913 | −7.8316 | +8.8165 | −8.1475 | +1.2925 | +9.3212 | +9.6127 | −9.0053 | 8119 | 2093 |
| 1051 | +0.4909 | −7.7979 | +8.8170 | −8.1290 | +1.2933 | +9.3031 | +9.6157 | −8.9720 | 8134 | |
| 1052 | +0.4876 | −6.7840 | +8.8158 | −8.1062 | +1.2941 | +9.2822 | +9.6356 | −7.9601 | 8152 | |
| 1053 | +0.4870 | +6.6974 | +8.8170 | −8.0716 | +1.2953 | +9.2477 | +9.6388 | +7.8735 | 8169 | 2100 |
| 1054 | +0.4871 | +6.5337 | +8.8171 | −8.0683 | +1.2954 | +9.2444 | +9.6384 | +7.7098 | 8170 | 2101 |
| 1055 | +0.4887 | −7.4776 | +8.8183 | −8.0448 | +1.2961 | +9.2204 | +9.6293 | −8.6533 | 8183 | |
| 1056 | +0.4882 | −7.3784 | +8.8195 | −7.9883 | +1.2976 | +9.1641 | +9.6319 | −8.5542 | 8205 | |
| 1057 | +0.4911 | −7.9833 | +8.8242 | −7.9748 | +1.2979 | +9.1463 | +9.6119 | −9.1548 | 8214 | |
| 1058 | +0.4870 | +6.7465 | +8.8196 | −7.9700 | +1.2979 | +9.1461 | +9.6386 | +7.9226 | 8215 | |
| 1059 | +0.4867 | +7.1660 | +8.8200 | −7.9576 | +1.2982 | +9.1335 | +9.6404 | +8.3420 | 8218 | 2114 |
| 1060 | +0.4869 | +7.0434 | +8.8213 | −7.8712 | +1.2995 | +9.0472 | +9.6393 | +8.2194 | 8243 | 2122 |
| 1061 | +0.4864 | +7.4884 | +8.8225 | −7.7913 | +1.3004 | +8.9669 | +9.6413 | +8.6640 | 8262 | |
| 1062 | +0.4882 | −7.6204 | +8.8232 | −7.7600 | +1.3006 | +8.9353 | +9.6311 | −8.7957 | 8271 | 2127 |
| 1063 | +0.4892 | −7.9247 | +8.8258 | −7.7494 | +1.3007 | +8.9220 | +9.6233 | −9.0973 | 8274 | |
| 1064 | +0.4869 | +7.2053 | +8.8226 | −7.7388 | +1.3008 | +8.9148 | +9.6393 | +8.3813 | 8276 | |
| 1065 | +0.4872 | +6.4486 | +8.8225 | −7.7239 | +1.3009 | +8.8999 | +9.6378 | +7.6247 | 8281 | |
| 1066 | +0.4867 | +7.3867 | +8.8232 | −7.6599 | +1.3012 | +8.8357 | +9.6397 | +8.5625 | 8295 | |
| 1067 | +0.4881 | −7.6663 | +8.8241 | −7.6341 | +1.3013 | +8.8091 | +9.6319 | −8.8413 | 8302 | |
| 1068 | +0.4870 | +7.1644 | +8.8231 | −7.6280 | +1.3013 | +8.8040 | +9.6388 | +8.3404 | 8303 | |
| 1069 | +0.4874 | −6.9255 | +8.8233 | −7.5742 | +1.3015 | +8.7503 | +9.6367 | −8.1015 | 8311 | |
| 1070 | +0.4861 | +7.8619 | +8.8258 | −7.5644 | +1.3016 | +8.7379 | +9.6408 | +9.0354 | 8312 | |
| 1071 | +0.4878 | −7.7086 | +8.8249 | −7.4194 | +1.3019 | +8.5942 | +9.6332 | −8.8834 | 8328 | 2136 |
| 1072 | +0.4865 | +7.8477 | +8.8260 | −7.3897 | +1.3019 | +8.5634 | +9.6389 | +9.0213 | 8331 | 2138 |
| 1073 | +0.4876 | −7.6532 | +8.8248 | −7.2327 | +1.3021 | +8.4078 | +9.6348 | −8.8283 | 8346 | 2143 |
| 1074 | +0.4878 | −7.9033 | +8.8269 | −7.2250 | +1.3021 | +8.3980 | +9.6313 | −9.0763 | 8349 | 2144 |
| 1075 | +0.4866 | +7.9783 | +8.8282 | −7.1904 | +1.3021 | +8.3621 | +9.6364 | +9.1500 | 8353 | |
| 1076 | +0.4866 | +7.9521 | +8.8277 | −7.1809 | +1.3021 | +8.3531 | +9.6366 | +9.1243 | 8354 | |
| 1077 | +0.4873 | −7.1917 | +8.8240 | −6.8831 | +1.3022 | +8.0590 | +9.6370 | −8.3677 | 8365 | |
| 1078 | +0.4875 | −7.8837 | +8.8267 | −6.8360 | +1.3022 | +8.0092 | +9.6334 | −9.0570 | 8368 | 2153 |